Ulrich A. Büttner
Santiago sehen oder sterben

AF140182

Ulrich A. Büttner

Santiago sehen oder sterben

Kriminalroman

Bibliographische Information der Deutschen Nationalbibliothek.
Die Deutsche Bibliothek verzeichnet diese Publikation in der
Deutschen Nationalbibliographie; detailierte bibliographische
Angaben sind im Internet über http://dnb.ddb.de abrufbar

TWENTYSIX – Der Self Publishing Verlag
Eine Kooperation zwischen der Verlagsgruppe Random House und
BoD – Books on Demand

© 2016 Ulrich A. Büttner

Gedicht: „En el entierro de un amigo"
nach Antonio Machado

Herstellung und Verlag
BoD – Books on Demand, Norderstedt

ISBN 978-3-740710-75-0

Erster Teil

An dicken Stricken hängend
wurde langsam der Sarg
von den Totengräbern
auf den Grund der Grube gelassen.

I

Es regnete Hunde und Katzen, als die Glocke des Klosters ertönte, und zwar so penetrant, dass sich der Bruder, der eigentlich Spätdienst, aber auch einige Promille hatte, schwerfällig den Norweger-Pulli überzog. Er überlegte, ob es sich um einen Streich von ein paar Jugendlichen aus Moabit handelte; dann griff er zum Schirm und trudelte über den Innenhof. Die Pyjamahose flatterte in dem Orkan wie ein blauweiß gestreiftes Vorsegel. Die Dominikaner pflegten Hilfsprojekte in den Urwäldern Kolumbiens, aber nicht im Häusermeer Berlins. Dass sich weitab vom pulsierenden Zentrum jemand verirrte, kam gelegentlich vor, aber nicht bei stürmischem Wetter und zu vorgerückter Stunde. Der Schirm bog sich unter dem Eindruck einer Windböe, Äste, Grünzeug und Abfälle flogen vorbei. Vielleicht hatte jemand eine Reifenpanne, aber dann war es sinnvoller, den ADAC zu benachrichtigen oder eine andere weltliche Organisation. Der in die Jahre gekommene Mönch glaubte, sich verhört zu haben, als die Glocke erneut anschlug. Er lehnte sich schräg gegen den Wind, ruderte unter das Gewölbe und entriegelte die Pforte. Draußen warteten zwei Gestalten in Mänteln und breitkrempigen Hüten, von denen das Wasser tropfte.

„Sie wünschen?" fragte er mit Vorbehalt, als der Grössere auf ihn zutrat und unter den Torbogen schob.

„Können Sie sich das nicht vorstellen? Wir stehen hier seit zehn Minuten und haben keine Lust, Wurzeln zu schlagen."

Im Schein der Hoflampe erkannte Johann ein ruppiges Gesicht, über das sich eine Narbe zog. Mit dem Kinn zeigte der Mann auf den anderen: „Der Kleine wird sich noch was holen."

„Zum Teufel damit" erwiderte der Angesprochene. „Hätten Sie nicht n lauschigeres Plätzchen für die Unterhaltung?"

Der Pater nickte mit glasigen Augen. Seit Mitte März regnete es, dieses Sauwetter ließ ihn frösteln, sobald er ins Freie trat. Er ruderte zurück, vorbei an schwankenden Wacholderbüschen. Jetzt fragte er sich, warum er die Kerle überhaupt eingelassen hatte. Sie blieben ihm dicht auf den Fersen. Widerstrebend sperrte er die Stube auf, die an Sonntagen als Verkaufsraum dient. Kreuze in allen Größen und Ausführungen schmückten die Wand. In den Regalen standen dichtgestaffelt Heiligenfiguren, lagen Bibeln, Rosenkränze, Weihwasserbehälter, man sah Jakobsmuscheln, Pilgerstäbe, bestickte Kissen, Liedertafeln und anderen Nippes, den die Christenheit im Laufe von 2000 Jahren hervorgebracht hat.

„Sieh mal einer an, Devotionalien."

Der große Typ mit dem gewellten schwarzen Haar und den schönen blauen Augen klopfte auf die Vitrine.

„Möchten Sie was kaufen?" fragte der Bruder. Er hatte drei Flaschen Bier genossen und vor einer halbe Stunde ein Barbiturat geschluckt, so dass ihm das Stehen schwerfiel. Die Frage blieb in der Luft hängen.

„Hier stinkt es nach Schweißfüßen", meldete sich der andere. Der Geistliche sah, dass er einen Bart hatte und darunter eine rötlich gefleckte Haut.

„Werden deine eigenen sein", tönte der Schwarze. Er spielte mit der Figur eines Jakobus, wie sie auf dem platten Land von den Küchenschränken baumelt, verzinkt und nach oben spitz zulaufend.

„Oder wollen Sie sich für die bevorstehenden Exerzitientage eintragen?" begann der Geistliche wieder.

„Oh, gute Idee, phantastische Idee, Bruder ... wie darf ich Sie nennen?"

„Johann."

„Schon lange bei dem Verein?"

„Hören Sie, ich darf bitten ..."

„Darf ich bitten, darf ich bitten! Wir sind doch nicht beim Tanztee", schaltete sich der Rothaarige ein.

Der Pater zeigte große gelbe Zähne in einem verzerrten, aufgerissenen Mund. Er zappelte unbehaglich und bedauerte geöffnet zu haben.

„Wie schon gesagt ..." begann der Geistliche und schaute unsicher auf den Großen, der ihm vernünftiger schien. „Ich kann mir nicht vorstellen, dass Sie an unserer Klausur teilnehmen wollen."

„Haben wir vorhin vielleicht einen gezwitschert" fragte der Große. „Nicht, dass ich was dagegen hätte. Aber sowas im Kloster, hä?"

„Das ist meine Sache."

Ein unheilvolles Schweigen machte sich breit und Johann starrte abwechselnd auf die beiden, die sich von vorne und hinten näherten.

„Na komm, zeig uns die Liste. Wer führt den Kurs?" Jetzt bemerkte der Bruder den Akzent des Rothaarigen und tippte auf Elsass-Lothringen. Johann versuchte, sich die Gesichter der beiden einzuprägen, um sie später identifizieren zu können.

„Seit langem wieder einmal Vater Christian, der Vorsteher des Klosters."

„Das hast du schön aufgesagt."

Der Große verzog das Gesicht, so dass die Narbe über den Backen wanderte.

„Darf ich mich setzen? Ich bin müde", sagte der alte Mann. Johann beugte die Knie und wollte sich auf den Stuhl setzen.

Der Riese zuckte mit den Schultern. Johanns Hand tastete über die braune Theke, gleich neben der Ladenkasse, als wollte sie sich darauf abstützen.

Der Elsässer machte einen schnellen Schritt auf ihn zu, ergriff den Arm, verdrehte ihn. Die Schulter des Geistlichen kugelte mit einem Knacken aus.

„Alarmknopf!" sagte er. „Unterhalb der Tischplatte."

Der andere gab dem Alten einen Fußtritt in den Magen. Er flog auf den Stuhl, krümmte sich, unfähig zu schreien.

„Du kleine Drecksau. Willst wohl den heiligen Geist rufen?"

Der Rothaarige lachte blöd. „Der heilige Geist – tatütata, tatütata."

Der Große spielte mit dem Jakobus und hielt ihm die Figur vors Gesicht.

„Kommt n Pater ins Bordell. Ich hab fünfzehn Euro von der Kollekte. Was krieg ich dafür? Für fünfzehn kannst du es dir selber machen. Er verschwindet hinterm Gebüsch. Nach zwei Minuten taucht der Pater wieder auf, gibt der Nutte das Geld. Prima war das. Und billiger als im Puff nebenan. Da kostet das Wichsen nämlich zwanzig!"

Der Rothaarige lachte.

„Nehmen Sie, was in der Kasse ist. Aber in Gottes Namen gehen Sie", rief Johann entsetzt.

„Ich geb dir noch ne Chance", sagte der Rothaarige gelangweilt. „Sag uns, wo sich der gnädige Vater Christian aufhält."

„Verschwinden Sie. Sie sind die Pest."

Der Geistliche quiekte wie eine Maus, als der Große ihm den Jakobus wie ein Messer in die Seite bohrte. Er spürte, wie die Klinge sich drehte und wieder herausglitt. Blut floß in Strömen.

„Du kannst mich Bruno nennen, Alter."

Der Pater erzählte ihm alles, was er über den Aufenthaltsort des Priors wusste. Schweiß lief ihm das Gesicht herab, über den Adamsapfel in das Oberteil des Pijamas, während er sich die Wunde hielt. Bruno vergewisserte sich, dass es alle notwendigen Details waren.

Dann nahm er ein schweres Holzkreuz von der Wand, und holte aus. Draußen vor dem Fenster bewegten sich die schwarzen Wolken – es war der letzte Moment des Alten. Die Hand Brunos zitterte leicht, so schwer war der Gegenstand, den er hoch in der Luft führte. Er starrte vor sich auf den Schädel des Mannes. Dann krachte das Kreuz herunter und zerschmetterte Johann den Schädel. Blut spritzte aus seiner Wunde, tropfte von den Ohren. Der Rothaarige grinste.

Was die Bullen am nächsten Tag fanden, war nicht schön. Wirklich nicht. Der Fotograf schüttelte angewidert den Kopf angesichts der Brutalität, die hier geherrscht hatte. Das Holz war an mehreren Stellen gesplittert und dunkelrot eingefärbt, aber unten, am senkrechten Ende des Balkens, hatte jemand die Fingerabdrücke fein säuberlich mit einem Tuch abgewischt. Die leere Kasse ließ es wie einen Raubmord aussehen. Allerdings deutete der Alkoholspiegel des Toten darauf hin, dass er massiv gegen die Regeln des Ordens verstoßen hatte. Und dann war da noch die Sache im zweiten Stock.

II

Prior Christian hatte eine helmartige Frisur und ein breites, gutmütiges Gesicht, das von irdischen Segnungen wusste. Der Kopf ruhte fest auf dem Nacken, der an einen Pflugochsen erinnerte. Weiter unten war das Fleisch weich und schwabbelig – der Tribut, den er an die Freuden eines Gourmets zahlte. Er saß in der Sakristei auf einem mächtigen Lehnsessel und verglich mit spitzem Mund drei verschiedene Flaschen Wein, die geöffnet vor ihm standen: der Rosso di Montalcino gehörte zu den Standards seiner Weinsammlung und war kürzlich durch eine Nachlieferung ergänzt worden. Daneben einer dieser australischen Weine, die durch die phänomenale Blume überraschten. Leicht und fruchtig. Den Barossa Valley hatte ihm der Moabiter Weinhändler empfohlen, den er auf seinem Ausflug besucht hatte. Der Laden lag auf halbem Weg zwischen dem Kloster und dem Amtssitz des Provinzials. „Unerfreuliche Geschichte" sagte er plötzlich vor sich hin. Richtig schlecht aber war der Montserrat, den ihm ein vortragsreisender Jesuit aus dem Baskenland mitgebracht hatte. Er schmeckte nach Kork. Angeekelt spie er die Probe in eine Tasse, als er im Ostflügel des Klosters Schritte hörte. Verständnislos schüttelte er den Kopf. Wer mochte zu dieser Stunde noch auf den Beinen sein? Er hob das Glas, in dem dunkelrot der Italiener schimmerte – ihn bevorzugte die Kurie wegen der süffisanten Milde, die zu der Philosophie des alten Papstes passte. Er schnüffelte mit angezogenen Nasenflügeln, setzte wieder ab. Betörender Sangioveseduft von Himbeeren und Veilchen. Nein, dieser Vortrag über Hilfsprojekte in Lateinamerika hatte einen säuerlichen Geschmack hinterlassen ähnlich wie der Montserrat; er verunsicherte und beunruhigte die Brüder. Der Shiraz dagegen stand für jugendliche Frische, betörend und unschuldig. Und nun hob der Prior das Glas soweit an den Mund, dass sich der Wein vor den dicken Lippen staute. Er schluckte nicht, sondern bewegte die Zunge träge in der Flüssigkeit. Dieser volle Körper mit dem Eichenaroma kitzelte die Phantasie. Nach einer Weile hörte er wieder ein Geräusch, diesmal von der Seite der Basilika. Er begriff, dass es sich um eine Störung handelte. Es klopfte. Der Prior erhob sich, lief vorbei an der Vitrine, die Altartücher und Ziborien aus dem 19. Jahrhundert ausstellte, und drückte die Klinke. Schummrig beleuchtet wirkte der Kirchenraum wenig sakral, ein schlichter Betplatz, protestantisch zurückgenommen. Links und rechts drei nackte Holzbänke vor einem schmucklosen Altar. An der Decke prangten Freskenmalereien, frevelhaft in ihrer Üppigkeit, mit Darstellungen des jüngsten Gerichtes. Der Pater blickte in die stillen Winkel, sah aber nichts. Bruno, der den Rücken gegen die Wand gedrückt hatte, schlug ihm mit weitausladendem Schwung die Pistole ans Kinn. Als er zur Seite fiel, hatte der Angreifer Zeit für einen Schlag mit der Rückhand, so dass der Geistliche mit dem Kopf auf den Boden knallte und das Bewusstsein verlor.

Nun tauchte der Mann ins Licht, durchquerte die Sakristei und drehte den Schlüssel. Bruno Manzoni war schwer auf sein Alter zu schätzen; die Falten in den Mundwinkeln erschienen zu tief für einen Mann Ende zwanzig. Seine Augenfarbe ein dunkles Blau, die buschigen Augenbrauen blond gefärbt. Die Nase war einmal gebrochen und dann schlecht gerichtet worden, aber viele Frauen fanden ihn attraktiv. Mit seinen einsfünfundachtzig hätte er zierlicher gebaut sein müssen, aber ein ausgedehntes Hanteltraining hatte seinen Brustkasten, seine Schultern und Arme zu beinahe grotesken Proportionen aufschwellen lassen. Er legte vorsichtig Hut und Mantel ab, um sie nicht zu beschmutzen und lies einen leisen Pfiff zwischen den Zähnen hören. Sein Kumpane löste sich aus dem Schatten eines Pfeilers und schloß die Tür zum Korridor.

„Der Ochse wiegt mindestens neunzig Kilo" sagte Bruno.

„Ja, ja, das gute Leben" pflichtete der Rothaarige bei.

Aus dem Mund des Priors sabberte Speichel, vermischt mit Blut. Sie packten ihn unter den Armen und schleiften ihn entlang der Anrichte, über der sich in halbhohen Hängeschränken Bücher und Kelche reihten. Das dunkle Holz gab dem Raum etwas Düsteres. Im Licht des Lüsters glänzte das Gesicht des Geistlichen leichenblass. Er wehrte sich nicht, war aber bei Verstand. Sein Atem ging stoßweise; sie ließen ihn auf den mit Schnörkeln verzierten Armstuhl nieder.

„Wie heißt du?"

„Meine Herren, was wollen Sie hier?"

„Bist du der Abt?"

„Prior. Als Hausherr ..." - er spuckte Blut. „Als Hausherr ..."

„Ja?"

Der Geistliche sah, dass es keinen Sinn hatte, zu reden. Er bäumte sich auf. Für einen Moment entglitt Bruno, der vor dem Armstuhl stand, die Kontrolle. Die linke Hand des Geistlichen wischte über den Tisch und stach zu. Als sich der Korkenzieher in das Revers des nagelneuen Vierhundertsiebzig-Euro-Sakkos bohrte, mit dessen Rechnung sein Konto kürzlich belastet worden war, überkam Bruno ein Wutanfall. Kaum spürte er den Schmerz; es war der Gedanke, dass der Einstich im Sakko sichtbar wäre, auch nach Jahren noch, und dass sowohl sein Image als auch seine Ehre leiden könnten. Brunos Faust schnellte nach oben und traf den Prior unter dem Kinn. Er flog auf den Stuhl, bebend vor Entsetzen, und obwohl er sich dagegen wehrte, durchfuhr ihn ein Krampf begleitet von Schaum und Blut. Seine Unterlippe verzog sich und stand von den Zähnen ab wie bei einem Idioten.

Der Angreifer hatte eine der Flaschen ergriffen.

„Denk an die Spuren" rief Eddy. Bruno nahm einen tiefen Atemzug. Er stellte den Rotwein wieder hin und wischte die Fingerabdrücke mit einem frischen Tuch ab, das er aus dem Etui zog. Der Vorgang beanspruchte seine ganze Aufmerksamkeit. Eddy schien auf diesen Augenblick gewartet zu haben. Er gierte danach, die intellektuelle Führung zu übernehmen.

„Du bist ja ein Schlingel. Was hast du dir dabei gedacht, ein unschuldiges Lämmchen zu bedrohen? Ihm so mir nichts dir nichts das Eisen ins Herz zu rammen?" Seiner Meinung nach schwafelten die Pfaffen viel und zogen, wenn es darauf ankam, den Schwanz ein. Mit Häme dachte er an den Priester der Haftanstalt, der einige Male das Gespräch gesucht hatte. Immer ging es dabei um Reue, Umkehr und Besserung, und er hatte sich über den Erfindungsreichtum dieser Leute gewundert. Ehrlich gewundert.

Eddy war wegen bewaffneten Raubüberfalls in Straßburg zu fünf Jahren Gefängnis verurteilt worden. Er hatte beileibe mehr auf dem Kerbholz; genauer gesagt, eine Latte von Morden. Die Anwälte waren jedes Mal hervorragend und boxten ihn heraus. Angesichts der Beweislage konnte man auch das letzte Urteil milde nennen. Er akzeptierte das Etikett auf seiner Akte, das ihn im Büro des Gefängnisdirektors als Gewohnheitsverbrecher auswies. Trotz der fettarmen und vitaminhaltigen Kost hatte er es nicht lange im Vollzug ausgehalten, war versteckt unter dem Plastikmüll des Abfuhrwagens getürmt. Es stimmt schon, was im Fernsehen gesagt wird: im Recycling steckt die Zukunft. Der Rotfuchs hatte eine sadistische Ader, er war neugierig darauf, welche Verbrechen er noch begehen könnte.

„Bist du schon mal im Müllwagen kutschiert?" fragte er. „So richtig mit dem Kopf in der Scheiße?"

Der Prior schüttelte den Kopf und schaute den Sprecher an, dessen Akzent ihm auffiel. Er war kleiner und jünger als der andere, hatte schulterlange Haare und einen vorstehenden Oberkiefer, große Zähne, grüne, wie ein Uhrenglas hervortretende Augen. Er war keinem ähnlich, den der Prior im Laufe seines Lebens kennengelernt hatte.

„Na los, stell es dir vor!"

Vier robuste Arme ergriffen ihn. Sie warfen ihn vom Stuhl. Platschend schlug der Körper auf die schwarzweißen Fliesen. Der Geistliche lag auf allen vieren. Nun nahm Eddy das Tuch, griff die Flasche mit dem Barossa Valley und schüttete den Wein über den Geistlichen, bis er durchnässt war.

„Es riecht dort nach allem möglichen – sogar nach dem Blut Christi."

„Elende Gotteslästerer ..." stöhnte er.

Eddy entleerte den Mülleimer über ihm. Der Mönch zuckte zusammen und schrie vor Wut.

„Vergiss nicht, dass du eine perverse Sau bist" rief Eddy.

„Meinetwegen... aber ihr landet vor mir im Zuchthaus."

„Idiot", sagte Eddy und lachte höhnisch. „Vor dir - Glaubst du, dass dir noch soviel Zeit bleibt?"

Der Mönch sah Eddy an; sein schönes Gesicht drückte äusserste Einfalt aus.

„Du darfst als Märtyrer sterben."

Der Prior sah, wie Bruno den Schalldämpfer auf die Waffe schraubte.

„Nein, lass mich", protestierte Eddie. „Du hast den Alten erledigt. Der hier ist meine Sache."

Mit einer Drehung warf er die leere Flasche in die Vitrine, die laut krachend splitterte. Selbst für Bruno kam die Aktion überraschend – er hielt wenig von der Spontaneität des Kollegen. Aber er beruhigte sich. So gewaltig der Hall sein mochte, das Kloster war weitläufig, und die Schlafräume lagen entfernt. Eddy nahm unbesorgt ein Altartuch und schwenkte es vor dem Kopf des Geistlichen.

„Pauken und Trompeten. Stell dir vor: Stierkampf in Pamplona. Überall die kribbelnde Nähe des Todes. Und du bist der Stier!"

Er trat den Prior in die Seite.

„Los du Faulpelz, Attacke!"

Der Geistliche schleppte sich zu den Schränken, in denen Gewänder für Ministranten und Priester aufbewahrt wurden und rang nach Luft. Der Rotfuchs trieb ihn mit Fußtritten in die Mitte des Raumes

„Sie sind gefährlich, die Stiere von der Miura-Farm bei Sevilla, große, starke Tiere, eine halbe Tonne schwer, bereit, alles anzugreifen, was sich ihnen in den Weg stellt."

Er zog ein Messer aus der Hose und stach ihm in den Rücken. Der Mann schrie auf. Blut quoll heraus und tropfte auf den Boden.

„Schon lange her, dass ich einen Stierkampf gesehen habe. Jetzt noch ein paar elegante verónicas. Na los, beweg dich."

Er schwenkte das Tuch im Kreis, doch der Geistliche folgte den Vcronicas nicht. Unzufrieden stach er wieder auf ihn ein, diesmal in die Brust. Der Körper des Priors bog sich durch und erbebte, als würden Elektrostöße durch seine Beine, Arme und Finger geschossen. Eddy blickte auf sein Werk wie ein matador de toros, den Degen in der Hand. Von den Händen tropfte Blut. Die Augen blitzten vor Genugtuung. Fast schien es, als inszeniere er ein makabres, edles Ballett.

„Na los. Auf die Beine. Weiter geht es."

„Gnade. Ich bitte Sie" wimmerte der Geistliche, der sich nicht mehr auf Knie und Hände heben konnte. Da ploppte es aus der Waffe Brunos, einer Halbautomatik Beretta 70 T. Der Mönch fiel in einer traumartigen Zeitlupen-Bewegung auf den Fußboden nieder, dass Eddy vor Ungeduld keuchte. Jetzt lag der Sterbende auf der Seite, die Arme seltsam angewinkelt, der Leib verkrümmt, und verharrte in dieser Stellung. Als Vater Christian auf dem Boden lag, vor den Füßen der Killer, sah er so traurig aus in seiner verklebten Soutane wie ein Vogel mit gebrochenem Flügel.

„Die Corrida hat gerade erst angefangen", schrie Eddy erbost.

„Du riechst selber nach Schweißfüßen", sagte Bruno. „Du solltest dich von einem Arzt checken lassen. Oder einfach mal duschen."

III

„Ausreden. Verdammter Hurenbock! Hast du vergessen, dass ich auf dich warte?"

„Mach kein Tam Tam."

In Unterwäsche gammelte Borowiak auf der Couch, sein Mund war trocken, denn er hatte mit Freunden in seiner Stammkneipe an der Victoriastraße gezecht und geraucht, und zwar ausgiebig. Gegen vier Uhr früh war er nach Hause gekommen.

„Damit es nicht auffällt, hast du dich ins Büro verdrückt!"

Ben zog es vor zu schweigen, als neben ihm ein Unterteller explodierte.

„Falls dieses stinkende Loch ein Büro sein sollte."

Er quälte sich hoch und rieb mit den Fäusten den Schlaf aus den Augen. Vor ihm stand die Psychopathin, die ihn vor zwei Monaten im Lido aufgegabelt hatte. Da er zu lethargisch war, um nein zu sagen, war sie bei ihm eingezogen. Ein Mädchen mit großen, ungleichmäßigen Zähnen. Ungefähr einssiebzig ohne Absätze. Der über der Stirn spitz zulaufende Haaransatz ließ ihr Gesicht herzförmig erscheinen. Schwarze Locken. Sie trug enge Jeans – auf dem linken Bein stand in zehn Zentimeter hohen und weißen Blockbuchstaben THE ANIMAL FRIEND. Dazu ein purpurrotes T-Shirt und lolitagroße Ohrringe. Anstatt etwas zu erwidern, ließ er sich in den großen Sessel fallen. Rosshaar quoll aus den Löchern des Leders. Und der Teppichboden vor dem Sessel war bis zu den Kettfäden durchgewetzt, so hatten ihn die Füße der Vorbesitzer traktiert. Auf dem Schreibtisch welkten Zeitschriften und Papiere mit Kaffeeflecken, aber man sah auch einen Frisierspiegel, Ohrringe, Kämme aus Plastik, eine Haarspange und anderes weibliches Zubehör. Aus dem Aschenbecher quollen Zigarettenstummel.

„Du Versager bist zu nichts anderem fähig, als Weiber anzubaggern."

Eine Kaffeetasse flog. Ben konnte gerade noch ausweichen. Keli war dabei, seinen Hausstand aufzulösen.

„Beruhige dich" schrie er. „Bloß weil du nicht gebumst hast, musst du nicht hysterisch werden."

Die Diskussion endete wie immer: die Furie stürzte sich auf ihn, um ihn umzubringen. Ihre Schläge trafen ihn überall ins Gesicht. Als er sie am Arm festhielt, bohrten sich die Fingernägel ins Fleisch.

„Hör auf, Herrgott!" schrie er, doch sie war schon im Begriff, ihm den Kehlkopf zu zerquetschen. Seine Hand tastete auf dem Fußboden. Es gelang ihm, einen Lederschuh zu packen und ihr einen Schlag mit dem Absatz zu versetzen, nur so als Warnung. Keli war mitten in einem Anfall. Sie reagierte nicht. Tief gruben sich die Nägel in seinen Hals. Ben seufzte verzweifelt und schlug kräftiger zu. Beim dritten Schlag ließ sie von ihm ab, legte ihre Hände an den Kopf und wälzte sich kreischend auf dem Teppich.

„Komm schon, Schätzchen", sagte Borowiak. „Mach halb lang. Ich liebe dich. "

Sie schrie wie am Spieß, er hielt sich die Ohren zu.

„Scheiße!" brüllte er und verließ fluchend den Raum. Sein Büro hatte zwei Fenster zur Mainzer Straße und lag an einem Ende des Flurs. Am anderen das Schlafzimmer mit einem breiten Futon, Stuhl, Fernseher und einem dreiteiligen Schrank. Neben Kelis Koffer reihten sich Stöckelschuhe. Über der Lehne hing ein BH, das Bett zierte ein Babydoll. Die Luft war stickig, es roch nach schmutzigen Laken, ungewaschenen Socken, Unterhosen, Nivea und Tabaksqualm. Er öffnete die

Balkontür, schaute hinüber nach Treptow und weiter nach links, wo nachts die blau beleuchtete Spitze des Allianz-Hochhauses zu sehen war. Was die Frau betraf, war er ratlos. Und auch sonst. Die Detektei war ein Provisorium, so wie der Stadtteil, in dem immer mehr Einwanderer hausten, Arbeitslose, Debile, Neurotiker, Junkies, Illegale, Mafiosi, kurzum: die Multi-Kulti Palette der Hartz-4-Empfänger. Oder Leute, die sich keine Hoffnung mehr auf Staatsknete machen konnten. Neukölln vermittelte den Charme einer Suchtstation, war Nährboden für Mord und Totschlag.

Eine kalte Brise jagte ihn zurück ins Zimmer. Im Schrank schaukelten ein dunkelblauer Anzug in einem schweren Plastiksack und eine blauschwarze Jeans. Dazwischen hing ein halbes Dutzend sauberer kurz-ärmeliger Sportshirts auf Kleiderbügeln, ein schreiend buntes Hawaihemd, ein weißes Oberhemd und drei unifarbene Krawatten. Auf dem Boden stapelten sich Pappschachteln mit Baumwollsocken, Unterhosen, und zerschlissenen Khaki-Turnhosen. Das auffälligste Teil des Fundus: ein sechs Jahre alter Ledermantel. In der einen Tasche: eine Schachtel mit Munition Kaliber 9, in der anderen eine USB Heckler und Koch.

Er angelte aus dem obersten Regalfach ein Handtuch, das nach Seife roch. Darunter ein gerahmtes Bild seiner Tochter. Während sich die Frau erneut aufregte, nahm er eine Dusche, putzte die Zähne, rasierte sich. Der Spiegel zeigte ein schönes blasses und ovales Gesicht, braune Haare, markante Nase und Kinn, die Augen dunkelbraun. Die Falten um den Mund hatten sich in den letzten Jahren tiefer gegraben. Die Schultern ein bisschen schmal. Er war nicht größer als Keli, wenn sie Absätze trug, aber das war ok. Momentan nicht allzu viel Bauch, aber es bestand Gefahr in dieser Hinsicht. Es war Zeit, wieder das Laufen anzufangen oder einen anderen Sport, aber er konnte sich angesichts des Regens nicht aufraffen. Nach dem Rasieren schlüpfte er in eine Kordhose und einen schwarzen Rolli, dann schlenderte er drei Stockwerke tiefer zum Briefkasten. Wieder zurück räumte er auf. Das heisst: er machte das Bett, in dem Keli geschlafen hatte und brachte die schmutzigen Gläser ins Spülbecken.

Er ging rüber ins Zimmer, das er sein Büro nannte. Keli hockte schmollend auf der Couch und hielt sich den Kopf. Die Grünpflanze war vom Fenster gekippt und hatte großflächig Erde verstreut. Ben lief zu dem Metallschrank, öffnete ihn. Neben juristischen Fachbüchern stand eine Flasche mit polnischem Wodka. Er holte sie mit zwei Gläsern heraus.

„Komm, trink einen mit."

„Wer bin ich denn? Dein Saufkumpan?"

„Nur weil ich ein paar alte Freunde gesehen habe? Das ist nicht fair."

„Du benutzt dieses Wort oft" sagte sie.

„Welches Wort?"

„Fair. Du bist jetzt 42 Jahre alt."

„In zwei Monaten."

„Und beschwerst dich: dass man dich suspendiert hat, dass du keine Aufträge kriegst, dass du in diesem Absturzviertel wohnst. Blablablabla. Den Quatsch muss ich mir täglich anhören. Warum suchst du nicht einen anständigen Job?"

Borowiak dachte an den Auftrag des Kunsthändlers, der flöten gegangen war. Der Mann stellte sich als Klaus-Dieter Schneider vor und wollte Hehler ausfindig machen, die sich auf Kirchenkunst spezialisiert hatten. Mitten im Gespräch war Ben die Sache faul erschienen und er stellte Fragen. Mehr Fragen, als sich ein Privatdetektiv leisten konnte.

„Du bringst dein Geld in Kneipen durch. Mit irgendwelchen Weibern."

Mehrere Abonnentenangebote für Wirtschaftszeitungen und eine Computerfachzeitschrift. Borowiak knüllte sie zusammen und beförderte sie in den Papierkorb.

„Ich hab die Schnauze voll. Du kannst abtanzen."

„Schnauze voll? Was bist du für ein Looser!"

Keli setzte die rotlackierten Zehen auf den Teppich und drückte sich reckend das Kreuz durch, was ihre Figur und die appetitlichen Brüste zur Geltung brachte.

„Zeig mir endlich, dass du ein Mann bist."

„Arschloch! Meinst du, ich hätte nichts besseres vor?"

Ben lief in die Küche. Das Blöde war, dass er wieder Lust hatte, mit ihr zu bumsen. Je mehr sie miteinander stritten, um so dringlicher wurde dieses Bedürfnis. Während er überlegte, hörte er das Telefon. Auf dem Büfett, einem weiteren Second Hand Artikel, lagerten vier Eier in einem braunen Karton, eine angerissene Packung Kaffee, Kaffeefilter und ein kleiner Henkeltopf. Die aufgerissene Schublade enthielt drei Messer, vier Gabeln, eine Packung italienischer Hartweizennudeln und eine Tüte Chips. Ein paar von ihnen lagen zertreten mit anderen Speiseresten auf dem PVC. In der Kochnische entdeckte er Kelis Kaffee, der in einem Topf vor sich hin brodelte. Er goß sich eine Tasse ein, zerquetschte die Ameise auf dem Rand der Zuckerdose und ging ins Büro.

„Für dich" sagte sie ernst und trocken. „Der Papst ist am Apparat."

IV

Das Starbucks am Ernst Reuter Platz schien gerammelt voll mit jungen Leuten. Sie hingen an den bogenförmigen Scheiben oder standen an der Theke, an der englischsprachige Mitarbeiter in grünen Schürzen bedienten. Der hintere Bereich war dagegen beinahe leer. Vereinzelt saßen Jungdynamische in längsgestreiften Hemden am Laptop. Unaufdringlich spielte leicht konsumierbarer Trans-Funk-Jazz, man konnte sich unterhalten, ohne dass jemand mithörte.

Der Besucher trug eine weiße Kunstseidenkrawatte. Er hatte kurzes Haar, seine Schläfen waren rasiert. Als er die Treppe hochstieg, baumelte ein Ledertäschchen vom Handgelenk. Borowiak sah sich einem Typen gegenüber Ende 60, grau, gesättigt und schlaff, mit kleinen Augen in der Farbe toter Austern. Er stellte sich vor: Benedikt – wie der Papst, und versank im braunen Leder der Couch. Ben erkannte ein winziges Abzeichen des Lions Club im Knopfloch. Unter dem schwarzen Anzug sah man Hosenträger.

„Mieses Wetter" sagte er mit dünner Stimme. „Trinken Sie einen Grog?"

„Miese Zeiten" entgegnete Borowiak und schüttelte den Kopf. „Grog gibts nicht. Man muss an der Bar bestellen. Sagen Sie mir, was Sie trinken wollen. "

„Wer war das am Telefon?"

„Meine Sekretärin."

„Sie fragte mich, ob ich richtig verbunden sei."

„Und?"

„Sie wirkte überrascht, als ich von einem Auftrag sprach. Fragte gleich, ob ich zahlen könne."

Der Mann grinste. Sein meuchelnder Charme erinnerte an Nosferatu, den gräflichen Blutsauger.

„Die Stadt ist auf einem Sumpf erbaut", erklärte Ben pathetisch, „einem tiefen, unergründlichen Sumpf, in dem früher immer wieder Bauern verschwanden. Oder durchreisende Kaufleute. Dass man Berlin trocken legte, hat das Problem nur verlagert. Der Sumpf ist noch da, in der Bürokratie, der Politik, in den Hirnen der Bevölkerung. Ein unerträglicher Sumpf." Er schwieg erschöpft.

„Das klingt engagiert", erwiderte Benedikt und blickte sich um, entweder, weil er sich beobachtet fühlte oder um ein arrogantes Grinsen zu verbergen. Hinter ihm zeigte ein Tryptichon im Comic-Stil Kaffeesäcke, Kaffeetassen, Kaffeekannen. Er legte das Tunten-

Täschchen behutsam auf den mit Schachbrettmotiven verzierten Tisch.

„Die Frage ihrer Sekretärin ist berechtigt. Die Dominikaner beispielsweise leben nach der Augustinusregel. Sie haben keine liegenden Güter, sondern nur feste Einkünfte, damit die Sorge um irdische Dinge die Predigt nicht behindert. Aber es gibt schwarze Schafe, die sich nicht um die Regeln kümmern. Warum ausgerechnet die Provinz Teutonia die reichste ist, gehört zu den Dingen, die Sie herausfinden sollen."

Er zog ein Visitenkärtchen hervor, auf dem sein Titel stand: ERZBISCHOF BENEDIKT RATZENBERG.

„Was ihren Scheck angeht, brauchen Sie sich keine Gedanken zu machen. Ich vertrete die Amtskirche und die hat ihre Schulden immer bezahlt."

Borowiak lief hinab, um zu ordern. Schließlich brachte er zwei American Coffee auf einem Plastiktablett, einen Doughnut mit Zuckerguss und einen Blueberry Muffin; in der Hand hielt er zwei Briefchen mit braunem Zucker, dazu granulierten Süßstoff mit dem Aufdruck Sweet'N Low, und einen N-Rich-Koffee Creamer.

„Was führt Sie zu mir?" fragte Ben knapp und schob ihm eine Tasse hin.

„Etwas, das man nicht mit Kirche assoziert. Und auch nicht assoziieren sollte."

Der Geistliche schwieg.

„Das wäre?" fragte Borowiak.

„Zwei Brüder wurden ermordet."

„Stand das nicht in der Zeitung? Man sprach von Raubmord."

Benedikt biss vorsichtig in den Muffin. Vor dem bunten Comic wirkte der Grauschopf wie ein Anachronismus.

„Natürlich ist das nicht die Wahrheit. Die Kasse wurde geplündert, sie hatte einen Bargeldbestand von hundert Euro, ein paar Ziborien verschwanden..."

Borowiak schaute fragend.

„Ziborien – Weihekelche für die Eucharistiefeier!"

„Wer sollte dafür einen Mord begehen?"

„Genau das frage ich mich auch Vielleicht ist es ein Racheakt. Von jemandem, der die Kirche hasst."

„Das macht die Sache nicht leichter. Da müssen Sie drei Millionen Berliner verdächtigen."

„Ihre Bemerkung klingt zynisch, Borowiak. Bis jetzt bin ich davon ausgegangen, dass Sie uns positiv gegenüberstehen. Wer soll der Welt Orientierung geben? Die Konzerne etwa, die mit ihren Pseudophilosophien Millionen von Mitarbeitern und Konsumenten ausbeuten?"

Ben blickte pikiert aus dem Fenster, vor dem sich die Hochhäuser der Großbanken abzeichneten. Der Platz mit dem Springbrunnen war von zwei Dutzend Fahnen umkränzt und hätte genauso in Moskau sein können oder Brüssel.

„Sie haben allerdings recht, was das Umfeld betrifft. Allein der Moabiter Klostersturm. Der Mob hat damals St. Paulus geplündert. Die preußischen Minister wollten uns vertreiben. Und die Presse hetzt immer noch gegen uns!"

Er griff nach dem Muffin und Ben sah, dass seine Haut bleich war, von Altersflecken durchsetzt.

„Trotz meiner schwachen Gesundheit habe ich die Nacht mit den Brüdern gebetet. Ich konnte sie überzeugen, einen Detektiv zu beauftragen."

Ben hatte den Doughnut verdrückt und fühlte sich unbehaglich.

„Was tun Sie für ihre Fitness, Herr Borowiak?"

Er zuckte die Achseln. „Ein bischen Eisen pumpen" flunkerte er.

„Sieht man Ihnen nicht unbedingt an", meinte der Geistliche.

Der Angesprochene richtete sich im Stuhl auf und zückte das Notizbuch. „Geben Sie mir ein paar Anhaltspunkte für die Ermittlungen."

Benedikt kramte aus dem Täschchen 13 mal 18 cm große Abzüge hervor. Auf der Rückseite las Ben den aufgestempelten Namen *Michael Beinert*.

„Ich sage Ihnen, was passiert ist. Die Toten sind Johann Anselm Eisenberg, 66 Jahre alt, und Christian Schulze, Theologe und ehemaliger Religionslehrer, 51 Jahre. Der eine Buchhalter des Klosters, der andere Prior. Bruder Johann lebte 12 Jahre in St. Paulus und stammt aus der Provinz Austria. Schulze war längere Zeit im Kloster Caleruega. Er kam vor fünf Jahren nach St. Paulus."

„Fällt auf, dass beide zugereist sind" sagte Ben, um kompetent zu wirken.

„Falsche Antwort, Borowiak. Die stabilitas loci hat es bei dem Orden nie gegeben. Die Dominikaner waren eine inter-nationale Einrichtung, bevor man überhaupt von Globalisierung gesprochen hat. Ein Drittel der Brüder in den Provinzen sind schon immer Ausländer. Aber der Provinzial ...“

Benedikt zog es vor, zu schweigen.

„Was kritisieren Sie an ihm?“

„Er hat nie ein ordentliches Noviziat absolviert.“

„Eine Art Lehre?“ fragte Ben.

„Er wurde von der Kurie eingesetzt, weil er weder in Spanien noch bei der Vatikanbank erwünscht war. Seine Beziehungen haben ihm genützt.“

„Wer führt das Kloster jetzt?“

„Meine Person, in aller Bescheidenheit. Ich bin der Notnagel, der alles zusammenhält.“

Benedikt lächelte ebenso glücklich wie mild, so dass Ben einen leisen Schauer verspürte.

„Was hat die Autopsie ergeben?“

„Die Morde müssen kurz nacheinander erfolgt sein, zwischen 23 Uhr und 23 Uhr 30.“

Die fragilen Hände fegten die Krümel von der Platte. Jetzt, da er ihm Fotos vorlegte, fand Ben den Ort ziemlich unpassend. Das erste zeigte eine mit Kreide umrissene Leiche, bekleidet mit blau-weiß gestreiftem Pijama und Norweger-Pullover. Die nächsten Bilder fokussierten den zertrümmerten Schädel und die blutverkrustete Wunde.

„Johann wurde mit einem Holzkreuz aus dem Verkaufsraum erschlagen. Das hat das Labor ermittelt. Den Prior hat man mit Messerstichen traktiert und durch einen Schuss in den Hinterkopf getötet. Beide Opfer haben Hämatome, die auf Tritte und Schläge deuten.“

Der Erzbischof schob weitere Fotos nach. „Nehmen Sie alles mit. Sie können die Abzüge behalten."

„Wieviele Brüder leben in St. Paulus?"

„Derzeit 18, einschließlich meiner Person. Rom hat mich gebeten, das Kloster kommissarisch zu leiten."

„Hat niemand etwas gesehen oder gehört?"

„Um 23.15 gab es einen Knall, der Bruder Norbert aufscheuchte. Er hat Schwierigkeiten, einzuschlafen. Aus dem Fenster sah er zwei Männer in einen Wagen steigen. Eine dunkle Limousine, mehr erkannte er nicht."

„Hat er die Polizei gerufen?"

„Nein. Der Bruder reagiert sehr langsam. Die Besucher der Morgenandacht fanden den Prior gegen sechs Uhr morgens in der Sakristei und riefen die Polizei. Als die Beamten im Haus waren, wurde die zweite Leiche entdeckt. Von Ambrosius, der den Dienst antrat."

„Hat die Spurensicherung etwas gefunden?"

„Eine spezielle Wollmischung an einem Korkenzieher. Kaschmir, Satin und Seide. Wird für exklusive Mänermode verwendet. Wahrscheinlich Armani." Benedikt war in einen Plauderton verfallen. Jetzt flüsterte er fast. „Sonst keine Textilrückstände, Hautpartikel, Täterblut oder dergleichen. Das ganze Inventar der Sakristei ist ins Labor gewandert – ohne Ergebnis."

„Armani-Anzug? Klingt wie in einem Mafia-Film!"

Der Erzbischof begegnete ihm mit einem vernichtenden Blick. „Halten Sie sich zurück, Borowiak! Sie sollten keine voreiligen Schlüsse ziehen wegen eines banalen Details." Er hielt die Augen starr und kalt auf Ben gerichtet, der sich überlegte, ob der Mann tatsächlich einen Detektiv beauftragen wollte. „Sie meinen sicher, dass die Täter sehr planvoll zu Werke gingen", fuhr er fort. „Die verwendete Waffe trug einen Schalldämpfer, die Fingerabdrücke wurden verwischt." Benedikt kaute bedächtig seinen Blueberry-Muffin und wischte den Mund.

„Ein innerkirchliches Strafgericht vielleicht?" mutmaßte Ben, der sich von der drohenden Haltung des Alten nicht beeindrucken ließ. „Für Verfehlungen der Brüder?"

„Nein. An so etwas brauchen Sie nicht einmal zu denken! Wir brauchen keine wilden Spekulationen, wir brauchen Beweise."

Wieder herrschte eisiges Schweigen. Dann fragte Ben: „Wie sind Sie auf meine Detektei gestoßen?"

„Möglicherweise der Name. Da gab es doch einmal einen Tatort-Kommissar…"

Ben hätte nie daran gedacht, dass ein Pfarrer am Sonntag Abend Fernsehen schaut, geschweige denn ein Papst. Aber nun begriff er, dass die Namensähnlichkeit auch Vorteile haben konnte.

„Kommen Sie, das kann doch nicht alles sein."

„Ihre Webseite. Mich hat interessiert, dass Sie in Spanien studiert haben."

„An der Universität von Granada."

„Ist das eine Elite-Uni?"

Die Frage klang wieder so ironisch.

„Zu meiner Zeit galt sie nicht gerade als effektiv. Oder renommiert."

„Wichtig ist, dass Sie Spanisch sprechen."

Ben konnte sich nicht vorstellen, wofür das notwendig sein sollte.

„Und dass Sie loyal sind."

zog seine Brieftasche Der Alte heraus, blätterte durchs Kartenfach und reichte ihm die Adresse der Klosterverwaltung.

„Das bedeutet konkret?"

„Sie berichten so häufig wie möglich. Das oberste Gebot ist Diskretion. Wenn Sie etwas über die Mörder oder ihren Auftraggeber herausfinden, sagen Sie es unter der angegebenen Nummer. Reden Sie nicht mit Journalisten!"

„Es liegt in meiner Natur, Informationen zurückzuhalten", räusperte sich Ben, der an sein unrühmliches Ausscheiden aus dem LKA dachte.

„Die Dominikaner treffen sich an Ostern in Berlin zu einem Konklave. Es geht um die religiöse Wende in der postmodernen Philosophie, um Terrorismus und Migration. Die Hybris der Moderne platzt wie ein Luftballon; nun gilt es, dem Islamismus mit dem Schwert der Kreuzritter zu begegnen. Dafür wollen wir Unterstützung und keine negative Publicity."

„Und die Polizei?"

„Haben Sie jemals gute Erfahrungen mit der Polizei gemacht? Ich glaube nicht. Denken Sie einmal an ihre frühere Tätigkeit."

Ben schluckte. Offenbar hatte der Geistliche Erkundigungen eingezogen. Er wollte ganz bewusst einen Außenseiter beauftragen

„Ich möchte nicht, dass noch mehr Ungemach auf den Orden zukommt. Sie sollen die Sache diskret untersuchen. Gerade in einer Zeit, in der islamische Strömungen immer stärker werden, können wir uns Skandale nicht leisten. Wir wollen keine Schlagzeilen, die unsere christliche Kirche in Verruf bringen. Dafür sind wir bereit, mehr als den üblichen Tagessatz zu zahlen."

Der Papst, der keiner war, unterschrieb das Formular mit goldenem Parker und reichte ihm die Kopie. Ben faltete das Papier und steckte es ins Notizbuch. Da er keine religiösen Vorbehalte hatte, konzentrierte er sich auf die Zahlungsmoral, und die schien einwandfrei. Sie gingen gemeinsam zur Doppeltür. Draußen streifte er seine Regenjacke über, ein blaues, raschelndes Nylon, während Ratzenberg auf einen schwarzen BMW zuging.

„Was wollen Sie tun?" fragte der Geistliche.

„Auf den Busch klopfen" sagte Borowiak.

V

Pünktlich um 8.30 Uhr klingelte das Telefon. Ben hatte den Weckdienst beauftragt. Während sich die Psychopathin meuternd zur Seite drehte, kleidete er sich an wie der Blitz mit Hawaihemd, Jeans, Jogging Schuhen, Ledermantel, und warf Reisenecessaire, Wollsocken,

Unterhosen, zwei T-Shirts und den Rollkragenpulli in den alten Samsonite. Dann ging er zum Aktenschrank, nahm die Flasche mit polnischem Wodka und legte sie dazu. Im Haus gab es zwischen dem Waschsalon und dem Jugendclub eine hell erleuchtete Imbissstube, dort stürzte er einen starken schwarzen Kaffee hinunter. Die Gebäude in der Herrmannstraße stammten aus der Nachkriegszeit und muffelten nach Kohl und Döner. Dort, wo sich keine Geschäfte befanden, waren die Wände in schreienden Farben beschmiert, meist obszön, immer beleidigend, im allgemeinen drohend. Ben lief zu seinem uralten Ford Taunus, der auf dem Parkplatz vor einem großen Graffito stand: ZITTERT, IHR REICHEN. Seine Kiste stach wie ein Kunstobjekt unter Dutzenden spießiger Wannen hervor, ein Prachtexemplar aus den späten 70ern, in dem er relaxen und sich inspirieren lassen konnte. Sein persönlicher think tank und Inspirationsquelle; er würde ihn nie verpfänden, selbst wenn er hungern müsste. Auf der Motorhaube prangte das Abziehbild eines flammenden roten Vogels. Während Dach und Seitenteile weiß waren, leuchteten Kotflügel und Kofferraum in knalligem Rot. Er stieg in den weichen Schalensitz. Es war, als säße man in einer Grube, obwohl man durch die Windschutzscheibe eine ausgezeichnete Sicht hatte. Borowiak lenkte den donnernden Wagen die spiralförmig gewundene Ausfahrt Ausfahrt hinunter. In einem aggressiven Fahrstil fuhr er nach Süden.

Vor dem Shop hatte sich eine Gruppe von Leuten um einen Führer majestätisch zwei gotische Türme hinunter. In einem aggressiven Fahrstil fuhr er nach Süden. An der dreispurigen Stadtautobahn bremste ihn dichter Verkehr. Im Uhrzeigersinn umfuhr er den Stadtkern, erreichte die Ausfahrt Beusselstraße An der dreispurigen Stadtautobahn bremste ihn dichter Verkehr. Im Uhrzeigersinn umfuhr er den Stadtkern, erreichte die Ausfahrt Beusselstraße im Stau. In Moabit ließ der Verkehr schnell nach. Auf der Oldenburger Straße war kein Fahrzeug mehr zu sehen. Vor ihm erhoben sich majestätisch zwei gotische Türme mit einem riesigen Kirchenschiff, dahinter folgte kastellartig das 1893 fertiggestellte Kloster, Schauplatz des Verbrechens. Trauerweiden umstanden das dreistöckige Gebäude mit dem hohen Giebeldach.

Vor dem Shop hatte sich eine Gruppe von Leuten um einen Führer in Kutte geschart. „Die Meditationskissen sind blau. Bitte nicht mit den rot gemusterten Kopfkissen verwechseln", sagte der Pater und referierte über ignatianische Spiritualität. Er fuchtelte nervös mit den Händen und wirkte zäh wie Suppenfleisch. Im Verkaufsraum erinnerte nichts an die Leiche des alten Johann. Jemand hatte sich mit Schrubber und Bürste an die Arbeit gemacht. Die Regale waren hübsch aufgeräumt, dort grüßten Kaffeebecher mit fröhlich winkendem Papst, stapelten sich bedruckte T-Shirts und Vatikan-Fahnen, reihten sich Pilgerstäbe, Geschenk-Kugelschreiber und Reisealtäre in Streichholzschachtelgrösse, und wer nicht wusste, dass ein wuchtiges Holzkreuz fehlte, würde es nicht vermissen. Ein kleinwüchsiger Mann mit rundem Gesicht bediente Kunden, die Ansichtskarten kauften. Seine Stimme fistelte. Als *Bruder Ambrosius* angesprochen, verneigte er sich und verteilte Anmeldeformulare. Borowiak kämpfte sich durch den Fragebogen. Nach Selbstmordversuchen wurde da gefragt, nach Drogen- und Alkoholmissbrauch sowie gesundheitlichen Problemen. Er kreuzte überall „Nein" an und gelobte, dem Regelwerk des Klosters zu folgen, das Schweigen, Gebet, Meditation und den Verzicht auf Genussmittel einforderte. Schließlich legte er 500 Euro auf die Theke. Wahrscheinlich war eine saublöde Idee - er wollte unauffällig ermitteln und dachte, die Exerzitientage seien eine gute Gelegenheit. Die Zimmer im Ostflügels waren Mönchszellen. Ausgestattet mit harter Liege, Kleiderschrank und niedrigem Tisch boten sie nicht die geringste Extravaganz. Von hier aus blickte man auf die Oldenburger Straße. Ben befand sich schräg über der Pforte und dem zum Innenhof gelegenen Besucherzentrum. Er nahm das Zahnputzglas und beschenkte sich mit dem ersten Wodka des Tages, als jemand mit einer Glocke zunehmend Lärm produziert. Die Schläge begannen sanft, steigerten sich, wurden lauter und schneller, dann flachten sie ab. Der Vorgang wiederholte sich, bis die Gäste auf den Flur traten.

„Ist es wahr, was man in der Zeitung gelesen hat: zwei Brüder wurden umgebracht?" fragte er Pater Jonas, als die Gruppe versammelt war.

„Psssst." Der Mann schüttelte den Kopf und führte den Zeigefinger an den Mund. „Hier wird nicht geredet."

„Wie beim Militär. Fehlt nur die Uniform!", dachte Ben. Es war Abneigung auf den ersten Blick. Sie liefen schweigend die Treppe hoch in den zweiten Stock und erreichten die Basilika. Der Geistliche leierte nochmals die Regeln herunter. Ben verspürte Lust auf Kaffee, blieb aber gehorsam auf der Bank sitzen wie die anderen vierzehn Teilnehmer. Nun begann es: man musste Gebete formulieren und bewegungslos verharren. Die Stille in dem muffigen und kalten Kirchenraum war derart drückend, dass er nach einer halben Stunde vorgab, die Toilette zu suchen und wie irr an der Tür zur Sakristei rüttelte. Abgesperrt. Pater Jonas wies den Weg über den Korridor. Sobald Ben die Basilika verlassen hatte, probierte er, von der anderen Seite in die Sakristei zu gelangen, und stieß auf eine zweite Tür. Ihr altertümliches Schloss stellte keine Herausforderung dar. Ben lauschte ins Treppenhaus und probierte mit dem Dietrich. Nun schlüpfte er hinein und knipste das Neonlicht an. Ein leerer, banaler Raum, er fragte sich, was er erwartet hatte. Die Kripo entfernte das Inventar genauso standardmäßig wie die Leiche. Immerhin konnte er sich davon überzeugen, dass die Vitrine vollkommen zerstört war. Das Bersten des Glases musste einen Höllenlärm produziert haben. Ben horchte, lief vier Treppen abwärts und wählte den Weg über den Innenhof in das Besucherzentrum.

„Sagen Sie, Bruder Ambrosius, ich habe gehört, dass ihr Kollege überfallen wurde.".

„Was wollen Sie?" Der Mann mit der hohen Stimme blickte forschend durch die Schlüsselanhänger.

„Mein Beileid ausdrücken. Sie waren es doch, der Johann entdeckt hat."

Ambrosius blieb in Wartestellung.

„Und dann mussten Sie den ganzen Raum reinigen, das Blut abwaschen, viel Arbeit, nicht wahr?"

„Kann man wohl sagen. Da war überall Blut. Ein paar Flecken gingen nur mit Benzin weg."

„Hat Ihnen niemand geholfen?"

„Kein Problem. Wir hatten ja drei Tage komplett geschlossen."

„Ich frage mich, wieso jemand einen 66 Jahre alten Mönch umbringt."

„Die Polizei sagt, es war Raubmord."

„Hatte der Bruder Feinde? Ich meine, hier im Kloster?" Ambrosius schaute zur Tür und zögerte mit der Antwort.

„Er war nicht sehr zuverlässig, hatte Aussetzer, aber das störte niemand. Am allerwenigsten den Prior. Da Johann von nichts eine Ahnung hatte, haben sie die Bücher gemeinsam geführt."

„Wer übernimmt jetzt die Buchhaltung?"

„Bruder Norbert."

„Der kennt sich wahrscheinlich besser aus."

„Iwo." Ambrosius lachte wie ein Wicht. „Seine Birne ist weicher als ein Zwei-Minuten-Ei."

Plötzlich wurde er formal und wendete sich der Kasse zu. Pater Jonas stand hinter ihnen mit der strengen Miene eines Feldwebels.

„Was tun Sie hier? Sie haben sich zum Gehorsam verpflichtet. Das bedeutet, dass Sie die zugewiesenen Räume nicht verlassen dürfen!"

„Psssst." Ben legte den Zeigefinger an den Mund, deutete auf eine Postkarte und warf einen Euro auf die Theke.

„Gehen Sie zu Ihrer Gruppe" zischte der Geistliche und schubste ihn in Richtung Ausgang.

Ben wurde sauer.

„Vorsichtig, Mann. Geben Sie mir das Geld zurück, dann bin ich innerhalb von fünf Minuten verschwunden."

„Sie haben die Regeln gelesen und unterschrieben. Kommen Sie jetzt."

Wenn ihn etwas wurmte, dann ein Kretin, der den Feldwebel spielt. Ben hatte seinen ganzen Vorschuß investiert, und steuerte auf einen Reinfall zu. Spesen für ein fünftägiges Seminar würde der Auftraggeber kaum berappen, selbst wenn er Erzbischof war. Also schluckte Ben den Ärger hinunter. Im Hawaihemd und mit blauroten Jogging-Schuhen folgte er Pater Jonas, der mit kerzengerader Haltung und eingefrorenen Gesichtszügen die Treppe nach oben stieg.

Der Streit änderte nichts an der Langeweile, die ihn in der Basilika überkam, kaum dass er Platz genommen hatte. Als er tat, als ob er beten wolle, überfielen ihn die heftigsten Rückenschmerzen. Selbst die bunten Fresken über ihm, angefüllt mit biblischen Szenen, schienen beladen mit Spott und Ironie Er empfand die Monotonie so stark, dass er fortwährend gähnen musste. An diesem Nachmittag erhielt er schriftliche Ermahnungen der Assistenten, weil er in eine liegende Position gerutscht war und sogar einmal eingedöst war. Schon bildete er sich ein, die Beobachter seien speziell auf ihn angesetzt. Erst, als alle ins Refektorium durften, um sich einen Tee zu genehmigen, erholte er sich von der ausgelösten Paranoia. Eine Pause von zwanzig Minuten sollte reichen, die Verwaltung im Westflügel aufzusuchen.

Das Zimmer von Bruder Norbert lag am Ende des Flurs hinter dem Lehrstuhl für Ignatianische Spiritualität und Exegese. Man musste zuerst durch eine Glastüre. Er klopfte und als niemand antwortete, drückte er die Türe auf. Zwischen Akten und Büchern hockte ein unbeschäftigter Mann auf dem Fußboden, knochig, mit Bürstenhaarschnitt und müde hängenden Augenlidern.

„Hi, Mann" sagte er mit schwacher Stimme.

„Zeit für ein Schwätzchen?"

„Groove up."

„Hast du den alten Johann gekannt?"

„Keine Ahnung. Bin hier auf Fürsprache eines echten Samariters. Don Ignacio hat mich aus dem Rinnstein gelotst."

„Edel von ihm. Gibt es was zu tun?"

„Hoooooh! Hast du die ganzen Libellen gesehen?"

„Ich meine offizielle Buchhaltung und so."

„Oh ja, den Büchern nach müssen wir ein blühendes Unternehmen sein."

„Was blüht denn so? Die Phantasie?"

„Quatsch. Das Pilgerbüro in der Görlitzer."

„Gehört es zu dem Laden hier?"

Er nickte mit dem Kopf und wollte gar nicht mehr mit dem Nicken aufhören.

„Über uns werden zigtausend Reisen gebucht. Rein theoretisch ist jeder Berliner n Pilger."

„Dann müssen die Dominikaner ein gutsituiertes Völkchen sein."

„Milliardäre. Multi-ich-weiß-nicht-was."

„Was passiert mit dem Geld?"

„Hilfsprojekte."

„Was gesehen die Nacht?"

„Sind Sie'n Schnüffler oder so?"

„Ne arme Seele wie du, dreamboy."

Ben blickte in die stark erweiterten Pupillen des Mannes, der ihn verloren anstarrte. Dann, langsam sprechend, beschrieb er die Libellen, die seiner Meinung nach herumschwirrten, so wie an jenem Abend.

„Was meinst du? Hatte der Prior Feinde? Wer würde ihm so was antun?"

„Habe gehört, dass der Bruder ne Vorliebe hatte, die er in Spanien pflegte. Die Perversion wurde nie publik. Um Schaden abzuwenden. Aber Pssst. Pssst!"

Immer wieder neu justierend hob er den Zeigefinger an den Mund, bis er endlich die Lippen traf. Dann tauchte er ab in eine insektoide Welt, die nie ein Biologe zu Gesicht bekommen würde. Ben eilte die Treppe abwärts zum Ausgang, wo ihn die Gruppe und das versteinerte Gesicht von Pater Jonas erwarteten. Nach den Regenfällen der letzten Woche war der Innenhof verschlammt, voller Pfützen, abgerissenen Ästen und verwehtem Laub. Auch jetzt ging unangenehmer Fadenregen nieder. Man hätte meinen können, es sei Herbst. Die Farne glänzten und von den Baumkronen rieselte

Wasser. Für die Gehmeditation wurden Schirme ausgeteilt. Eine zeitlang beschäftigte sich Ben mit dem Heben und Senken der Füße und bewegte sich in der vorgeschriebenen Bahn. Stoppte an jedem Ende. Drehte sich langsam um 180 Grad. Das alles mit dem Regenschirm in der Hand, so wie die anderen Teilnehmer. Seine Ungeduld steigerte sich von Schritt zu Schritt. Als er die Spur verließ, baute sich der Pater vor ihm auf.

„Haben Sie die Orientierung verloren, Herr Borowiak, oder gibt es ein anderweitiges Problem?"

Ben blickte mechanisch auf die Uhr und schüttelte den Kopf.

„Ich geh nach Hause" erklärte er. „Hab keine Lust mehr auf den Unfug."

„Sie sollten lernen, etwas demütiger aufzutreten!"

Er streckte die Hand aus und packte Ben beim Revers seines Ledermantels.

„Altes Wrack" entgegnete Borowiak und verpasste ihm einen Schlag an den Hals. Pater Jonas stieß einen lauten Schrei aus.

„Tut mir leid. Ich wollte Sie nicht...."

Ben war drauf und dran, sich zu entschuldigen. Plötzlich schüttelte ihn ein Lachanfall. Für diesen Unsinn hatte er seinen ganzen Vorschuß verpulvert. Der Pater trat ganz nah an ihn heran, mit weit aufgerissenen Augen. Ben fragte sich, was er machen würde, falls der Geistliche die Kurve nicht kriegte.

„Lassen Sie es", sagte er kühl. "Ich werde zurück schlagen."

Der Geistliche blieb starr und würdevoll stehen, vor den Teilnehmern darauf bedacht, nicht klein beizugeben. Ben gab der purpurroten Wange des Bruders einen leichten Klaps, ging an ihm vorbei und verließ das Gebäude.

VI

Um halb sieben in der Frühe begann es leicht zu regnen, aber eine Stunde später zuckten Blitze und es duschte wieder wie verrückt. Ben fluchte und drehte das Fenster hoch, um nicht klatschnass zu werden. Die Scheiben beschlugen sofort, er musste die Frontscheibe mit seinem Taschentuch abwischen. Ein zeitgemäßes Auto hätte eine Lüftung gehabt, die beim Einstecken des Zündschlüssels läuft. Die Federung war grauenvoll und die nach und nach aus den aufeinanderfolgenden Batterien ausgetretene Säure hatte Löcher in die Blechwand gefressen, durch die man die Hitze des Motors fühlte. Der Taunus war nicht nur eine Liebhaberei, er entsprach dem, was er sich leisten konnte. Und das war nicht viel.

Seit einer Stunde parkte Ben unter einer Baumgruppe. Äste mit großen Blättern überdeckten den Wagen. Allmählich entwickelte sich reger Verkehr in der Görlitzer Straße, so dass er, fünfzig Meter entfernt, vom Objekt aus nicht wahrgenommen wurde. Der Regen würde die Beschattung sogar erleichtern. Das Büro für

Pilgerreisen lag im Parterre. Er wunderte sich über den schlechten Zustand des Gebäudes, und darüber, dass jede Reklame oder Kennzeichnung fehlte. Lediglich das Klingelschild wies auf den Laden hin. Von drei Holzfenstern waren das erste und dritte gekippt. Die Scheiben hatten eine Beschichtung, die den Blick nach innen verwehrte. Die Haustür war geöffnet, so dass er beim Vorbeifahren den Durchgang zum Innenhof und eine Reihe abgestellter Fahrräder bemerkt hatte.

Ben schlug die Berliner Zeitung auf. Man sollte beim Lotto auf die 7, die 11 und die 22 setzen, da diese Zahlen bei fast jeder Ziehung dabei seien. In London hatten hunderttausend Jugendliche gegen Arbeitslosigkeit und Kürzungen im Sozialetat protestiert. Die Polizei war mit Wasserwerfern und Tränengas vorgegangen. 150 Tierarten verschwinden täglich, sagte der deutsche Umweltminister. Ein Krisenstab bemühte sich um die Freilassung der Geiseln in Syrien. Eine Oma in Steglitz war gerade Hundert geworden und erklärte ihre Absicht, PDS zu wählen. Außerirdische hatten einen Hund entführt, vor den Augen des Besitzers, eines Mahlsdorfer Kioskbetreibers.

Es war nach 9 Uhr, aber der wolkenverhangene Himmel und der heftige Regen erweckten den Eindruck, als breche gerade erst die Dämmerung an. Eine Menge Leute verließen das Gebäude und nur einer kam, ein hagerer Mann mit der Visage eines Militärs. Schütteres Haar. Ben schätzte ihn auf Anfang vierzig. Er trug einen khakifarbenen Regenmantel mit Schulterklappen und einen Koffer. Im Laden ging das Licht an.

Ben pinkelte in sein Coffee-to-go Package, machte den Deckel zu und stellte die Schachtel vor den Beifahrersitz. Kaffee war Treibstoff: gut als Weckmittel, aber schlecht, wenn man seinen Platz nicht verlassen konnte. Die Zeit plätscherte dahin, unterbrochen nur von dem einen oder anderen Regenguß, und Ben hatte wie so oft bei Beschattungen, das Gefühl uendlicher Langeweile. Ein einziger Kunde betrat am Vormittag das Geschäft und verließ es, zwei Minuten später, einen Prospekt in der Hand. Nachdem was ihm der flockige Bruder geflüstert hatte, mussten es zweihundert Besucher täglich sein, sonst war etwas faul. Pünktlich um eins verließ der Typ das Gebäude, gekleidet wie zuvor, wobei er wieder den Koffer trug. Unter dem Mantel sah man ein blendend weißes T-Shirt mit Goldkette im Ausschnitt. Vielleicht ein Osteuropäer, überlegte Ben, jedenfalls kein Mönch. Die Person schaute sich unauffälig um, wechselte die Straßenseite und lief an der Mauer entlang. Es blieben Sekunden für eine Entscheidung. „Scheißjob" brummte Ben und stieg aus, als Bäume und Sträucher den Typ schon verdeckten. Wenigstens passierte jetzt etwas. Der Park war ein Alibi, man hatte den funktionslosen Görlitzer Bahnhof entfernt und versucht, die leere Stelle als Grünstreifen zu definieren. Weiter vorne, wo das wuchernde Nichts endete, sah er den Mann noch am Pamukkale Brunnen. Als er den zerbröselten Türkei-Import erreichte, näherten sich Punks in nietenbesetzten Lederjacken, kahlrasiert der eine, der andere mit grün gefärbtem Irokesenstreifen.

„Wir ham n Problem mit der Knete" sagte der erste, klein, korpulent, nicht sehr kräftig. „Sicher könnense für uns wat erübrigen."

„Du versperrst mir den Weg" sagte Ben. Die Geräusche des vorbeifließenden Verkehrs wurden unmerklich schwächer, als würden sie gefiltert, während er seine Aufmerksamkeit auf den Halbstarken richtete. In dessen Augen lag Schwäche und auf den Oberlippen bildeten sich Schweißperlen. Der zweite, der gewalttätiger schien, trat auf ihn zu.

„Irrtum, Mann. Wenn jemand im Weg steht bist du es!"

„Verkraftest wohl n Klimawandel nich, wa?"

Er dachte, dass es besser wäre, nicht aufzufallen und wich zur Seite. Warum mit dem Pack abgeben, wenn man die Zielperson verlor? Apropos: wo war der Mistkerl? Der khakifarbene Regenmantel war vom Erdboden verschwunden. Nachdem Borowiak die Umgebung abgesucht hatte, kehrte er schlecht gelaunt zu seinem alten Beobachtungsposten zurück. Verdammte Kacke. Da brachte man 5 Stunden im Auto zu, nur um diese einen Moment abzupassen, in dem die Zielperson das Haus verließ, und so ein kleiner Scheißer vermasselte alles. Nun hatte Ben Zeit, die Pisse zu entsorgen. Widerwillig nahm er seine Position wieder ein und vertilgte lustlos das mitgebrachte Lunchpaket, bestehend aus Lachsbrötchen, Apfel und Schokoriegel. Dann vertrieb er sich die Zeit mit dem Kreuzworträtsel. Um 15 Uhr sah er den Mann im Rückspiegel. Er lief exakt den gleichen Weg zurück ins Büro. Wieder der Koffer, der wie es schien, etwas schwerer wiegte. War da jetzt womöglich Geld drin, das gewaschen werden sollte? Das Licht ging an, die Zeit floß zäh dahin. Als Borowiak an dem Büro vorbeischlenderte, hörte er durch das gekippte Fenster den Kommentator eines Eishockey Spiels. Er setzte sich wieder ins Auto, drehte am Radio und hörte ein paar Minuten zu. Die Berliner Eisbären spielten gegen die Hamburg Freezers. Auch nach 20 Minuten war noch kein Tor gefallen, nichts ereignete sich. Dabei schaute er minutiös die Fotos durch, die ihm Ratzenberg überlassen hatte, immer wieder, bis ihn die Ungeduld packte. Um 17 Uhr rief er die Auskunft an und ließ sich die Nummer des Ladens geben.

„Michael Beinert" sagte er – er nannte den erstbesten Namen, der ihm einfiel. Dass es ausgerechnet dieser Name war, sollte sich als saudummer Einfall herausstellen. Oder besser gesagt, als ein Eigentor.

„Finanzamt Mehringdamm. Mit wem spreche ich?"

„Bolotnikow."

„Wie?"

„Alexander Bolotnikov."

„Nu, ick dachte, det Büro für Pilgerreisen?"

„Jawohl."

„Steuernummer 118 57 Querstrich 92. Det sind doch Sie?"

„Kann sein" sagte der Russe mißmutig, mit Bassstimme und schwerem Akzent.

„Wir ham da sone Unjereimtheit in der Steuererklärung zwozwölf und ham uns jedacht, wir schicken jemand vorbei, der die Bücher prüft."

„Kann überhaupt nicht sein. Wir gehören zum Kloster Moabit."

„Eben dat is uns aufjefallen. Sobald se Einkünfte erzielen, sind se verpflichtet, Bücher zu führen, genau aufzulisten, wer wann verreist und wohin."

„Fragen Sie Don Ignacio. Ist Chef von Dominikanern."

„Det is Moabit, n komplett anderer Bezirk. Verstehnse? Det interessiert nich. Wir sind allene für Kreuzberg zuständig."

„Ich wiederhole: Sie müssen beim Orden anrufen!"

„Nach Parapgraph 22 sind se zur Auskunft verpflichtet, selbst wenns ne Außenstelle sein sollte."

Der Russe schnaufte verächtlich. „Verdammte Bürokratie. Wir sind Bettelorden und sonst nichts."

„Sehn se det wie se wollen. Ick möchte jedenfalls ankündichen, det wer morgen nen Mitarbeiter vorbeischicken."

„Wie ist ihr Name?"

„Beinert. Michael Beinert."

Ben legte auf. Er hatte die Telefonnummer unterdrückt, aber das konnte den Russen misstrauisch machen. Um diese Zeit war das Finanzamt Mehringdamm ausgestorben. Bolotnikov würde einen Kontrollanruf machen, niemanden erreichen und nervös werden. Wenn er Akten schredderte, war der Plan aufgegangen und Ben brauchte nur den Papiermüll zu sichern. Gegen 19 Uhr verließ der Mann das Gebäude. Wieder hatte er den Aktenkoffer dabei. Schaffte er Unterlagen beiseite? Oder brachte er Geld zur Bank?

Ben wartete einen Moment, um zu sehen, ob er zurückkehrte. Regen und Wolken arbeiteten ihm entgegen, der
Hinterhof lag düster und still. Breitblättrige Pflanzen
waren dicht um eine Laterne mit fünf Kugeln im Zentrum gepflanzt, die ziemlich retro wirkten. Die Gras-
fläche wurde begrenzt durch Mauern zu den Nachbar-
gründstücken und halbhohe Büsche; er konnte ungese-
hen auf den niedrigen Balkon klettern.

Borowiak holte aus der Jeans ein kleines starres Säge-
blatt, schob es zwischen Fenster und Zarge, hob den
Klappriegel und öffnete. Dann knipste er das Licht der
Taschenlampe an. Das Wohnzimmer klebte vor Dreck.
Ben konnte nicht glauben, dass hier ein echter Reise-
kaufmann tätig war. Alufolie bedeckte die Glasscheibe
der Balkontür. Er knipste das Licht kurzzeitig an. Der
Teppichboden war mit Kringeln und Flecken von
Kaffeetassen und verschüttetem Essen übersät, selbst
die Diele. Das Apartment war mit einem eier-scha-
lenfarbenen Teppich ausgelegt, mit Ausnahme der
Küche. Im Bad lagerten Fliesen und jede Menge Alkohol. Zur Straße hin befand sich der Verkaufsraum mit
Schreibtisch, einem megaalten Computer und einem
verblichenen Ständer mit Reiseprospekten. Ein christ-
liches Kreuz schmückte die Wand hinter dem Schreibtisch, darunter, auf einer niedrigen Konsole, stand der
Radio. Vor den Fenstern hingen antik-weiße Schalo-
sien, die zusammen mit den Spanien-Postern Urlaubs-
atmosphäre vermitten sollten. Von der Diele ging eine
Tür ab ins Schlafzimmer. Dass es ein solches gab, hätte
einen professionellen Detektiv stutzig gemacht, es be-

deutete, dass hier wenigstens ab und zu jemand wohnte. Aber Ben war nach einem ereignislosen Tag dabei, mit dem Ausscheiden aus dem Polizeidienst zu hadern, so dass er weniger vorsichtig war als sonst. Wahrscheinlich musste alles so kommen, wie es sich tatsächlich ereignet hat, auch wenn er mit größerer Umsicht vorgegangen wäre. Die Laken waren selbst für einen Underdog wie ihn ekelhaft schmutzig, Auf dem Nachttisch fand er zwei goldene Manschettenknöpfe und in der Schublade eine 38er Pistole. Oben auf der Kommode lag ein Haufen Geld, der aus zerknitterten Zwanziger- und Fünziger-Scheinen bestand. Zwei davon steckte Ben in die eigene Tasche; er dachte daran, dass er pleite war und die meisten gottverdammten Arschlöcher es leichter hatten als er selbst. Nach einer minutiösen Untersuchung der Kommodenfächer lief er hinüber ins Büro. Eine Schublade in dem stählernen Schreibtisch war verschlossen, aber er fand den Schlüssel im Bleistiftfach. Er öffnete die Lade und stieß auf ein rindsledernes Etui, das nur Münzgeld enthielt, aber keinen Schlüssel. Er nahm es, verstaute es in einer ALDI-Tüte, die er von einem Stapel unter dem Küchenabluss nahm, leerte die Papiereimer von Büro und Schlafzimmer in diese und eine zweite ALDI-Tüte, legte Schweinekoteletts aus dem Kühlschrank dazu, weil er zu Hause nichts mehr zum Futtern hatte, außerdem ein paar schwarze Seidensocken aus der Kommode. Der Impuls dazu ging von den Tüten aus, einzig von den Tüten und ihrem verdammten magischen Logo: ALDI Nord, weiße Schrift auf blauem Grund, das Ganze rot umrandet. Es bedeutete, dass etwas billig zu haben war. In einer rauschhaften Anwandlung steckte er den Jugendstil-Aschenbecher dazu, auf dem sich die Figur eines nackten Mädchens räkelte, ein sinnlos schweres Ding, und sackte schließlich den ganzen Geldhaufen ein, indem er mit dem Arm über die Kommode streifte und die ALDI-Tüte darunter hielt. All dies in einem Gefühl von Unzufreidenheit und Banachteiligung, denn Borowiak vermuete, dass sich die investierten Arbeitsstunden nicht auszahlten, und die Psychopathin - seine aktuelle Gefährtin - wieder mal enorm Druck aufbauen würde. Sekunden später traf ihn allerdings die Einsicht, dass alles im Leben seinen Preis hat; ein Moment großer Leidenschaft und Erkenntnis: denn er hörte den Schlüssel im Schloss knirschen, hörte Stimmen, das Licht in der Diele ging an. Blöderweise besaß das Schlafzimmer keine Verbindung zum Balkon, es hatte nur ein schmales Oberlicht, so dass er wie eine Ratte in der Falle saß. Vorsichtig stellte er die verdammten Tüten ab, in denen Geldscheine und Papiermüll knisterten. Laut erklangen die Stimmen von Männern, die russisch sprachen. Darunter erkannte er die Stimme Bolotnikovs. Sobald einer von ihnen das dunkle Zimmer betrat, würde er ihm den Griff der Taschenlampe vor den Latz knallen und durch die Diele nach draußen stürzen. Doch da hörte er, wie einer der Russen den Schlüssel drehte, um abzusperren. An einen geordneten Rückzug war nicht mehr zu denken. Zwischen den prall gefüllten Einkaufstaschen stehend, starrte er auf den schmalen Spalt, durch den Licht und Geräusche drangen. Die beiden verzogen sich ins Wohnzimmer. Flaschen und Gläser klirrten. Wahrscheinlich ließen sie sich um den Glastisch nieder. Hatte Ben das kleine Fenster verschlossen, durch das er eingestiegen war? Er erinnerte sich nicht. Ein Blackout! Schweiß rann ihm über den Rücken, er spürte wie das Polo-Hemd nass wurde.

Ohnehin eine Frage der Zeit, bis sie auf den Einbruch kämen. Beispielsweise wenn sie aus dem Kühlschrank Eis holten. Oder in den Papierkorb schauten. Warum hatte er sich zu diesem blöden Einbruch verleiten lassen? Seine Knie zitterten, als er über die Einkäufe stieg und zum Nachttisch tastete. Langsam zog er die Schublade auf und fühlte das kalte Metall der Smith & Wesson, überprüfte das Magazin, entsicherte. Durch die halboffene Tür konnte der Russe, der auf dem Sofa saß und Karten spielte, auf die Diele sehen. Er trug eine Anglermütze mit großem Schirm, ein geblümtes Sporthemd, Jeans. Als Ben den Schlüssel drehte, war dieser Mann zuerst auf den Beinen. Jetzt erkannte er ein rundes, schlaues Gesicht mit abstehenden Ohren, gelb schimmernde Augen. Er blickte geradewegs in die Mündung der Pistole und zog den Kopf blitzschnell zurück. Ben schlüpfte aus dem Apartment, warf die Tür zu und rannte in die Görlitzer Straße. Bog links in die Falckenstraße, spurtete zweihundert Meter und verschwand im Hof. Dort sprang er auf einen Mülleimer und über die Mauer aufs Gründstück der Liebfrauenkirche. Sein Atem ging rasend, er versuchte ihn anzuhalten. Lauschte auf die Geräusche im Hof hinter sich. Nichts. Von hier aus mischte er sich unter die Passanten, die in der Wrangelstraße unterwegs waren, zwischen Geschäften, Cafes, Restaurants. An der Oppelner Straße drückte er sich in einem Döner-Imbiss ans Fenster, um die Kreuzung zu beobachten. Die Sache war gründlich schief gegangen. Aber Bolotnikov hatte ihn nicht gesehen. Der Bursche würde kaum die Polizei holen, so viel war sicher. Wenn Ben nicht darauf verfallen wäre, alles in die beschissenen Tüten zu raffen, wäre der Trick aufgegangen. „Das war nicht meine Schuld", sagte er sich, „irgendwo musste ich die Papierschnitzel ja hinpacken." Er wollte sich die Niederlage nicht eingestehen, nicht zugeben, dass er sich unprofessionell verhalten hatte. Er beschloss, mit der U-Bahn nach Hause zu fahren, und morgen würde er die Zähne aufeinander beißen und die Überwachung vom Auto aus fortsetzen, so wie es jeder Detektiv und jeder verdammte-Hartz IV-Empfänger für 250 Mäuse am Tag gemacht hätte.

VII

Bolotnikov lächelte wie ein Metzgershund. Das war ein Amateuer, der ihn berauben wollte und aus lauter Angst die Beute vergaß. Seine birnenförmige Nase und die eingefallenen Wangen waren von Aknenarben übersät und ließen ihn älter aussehen. Die Augenlider waren geschwollen, weil er wie ein Irrer gebrüllt hatte. Auch jetzt, da sich die Wut legte, sah er aus wie ein verwundetes Tier.

Sobald sich die Russen von der Überraschung erholt hatten, waren sie aus dem Haus gestürzt. Die Görlitzer Straße summte ihr Nachtlied, wenige Autos fuhren, auf dem Trottoir waren entfernte Schatten unterwegs. Alle konnten aussehen wie dieses Milchgesicht, dass ihm Sergej beschrieb. Es kostete viel Zeit, und dann verloren sie weitere Sekunden, als sie sich die Richtungen teilten. Bolotnikov rannte wie von Sinnen in die Falckenstraße, riss einen Passanten um, stoppte und glotzte bösartig in die Nacht. Bei einer Arbeitslosigkeit von zwölf Prozent und Abertausenden von Drogensüchtigen, Obdachlosen und illegalen Einwanderern waren Einbrüche in Berlin so normal wie Stechmücken im Sommer.

„Der hatte starre, ausdruckslose Augen" sagte Sergej, der ums Hauseck kam. „Die Haut blass und kalkig. Vielleicht einer von den Junkies."

„Glaub ich nicht. Der läuft wie ein Hase."

„Warum nicht? Er hat dich bei Diyar gesehen."

„Willst du behaupten, ich hätte nicht aufgepasst?"

Die Männer rochen nach Alkohol, Knoblauch und einem billigen Eau-de-Cologne. Nun stritten sie lauthals auf russisch, schlugen derartig Lärm, dass Fußgänger über *det besoffene Pack* schimpften und Anwohner aus den Fenstern schielten.

„Lass uns von der Bildfläche verschwinden. Die Dummköpfe reden schon", sagte er.

Moskaus Vorstädte gehörten zu den hässlichsten der Welt. Sie wuchsen in großen grauen Zeilen aus der Stadt heraus, gesichtslos und armselig, wucherten wie ein Geschwür. In einer dieser Plattenbausiedlungen war Bolotnikov groß geworden, damals zu Sowjetzeiten, er hatte 23 Jahre lang den Geruch von Müll und Benzin inhaliert. Dann, als der Kommunismus kollabierte, wurde sein Vater auf offener Straße erschossen, sie mussten sich von Zwieback und Kartoffeln ernähren. Das würde ihm nie wieder passieren. Die Bude war perfekte Tarnung, er hatte absichtlich die elektrischen Anlagen in der Wohnung unverputzt gelassen, damit die Besucher an das Armutsgelübde glaubten. Aber auf der Speisekarte standen Abend für Abend Borschtsch, viele Sorten Wodka, Pelmeni, Blinis und Kaviar, ein paar Straßen weiter, in einem russischen Restaurant im Kiez, wo er seine Verbindungen pflegte. Die jungen Bedienungen trugen Armeehosen und T-Shirts mit KGB-Emblem. Auf der Toilette lief eine Kassette mit russischem Sprachunterricht. Das gefiel ihm und es gehörte zu seinem Plan, in ein paar Jahren nach Antalya umzusiedeln, um den Rest seines Lebens in Luxus zu verbringen. Wenn ihm einer ans Bein pisste, dann kämpfte er mit allen Mitteln.

Allerdings, da gab es etwas, was ihn nachdenklich stimmte. Als sie die hinterlassenen ALDI-Tüten untersuchten, fanden sie das geschredderte Material aus dem Papierkorb - Korrespondenz, die Bolotnikov vernichtet hatte, weil sie mit dem Anruf aus dem Finanzamt in Zusammenhang stand. Die Sache war verdächtig. Dieser Name war verdächtig: *Michael Beinert*. Den hatte er schon in anderem Zusammenhang gehört. Jemand hatte Interesse an ihm, am Pilgerbüro, keine offizielle Stelle, vielmehr ein Amateuer, und damit war die Sache weniger prekär.

„Was meinst du, Sergej?"

Er drehte sich um und schwankte, aber seine schwimmenden Augen waren verblüffend scharf. Ja, Sergej gab ihm recht. Dieser Kerl war ein Weichei, ein Anfänger, den man beim Damespiel schon schlug, wenn man aggressiv und unverdrossen attackierte, ein Naivling, der glaubte, er könne sich vom Spieltisch schleichen, um einen Kaffee zu holen, ohne dass man ihm die wichtigsten Steine klauen würde. Kurz darauf, als Bolotnikov entdeckte, dass der Revolver fehlte, brüllte er vor Wut und donnerte das Schnapsglas an die Wand.

Nun saß er auf dem Sofa und lächelte. Ihm war eingefallen, woher er den Namen *Beinert* kannte. Er würde seinen alten Kumpel Vladimir darum bitten, ihm den Rücken zu stärken. Und im rechten Augenblick die Polizei rufen.

VIII

Die Beschattung zog sich in die Länge. Nichts ereignete sich, was sich vom Vortag unterschied. Mit einer Ausnahme: morgens frühstückte Bolotnikov in einer Bäckerei in der Nähe des Ratibor Theaters. Tat er das regelmäßig oder war er misstrauisch geworden? Als der Mann zurückkehrte, um den Laden zu besetzen, überließ sich Ben der für den Kiez typischen Lethargie. Man wartete, bis etwas Einschneidendes passierte. In Kreuzberg merkte man nicht, dass man am Rande des deutschen mainstream lebte, oder man merkte es, aber es war einem scheißegal.

Um diese Zeit wirkte der Treibstoff, auf den Ben nicht verzichten konnte. Er pinkelte in den Kaffeebecher, schloss den Deckel und stellte ihn nach unten. Nach der gestrigen Pleite wollte er sich draußen nicht blicken lassen, falls der Kerl mit der Anglermütze noch in der Nähe war. Ben zählte in den nächsten Stunden zwei Kunden. Das Geschäftsmodell des Büro für Pilgerreisen war so durchsichtig wie viele andere Läden mit russischer Beteiligung, von daher sagte sich Ben, sei ein Einbruch locker gerechtfertigt. Vielleicht eine neue Einkommensquelle: Gangster erleichtern. Wenn er Typen wie Bolotnikov ausraubte, dann würde er wochenlang arbeiten können, ohne dass sich jemand bei den Bullen beschwerte.

Um ein Uhr erschien der Russe in einer einfachen schwarzen Lederjacke und kreuzte die Straße. Wieder der Koffer. Dieselbe Route durch den Görlitzer Park, nur dass Bolotnikov telefonierte, während er die Stahltreppe zur Hochbahn nahm. Ben verzichtete auf einen Fahrschein und postierte sich am Bahnsteig zehn Meter neben ihm. Ratternd kamen die Wagen, Menschen strömten ein, die Türen schlossen sich. Der Mann verließ den Wagen an der nächsten Station. Sie liefen im Pulk die Treppen hinab in die Schächte, die den Platz untertunnelten. Graffitis, Schmutz, Urin an den Wänden, blutverschmierte Spritzen in den Mülleimern, lärmende Junkies und Messerstechereien – dafür war das Kottbusser Tor bekannt. Damals, als er beim LKA beschäftigt war, sprach man davon, weil sich Nachbarn und Geschäftsleute beklagten. Die Dealer wussten immer Bescheid. Sobald eine Razzia angesetzt wurde, wichen sie in Hinterhöfe und Häuserfluren aus.

Er folgte dem Russen, der sich die Stufen hochschraubte. Da standen sie: ältere Männer und Frauen, manche äußerlich sehr gepflegt, die Gesichter aufgedunsen und rot. Junge Typen mit Rastahaaren und dicken Silberringen, abgemagerte mit Raucherhusten, eine Frau im schwarzgelb karierten Lumberjack, die Flasche in der Hand. Bolotnikov stellte sich an die Schlange eines Imbisswagens. Ben zwang sich unter das herumlungernde Volk, wenige Meter vom U-Bahn Schacht entfernt. Jüngere Menschen mit Zigaretten, Bierflaschen, Hunden, etwa dreißig an der Zahl. Sie rauchten, tranken Alkohol und gestikulierten wild. Die Gruppen waren in hektischer Bewegung. Einer kam, der andere ging. Der Sitzplatz wurde gewechselt, der Gesprächspartner ebenso. „War Fehler, ja" sagte einer im orangefarbenen Anorak. Er sprach mit osteuropäischem Akzent und ging hippelig vor dem jungen Mann auf der Parkbank auf und ab. Der andere, ein Deutscher, redete langsam und verfiel in Wortfetzen: „Nicht Handy sollst du bringen! Sondern Geldbeutel! Du weißt 50 Euro der Schuss." Der Mann im Anorak zog nervös an der Bullit Mixed Red–Flasche und presste hervor: „War Fehler, war Fehler." Der andere mit der Bierflasche in der einen und der Selbstgedrehten in der anderen Hand, hatte ein Einsehen: „Gut, Fehler hab ich auch schon gemacht. Aber immer merken: Du gibst mir Geld in zwei Tagen. Sonst nie wieder Geschäft."

Ben erhob sich und folgte dem Russen, vorbei an den Glasscherben und leeren Schnapsflaschen, die Stufen hoch über die Terrasse, auf der die Cafes ihre Stühle stellten. Sie liefen in den Winkel, in dem sich die Passage zur Dresdener Straße öffnet. Bolotnikov hielt auf ein Spielcasino, dessen Front mit Sprühflächen verziert war, klingelte und trat ein. Ben überlegte, ob er sich in das angrenzende Cafe Diyar setzen sollte, um zu warten, dann entschied er sich, lieber den Koffer im Auge zu behalten. Er schielte nach der Videokamera, kleingelte und drückte, als das elektrische Summen ertönte. Eine Türkin mit dicken Brillengläsern saß am Eingang und checkte die Besucher, ein öliges Guten Tag auf den Lippen. Er fand sich in einer düsteren Halle, in der coole Typen zu coller Musik Billard spielten. Die Be-

leuchtung rührte von trichterförmigen, über den Spiel-
flächen montierten Lampen. Der Russe befand sich am
mittleren Tisch im Gespräch mit einem langhaarigen
Typen in Bomberjacke. Beide blickten sich um. Ben
drückte sich an einen im Foyer aufgestellten Automaten, um sich unsichtbar zu machen.

„Wollen Sie Jetons?" fragte die Frau im Kopftuch. Als
er zu ihr lief, erkannte er zwei zum Verwechseln
ähnliche Aktenkoffer am Stellfuß des grünen Tisches,
dem Standort der beiden Zielpersonen. Bolotnikov telefonierte, während der andere einen Drink an der Bar
holte. Die übrigen Männer waren dem Aussehen nach
türkischer Herkunft. Gekleidet in weiße Hosen und ge-
musterte Hemden markierten sie Playboys, die affek-
tiert rauchten und wie Pfaue an den Tischen entlang
stolzierten. Ben kaufte zehn Plastikchips, als es klingelte. Der Türöffner summte und ein stämmiger Osteuropäer trat in den Raum, der mit Vladimir begrüßt
wurde. Er ließ sich ebenfalls Jetons geben und stellte
sich an den Geldspielautomaten neben Ben, dem der
Riss im Ärmel des Typen auffiel. Sein Hemd glänzte
makellos, das Haar war hinten zu einem Pferdeschwanz
zusammengebunden.

Ben drückte auf die beleuchtete Start-Taste, die Walzen
mit den Zahlenkolonnen kreisten. Die Automaten
hießen Croco, Texas, Twist, Egypt oder Chili, aber was
sie unterschied blieb ihm ein Rätsel – manche hatten
Symbole auf den Walzen oder andere Beleuchtungs-
zyklen. Er fragte sich, ob das Drücken von Stop- oder
Risikotaste etwas am Spielverlauf änderte.

„Abtörnend – nicht?"

Ben nickte. „Man muss nicht unbedingt süchtig danach werden."

„Spielen Sie Pool? Drüben wird ein Tisch frei."

Tatsächlich: Bolotnikov griff gerade einen der beiden Koffer und lief zur Toilette. Ben ließ sich auf das Angebot ein. Das war nicht nur unprofessionell für einen Schnüffler, der an seinem Objekt kleben musste wie ein Kaugummi, es sollte sich als grober Fehler herausstellen. Das war der zweite Schnitzer innerhalb von zwei Tagen, er würde ihm zeigen, wie weit er selbst schon in den Sumpf gesunken war.

An der Wand hing ein Gestell mit Billiardstöcken. Vladimir wischte die Hände an einem gelben Tuch, machte das Schloss auf, nahm zwei Stöcke und bot ihm einen an. Sie waren dunkelbraun. Er sagte „Queue bitte".

Als Vladimir mit seinem Billardstock langsam um den Mitteltisch ging, kam der Langhaarige mit seinem Drink und schaute zu. Ben fühlte sich unbehaglich; nur sehr ungern spürte er Leute mit Bomberjacken im Kreuz. An seinem T-Shirt erkannte er einen Farbkreis mit der Aufschrift METALLICA. Sobald die Dreiecksformation postiert war, bückte sich Vladimir tief und suchte ein Ziel für den Eröffnungsstoß. Er sah aus wie ein Gorilla, der eine Braut von hinten vögelt. Die weiße Kugel schoss über das Feld, verrückte eine der farbigen und kehrte zu ihrem Ausgangspunkt zurück. Nun zog Ben den Ledermantel aus und schlug ihn über den Hocker, während sich der andere Silberbänder über die

Ärmel streifte, um die Manschetten von den Handgelenken fernzuhalten.

Ben duckte sich und stieß die weiße Kugel an, scheinbar ohne zu zielen. Als zwei getroffene Kugeln in die hinteren Ecklöcher polterten, schauten die Spieler von den anderen Tischen auf und kamen auf sie zu. Bens Absätze klapperten laut, als er zum anderen Ende schritt. Die weiße Kugel hatte alle farbigen zerstreut und lag auf einer Linie mit der schwarzen. Bevor er seinen Stoß ausführte, warf er dem Bomberjäckchen einen Blick zu. Die Konzentration reichte nicht aus, er verfehlte sein Ziel. Das war die Chance für den Riesenaffen.

Die nächsten Minuten versenkte Vladimir farbige Kugeln in die hinteren Ecklöcher als hätte er nie etwas anderes in seinem Leben getan. Zwischen jedem Stoß ging er schnell von einer Tischseite auf die andere und sprach mit heiserer Stimme, ohne zu ihm zu schauen. Ben fragte sich, wo eigentlich Bolotnikov abgeblieben war und dachte an seinen Auftrag. Zigarettenqualm zog im Schein der Lampen nach oben. Ein Handy piepste. Der METALLICA-Fan schaute auf das Display.

„Hau ab" sagte Vladimir und streifte ihn, als er vorbeiging, um wieder an die weiße Kugel zu kommen. Die letzte farbige verschwand langsam über einen Lochrand, und er konnte auf die Weiße zielen, ohne den Platz zu wechseln. Der Langhaarige griff den Koffer, klopfte auf das senkrechte Rahmenteil und entfernte sich Richtung Toilette. Ben sah, wie Vladimir die

Weiße aus dem Loch klaubte und platzierte. Als er die Schwarze verfehlte, zischte er scharf durch die Zähne.

„Tut mir leid, ich muss gehen" sagte Ben, den ein schlechtes Gefühl plagte, und legte den Queue auf den Rahmen.

„Die Party ist nicht zu Ende", entgegnete Vladimir beleidigt.

Ben schaute nach oben als wolle er von dort Luft holen. Dort waren Eisenträger, und darüber, ins Dach eingelassen, mit gelbbrauner Farbe zugeschmierte Glasscheiben.

„Kein Problem", sagte er beschwörend. „Du hast das Spiel gewonnen." Ben schlüpfte in seinen Ledermantel. „Ich werde jetzt gemütlich nach draußen spazieren und wir werden uns in bester Erinnerung behalten."

„Hast du keinen Respekt, Mann? Willst du mich beleidigen?"

Drohend schoben sich die Spieler im Halbkreis vor ihn, mit vorgestreckten Billardstöcken.

Vladimir machte den Fehler, die Hand vorzustrecken, um ihn wegzustoßen. Ben ergriff sie, tat einen Schritt und drehte bis zur Schmerzgrenze. Ließ los, und holte aus. Sobald sich der Gorilla aufrichtete, traf ihn die Rechte im Solarplexus, einmal, und noch einmal. Das alles war viel zu leicht. Der Mann tat, als ob man aus ihm die Luft abgelassen hätte und sackte in die Knie. Ben stand mit angespannten Fäusten vor den anderen, als sich das Licht vor den Milchglasscheiben verfinsterte. Er irrte, als er dachte, man käme ihm zu Hilfe, und morgen wäre ein besserer Tag. Morgen, da würde man ihn in der Gosse finden.

IX

Elektrisches Summen ertönte. Die Tür flog auf, drei Männer drangen ein, die gegen das Licht schwer zu erkennen waren.

„Polizei! Keiner rührt sich!"

„Sie kommen gerade recht, Herr Kommissar" sagte Vladimir. „Der Mann hat mich angegriffen. Ich möchte Anzeige wegen Körperverletzung erstatten."

„Hände hoch! An die Wand!"

Zwei waren Ende Dreißig, von mittlerer Größe und gebaut wie Rugbyspieler. Der dritte sah stattlicher aus. Sie trugen Jeans und Hemden. Die zwei Kleinen hatten kurze aufgeknöpfte Lederjacken, der andere war in Hemdsärmeln. Die Zivilbullen warfen die Pool-Spieler gegen die Wand. Borowiak sah einen Polizisten mit Oberlippenbart und fettigem, zurückgekämmtem Haar, der kräftige Typ war kahlrasiert. Durch die Hintertür näherte sich ein vierter Mann. Ben nahm an, dass es eine Verbindung zum *Cafe Diyar* gab, durch die Bolotnikov entwischt sein musste.

Der als Kommissar bezeichnete Oberlippenbart zog ihm die Brieftasche aus dem Mantel. Sie enthielt achtzig Euro in bar, die Visa-Card, Führerschein und Personalausweis, ausgestellt auf Benjamin Borowiak, Größe 178 cm, Geburtsdatum 21.5.1972.

„Benjamin Borowiak. Ist das richtig?"

Ben nickte. Dann wurde er durchsucht. In der rechten Manteltasche fand sich die USB Heckler und Koch.

„Waffenschein?"

„Kann ich bringen."

Aus der Hosentasche holte der Kommisar eine Rolle kleiner Geldscheine, die mit einem Gummiband zusammengehalten wurden. Dann fischte er einen Plastikbeutel aus der linken Manteltasche, hielt ihn triumphierend in die Höhe.

„Seht mal, was ich gefunden habe: verdammtes Kokain."

Verblüfft schaute Ben zur Seite. Direkt ins Objektiv. Die Kamera blitzte, einmal, zweimal, und für Momente war er blind. Der Mann, der die Hintertür bewacht hatte, schien der Fotograf oder der Chef der Truppe.

„Ihr könnt gehen" sagte er zu den Türken. Die Polizisten trieben sie hinaus. Vladimir, der mit den Dealern unter einer Decke steckte, drohte mit der Faust.

„Dic werden dich kaltstellen!" rief er.

„Wenn Sie Anzeige erstatten wollen, kommen Sie in die Dienststelle Friesenstraße", belehrte ihn der Oberlippenbart.

„Das ist ein abgekartetes Spiel" sagte Ben. „Jemand hat mir den Stoff untergejubelt."

Sowie der Kommissar die Tür hinter sich zufallen hörte, packte er Ben bei den Haaren, knallte seinen Kopf gegen die Wand. Verpasste ihm mit der Linken einen Leberhaken und mit dem Knie einen Stoß in die Weichteile. Ben klappte zusammen, ein quietschendes Geräusch drang aus seiner Kehle, er fiel auf die Knie und erbrach sich. Der Oberlippenbart trat ihm auf die Hand, haute seinen Kopf gegen den Billardtisch. Ben verlor die Besinnung.

„Willkommen unter den Lebenden" sagte eine Stimme, als Ben mit den Augen blinzelte. Das Gesicht über ihm gewann langsam an Schärfe. „Ich bin Kommissar Schlecker. Wir werden jetzt eine nette kleine Unterhaltung führen."

Schleckers Gesicht war von Tausenden kleiner Runzeln durchzogen; es erinnerte Ben an ein Stück schwarze Seide, das man zu einem kleinen Ball zusammengeknüllt und dann wieder glattgestrichen hatte. Aber die Wangen des Kommissars schimmerten grau vor Erschöpfung, und in seinem Schnurrbart waren ein paar graue Haare. Ben fragte sich, wie alt dieses korrupte Arschloch war. Fünfundvierzig? Sechsundvierzig? Bestimmt nicht älter als siebenundvierzig, aber er sah sehr viel älter aus.

„Was machen Sie hier? Bessern Sie ihren Lohn auf?"
Er spannte den Körper, aber trotzdem tat es rasend weh, als ihm der Kahlrasierte, den die anderen Karl-Heinz nannten, erst auf den Kiefer hackte, dass ihm das Zahnfleisch blutete, und ihm dann hart und präzise in die Seite schlug.

„Das ist Beamtenbeleidigung, Borowiak!"

„Ich weiß gar nicht, was ihr wollt", sagte er heiser.

„Wir wollen die Namen des Auftraggebers."

„Keine Ahnung, wovon du redest" sagte er und spannte alle Muskeln an. Aber das half natürlich nichts. Der Oberlippenbart kam drei Schritte auf ihn zu, stellte sich hinter ihn und riß ihm an den Haaren den Kopf zurück, während ihm Karl-Heinz zwei Schläge in die Leber versetzte, dass sich der Schmerz in seinem Körper ausbreitete wie ein Buschfeuer.

Als er erwachte, saß er auf einem Stuhl. Vor ihm auf dem Billardtisch lagen ausgebreitet die Pistole und das Kokain. Das Licht der Kamera blitzte wieder. Der Fotograf schüttelte den Kopf und wischte ihm mit einem Tuch das Blut vom Gesicht.

„Sie werden ganz schön in die Scheiße kommen, das kann ich ihnen versprechen" sagte Ben matt. „Wir sind noch lange nicht fertig, wenn Sie wirklich Bullen sind. Weil ich nämlich nichts getan hab. Ich weiß von gar nichts, und Sie tanzen ohne Haftbefehl hier an und foltern mich. Ich garantiere Ihnen, dass ich Strafanzeige erstatten werde."

„Armes Lämmchen" erwiderte der Kommissar. „Du redest von Folter und weißt gar nicht, was das ist."

„Sie werden mir niemals etwas zur Last legen können, weil ich nämlich nichts getan habe", lallte Ben erschöpft.

„Drogenhandel und Körperverletzung, dazu illegaler Waffenbesitz" lachte Schlecker hämisch. „Ich kann dich so lange festhalten, bis du redest."

„Dann verhaften Sie mich" gurgelte Ben. „Stecken Sie mich ins Loch, wenn Sie die Folgen vertragen."

„Das Recht nehme ich, wie es mir gefällt!"

Die Kamera blitzte wieder.

„Hör auf, Beinert" sagte Schlecker. „Er schaut nicht mehr gut aus."

Borowiak kannte diesen Namen. Zufällig hatte er ihn sich eingeprägt und jetzt haftete er an ihm wie eine Scheißhausfliege.

„Michael Beinert. Toller Fotograf. Wer bekommt die Abzüge?"

„Ich verteile keine Abzüge" sagte der Polizist trocken und trat ins Licht. Beinert trug ein graubraun meliertes Jackett und einen diskreten Schlips. Er sah zwar vertrauenserweckend aus, benahm sich aber wie der typische Polyp, der glaubt, seine Stellung würde ihn zu allem möglichen berechtigen. Einer, der Geständnisse herausprügelt und ohne Skrupel Geschäfte macht.

„Die Fotos sind ein Beweismittel für Mißhandlungen. Dafür geb ich dir ein Schmiergeld extra."

Als Ben wieder zu sich kam schmeckte er Blut in seinem Mund, seine Lenden und sein Bauch schmerzten. Lichtpunkte tanzten vor den Augen und er fühlte eine schreckliche Übelkeit. Er hörte Beinert.

„Wenns nach mir ginge, würden wir ihn abservieren."

„Ich glaube, er ist wach" sagte der Oberlippenbart.

Ben antwortete nicht.

„Willst du rauchen?"

„Gern."

Der Mann holte eine Zigarette aus dem Mund und hielt sie Ben vor die Nase.

„Wenn es dir nichts ausmacht, etwas zwischen die Lippen zu nehmen, was ein Bulle im Mund hatte."

Ben begann genüsslich zu rauchen. Schlecker richtete sich wieder auf.

„Du bist mir sympathisch" behauptete er. „Ich werde dir gegenüber mit offenen Karten spielen. Ich will zugeben, dass ich mir überhaupt nicht sicher bin. Sag mir, ob du einer von uns bist?"

Ben nahm die Zigarette mit der Linken von den Lippen. Er zitterte vor Kälte. Der Körper schmerzte und sein Atem roch ekelerregend, aber sein Gesicht war nicht gezeichnet. Die meisten Schläge hatten woanders getroffen

„Wer hat dich geschickt?"

Ben antwortete nicht. Nur sein Schlottern verstärkte sich. Beinert zuckte mit den Achseln und entriss ihm die Zigarette. Er zermalmte sie in seiner Faust, zerbröselte sie und ließ einen Regen aus Tabak, Glut und Asche auf den Kopf des Gefangenen niedergehen.

„Der Schnüffler muss nachdenken. Er kriegt eine Nacht im Einzelzimmer."

Die Rugby-Spieler trugen ihn durch die hintere Tür. Dann kettete ihn der Oberlippenbart mit dem Handgelenk an das Wasserrohr in der Toilette.

„Morgen unterhalten wir uns wieder."

Bevor der Kommissar den Raum verließ, schlug er ihm die Faust in die Magengrube. Ben schnappte nach Luft. Und dann wurde es dunkel.

X

Sie mussten den Spielsalon verlassen haben. Er konnte nichts hören, weder Musik, Gespräche, Schritte oder ähnlich konkretes, es sei denn allgemeinen Kneipenlärm aus dem *Cafe Diyar*. Inmitten des Halbdunkels und seiner Wut fühlte er sich tief gekränkt an Leib und Seele. Manchmal saß er. Oder legte sich auf den Rücken, um eine bequemere Position finden, dachte sogar daran zu schlafen, aber das waren lächerliche Versuche, weil seine Rippen schmerzten. Aus Zorn trat er gegen das Rohr. Das Gesicht brannte, die Lippen schmeckten nach Blut. Trotz der Schmerzen hielt er den Zorn wach und trat gegen die Manschette, in der das Rohr steckte. Wenn er vor Erschöpfung auf dem Boden lag, hatte er das Gefühl, dass die Zeit still stand und dann meldete sich die Angst vor den Schlägern, die jederzeit zurück kommen konnten.

Kein Zweifel, dass diese Männer Bullen waren, man hätte sie jedoch mit gleichem Recht als Mafiosi oder Drogenhändler bezeichnen können. Die Polizei in Berlin war schon immer korrupt, dachte er sich, aber seit die Mauer weg ist, hat es sich rapide verschlechtert. Sie holen sich auf der Straße, was sie zum Leben brauchen. Er überlegte, was sie gegen ihn in der Hand hatten. Die paar Gramm Koks, die sie ihm untergejubelt hatten, reichten aus, um ihn einzubuchten. Wenn er dagegen nachwies, dass man ihn verprügelt hatte, konnten sie Schwierigkeiten bekommen. War der Verdacht aktenkundig, dass sie mit Dealern unter einer Decke steckten, dann würde man sie beobachten. Da er früher beim LKA war, vermuteten sie, er sei ein verdeckter Ermittler. Je länger Ben überlegte, um so deutlicher trat ihm vor Augen, dass ihn die Schläger durch die Mangel drehen wollten. Die polizeiliche Ermittlung diente nur als Vorwand.

Allmählich rieselte Wasser aus dem Aluminium. Die Manschette verschob sich, freilich langsam, er meinte, die Füsse könnten schneller brechen als die Steckverbindung. Die Handschellen erlaubten kaum Bewegungsspielraum, so dass die Stöße nicht besonders effektiv rüberkamen. Inzwischen konnte er sich vorstellen, wie es war, im Knast zu sein. Er verstand, wie Menschen mürbe oder wahnsinnig werden, wenn sie gefangen und in Zellen isoliert sind. Wenn die Schweine ihn morgen verhörten, würde er alles über seinen Auftraggeber erzählen. Aber er glaubte nicht, dass ihn das retten könnte.

Angst und Wut befeuerten ihn. Nach kräftigen Tritten zersprang die Manschette. Ein dicker Wasserstrahl ergoß sich über den Boden, und Ben konnte die Handschellen über die Röhre ziehen. Er versuchte aufzustehen, doch es tat zu weh. Dann wollte er sein besudeltes T-Shirt ausziehen, was ihm nicht gelang. Er schaltete um, machte alles extem langsam und erfrischte sich zuerst an dem Wasserstrahl, der einen kleinen See bildete. Wie ein angeschlagener Boxer an den Seilen zog er sich danach an der Türklinke hoch. An einer Seite des Vorraums waren Pappkartons gestapelt, um die Verbindungstür zum Cafe zu verdecken. Sein Mantel lag noch auf dem Boden neben dem Billiardtisch; das freute ihn, auch wenn alles weitere fehlte: Ausweis, Kreditkarte, Geld. Okay. Die Visacard war sowieso abgelaufen und einen Ausweis konnte man sich besorgen. Auf die Kanone würde er verzichten müssen.

Er hatte eine Schlacht verloren, aber er dachte, dass dieser Auftrag nicht so wichtig sei. Sein Krieg, das war die Miete zu zahlen, Versicherungen, Lebensmittel, die Reparaturen fürs Auto. Sollten sich die Klosterbrüder gegenseitig abschlachten, es war ihm egal. Oder Drogenhändler das LKA über-nehmen. Er könnte sowieso nichts daran ändern. Er würde im Kiez überleben, sich weiterhin von Monat zu Monat hangeln. Nach der ersten Woche der Ermittlungen war eine Überweisung über 750 Euro fällig. Sobald er die Mäuse in Händen hielt, wollte er aussteigen. Dumm nur, dass er für das Kloster den größten Teil der Summe schon verschwendet hatte.

Die Front war verschlossen; die Verbindungstür nicht. Sie führte durch die Küche in den Hinterhof. Ben schaffte es hinaus bis zur Dresdener Straße. Dort klappte er auf dem Rinnstein zusammen. Nach einer Viertelstunde hielt ein Taxi. Der Fahrer erkundigte sich nach seinem Zustand, nicht liebevoll, sondern weil er annahm, ein Betrunkener würde ihm die Kiste vollkotzen. Dann aber, als Ben klare Sätze formulierte, drückte der Araber auf die Tube. Er hatte seine langen Arme ums Steuerrad gelegt, seinen großen Fuß aufs Gaspedal gesetzt und dachte nur daran, wie er den gottverdammten Mercedes heil aus dieser beschissenen Ecke Kreuzbergs manövrieren könnte.

Es war ein bedrückendes Gefühl, im Plafond zu hocken wie ein Kriegsversehrter, über einen Arm den Mantel geschlagen, um die Handschellen zu verbergen, und draußen die wogende Stadt zu sehen, als wäre nichts geschehen. Als könnte das Leben einfach ohne ihn wietergehen. Am liebsten hätte er den Nachtschwärmern, den verliebten, Hand in Hand gehenden Paaren, den schicken Stewardessen, die von der Arbeit kamen, den Kreuzberger Punks, Anarchisten und Nutten zugerufen: „Hier sitze ich! Helft mir! Stoppt den Verkehr! Wie könnt ihr weitermachen, als wäre nichts passiert?"

Der Kopf schmerzte, als würde ein Presslufthammer in seinen Schädel getrieben, das trübe Licht der Straßenlampen brannte wie Pfeffer in seinen Augen. Sie jagten über die Warschauer Brücke, als sich der berlinernde Araber zu ihm umdrehte: „Na, auf ner wilden Party jewesen?"

„Abgestürzt wie n Ikarus" murmelte Ben. Sein T-Shirt klebte an dem Kunstledersitz des Wagens, als sei es festgeleimt. In Friedrichshain hielt der Mann vor einem der Hochhäuser, die in den 50ern errichtet worden waren. Ben kroch aus dem Auto, schaffte es aber nicht, das Gleichgewicht zu halten. Der Araber stieg aus, und schleppte ihn zum Klingelschild.

„Warten Sie lieber. Meine Kollegin kommt gleich."

Der Fahrer grinste. „Sone Kollegin möcht ick auch haben, was mir de' Rechnungen zahlt."

Einen Aufzug gab es nicht bei diesen Gebäuden. Dafür Treppen, prächtig und hochherrschaftlich. Was die Stockhöhe betraf, waren die Proletarierhäuser im Osten ihren bürgerlichen Vorbildern durchaus ebenbürtig. Ben quälte sich Stufe für Stufe nach oben mit der Geschwindigkeit einer Raupe. Selbst nachts roch es hier nach Kohl. Annes Tür war braun wie alle anderen auch. Er klingelte nochmals. Sie öffnete und er kippte ihr entgegen.

Anne war Polizistin und eine alte Freundin aus der Zeit beim LKA. Ihre Freundschaft hatte sich über die Jahre erhalten, in denen er mit seiner Detektei ums Überleben kämpfte, vielleicht auch deshalb, weil sie beide nie aus ihrer kumpelhaften Verbundenheit herausfanden, und sich irgendwann ihr sexuelles Interesse eingestanden. Sie beriet ihn in schwierigen Fällen, und wenn sie mit einer gezielten Indiskretion aus dem Amt helfen konnte, dann tat sie es, ohne über die Legalität der Sache nachzugrübeln. Sie kannte Ben noch als zuverlässigen und ehrgeizigen Polizisten, aber in letzter Zeit mischte sich Kritik in ihre Bemerkungen, weil er zu viel rauchte und oft in Kneipen versumpfte. Er befürchtete, sie wolle ihn erziehen wie einen jüngeren Bruder. Bisweilen bombardierte sie ihn derart mit Ratschlägen, dass er sie nicht mehr so häufig besuchte wie früher.

In der Wohnung zog er das T-Shirt aus und schleppte sich ins Bad. Seine rechte Seite war blutunterlaufen, und bei einem prüfenden Blick in den Spiegel hatte er eine aufgedunsene Fratze gesehen. Die Visage eines k.o-geschlagenen Boxers. Noch immer roch er nach

Erbrochenem. Durch das Fenster des Badezimmers strömte kühle Nachtluft. Endlich erschien Anne auf der Bildfläche.

„Was ist mir dir? Du siehst ja furchtbar aus."

Sein Gesicht war geschwollen, unter dem rechten Auge klaffte ein Riss, ebenso auf der linken Backe, eine Rippe war geprellt, aber es gab wohl keine inneren Verletzungen. Anne verschwand und kehrte mit einer Schachtel voller pharmazeutischer Artikel zurück. Sie gab ihm Penicillin und Schmerztabletten; dann rieb sie seine Brust mit einem Schwamm ab, den sie mit Wasser und Franzbranntwein getränkt hatte. Mit zwei Butterfly-Pflastern versorgte sie die Risse in seinem Gesicht; die Prellungen, meinte sie, überließe man am besten sich selbst. Anne kümmerte sich rührend um ihn, bestellte den Schlüsseldienst und brachte ihm etwas zu essen. Sie war ein Jahr jünger als er, hatte gewelltes braunes Haar, ausgeprägte Wangenknochen und eine hübsch taillierte Figur. Besonders gefielen ihm die wiechen und unschuldigen Lippen. Sie setzte sich auf den Rand des Doppelbettes, als wäre er ein krankes Kind, das Angst hatte, im Dunkeln zu schlafen. Er war einfach zu zerschlagen, um nochmals aufzustehen. Das handelte ihm ironische Seitenblicke des Schlossers ein, der die Handschellen innerhalb von zwei Minuten entriegelte.

„Ich versteh bloß nicht, warum det immer Polizisten passiert" sagte er.

Anne hingegen war diskret. Sie verzichtete auf Erklärungen, um die erotischen Phantasien des Handwerkers zu korrigieren, und das überraschte Ben, er fühlte sich für eine Weile zu Hause und tröstete sich darüber hinweg, dass er meinte, beruflich von vorne anfangen zu müssen, und dass seine verzweifelte Sehnsucht nach seiner Tochter aufbrach, die ihn in eine dauerhafte Depression bringen konnte.

„Ich werde dich bald mal zum Essen ins Astoria einladen", versprach er.

„Abgemacht, Ben. Aber dann musst du zur Abwechslung auch mal Geld dabei haben!" sagte sie schnippisch und küsste ihn auf den Mund, leicht und flüchtig und doch erotisch mit ihrer Zungenspitze, und als sie in das Wohnzimmer ging, um dort zu schlafen, war ihm etwas leichter zumute.

Zum Frühstück machte Anne Rührei mit grüner Paprika, gebuttertem Roggenbrot und gebratenen Mortadellascheiben. Als er gegessen hatte, nahm er eine Kaffeetasse und ging hinaus auf den Balkon. Anne kam in Jeans und einem hell-blauen Bikinioberteil heraus. Sie hielt die Kaffeekanne in der Hand und schenkte ihm nach.

„Ich bin sicher, dass es in deiner Nähe einen guten Psychologen gibt, mit dem du sprechen und vielleicht einiges von dem lösen könntest, was dich quält. Ich weiß, dass du nicht so gerne über dich und deine Gefühle sprichst, aber vielleicht könnte dir gerade deshalb ein Profi helfen. Ich will nicht, dass du vor die Hunde gehst.

„Bloß keine Moralpredigt" stöhnte Ben.

„Ich bin eine moderne Frau und glaube an die Gnade des Gesprächs."

„Wie die Pfaffen an die unbefleckte Empfängnis."

XI

Als Ben sein rechtes Bein bewegte, schmerzte es mehr als der Unterkiefer, aber es ließ sich noch bewegen. Sein Kopf klemmte zwischen den Kissen, so dass er ihn nicht mehr als als eine handbreit nach links oder rechts drehen konnte. Das verstauchte Handgelenk war inzwischen doppelt so dick und der untere, blau angelaufene Teil seines Gesichtes musste gekühlt werden. Im Hintergrund konnte er Keli trällern hören, die zwischen Küche und Bad pendelte.

„Ach ja, der Papst hat angerufen und nach dir gefragt" rief sie.

„Was hast du erzählt?"

„Dass du dich nicht wohl fühlst. Und im Bett liegst."

Er hatte das Gefühl, als wäre er in Treibsand geraten. Je mehr er sich aus seiner Situation zu befreien suchte, desto tiefer sank er ein.

„Weißt du, dass er mein Auftraggeber ist?"

Er fand es anstrengend, mit Keli zu reden, und er war nie ganz sicher, ob sie alles verstand, was er ihr sagte. Sie hatte die schlechte Angewohnheit, die Wahrheit zu sagen, wenn eine Lüge nützlicher war. Ansonsten log sie, dass sich die Balken bogen.

„Auftragwas?"

Ben nahm den Eisbeutel vom Gesicht und schlich in die Küche. In seinem farbenprächtigen Kimono wirkte er noch trauriger als sonst. Keli war dabei, ihre Haare zu glätten, und sah ihn wegen der Störung mit einem bitterbösen Blick an. Die Bude stank nach verbranntem Fleisch.

„Du vergisst, dass es sich nicht um einen Kellner-Job handelt. Ich kann nicht einfach blau machen, weil ich keinen Bock habe."

„Hast du Probleme damit, dass ich bediene?"

„Niemand gibt mir zweihundertfünfzig pro Tag, wenn ich auf der Couch liege. Ich brauche das Geld, weil ich mit der Miete in Rückstand bin!"

„Lass dir nen Vorschuss geben."

Keli nahm die Brennschere und fuhr sich durchs Haar. Rauch stieg von den versengenden Locken auf, mit einem Geräusch als ob ein Kotelett im Fett brutzelt.

„Darf ich dich daran erinnern, dass du mir dreihundert für die Miete schuldest?"

„Verdammt und zugenäht, jetzt habe ich wegen dir meine Haare verbrannt."

„Es ist wichtig."

„Meinst du, meine Haare sind nicht wichtig?"

„Der Vermieter hat mir eine Frist gesetzt!"

Sie schwang die heiße Schere wie eine Keule. „Ben, würdest du deinen Arsch hier rausschaffen und mich allein lassen?"

„Du egoistische Schlampe! Hast du eigentlich bemerkt, dass ich verletzt bin?"

„Ständig dieses Gejammere. Bestell das Geld beim Universum!"

Ben öffnete sich ein Jever und humpelte ins Büro. Dort ließ er sich im Flohmarkt-Sessel nieder. Zog das Transistorradio zu sich ran, als wollte er sich damit gegen die Welt abschirmen, und drückte auf den Knopf. *BKA warnt Deutsche vor Terror-Panik. Flüchtlings-krise lässt Börsenkure trudeln. IS verschleppt 15 briti-sche Soldaten. Stadt erweitert Umweltzone – für weite-re 100.000 Fahrzeuge wird die City tabu. Eisbärbaby bewegt die Gemüter. Das Wetter in Berlin: mild und regnerisch-------* Borowiak hatte abgeschaltet. Er fühlte sich äußerst unwohl. Zuerst dachte er daran, dass er mit dem Taunus bald nicht mehr in die Innenstadt fahren konnte; eine Oldtimerlizenz würde er für die Mühle kaum kriegen. Dann überlegte er, warum die Leber so schmerzte; oder war es die Niere? Boxtechnisch sicher ein Volltreffer. Er bestellte telefonisch bei einem in-dischen Schnellrestaurant, zehm Minuten später war die Lieferung auf seinem Tisch. Nachdem er das Chicken Pakora verdrückt hatte, fühlte er sich nicht besser. Sein Unbehagen, so überlegte er, musste neben den kör-per-lichen Schmerzen noch andere Gründe haben. Er dachte daran, dass ihn Keli blamiert hatte, und dass er sie seit ihrem Einzug als Störung empfand. Wütend legte er sich auf die Couch und versuchte, Schlaf zu finden, aber das war, als wollte man einen Metzger überreden, Mitglied im Tierschutzverein zu werden. Er hatte keinen blassen Schimmer, wie er den Fall an-packen sollte. Nach einer Weile klaubte Ben eine Visi-tenkarte aus der Schublade und wählte die angegebene Nummer.

„Bin ich mit Erzbischof Benedikt Ratzenberg verbunden?"

„Provisorisches Sekretariat des Erzbistums im Kloster Moabit", meldete sich jemand „Was kann ich für Sie tun?"

„Ich möchte Hochwürden sprechen."

„Ich stelle durch!" sagte die Stimme penetrant fröhlich, und dann wurde er fünf Minuten lang mit Kantaten und Bibelsprüchen aus dem Hörer bombardiert. Als Ratzenberg abnahm, beschränkte sich Ben auf die Fakten.

„Einen Vorschuss? Wozu?" fragte der Geistliche. „Sie erhalten übermorgen das Honorar für die Woche – vorausgesetzt, dass Sie mich anständig informieren. Bislang haben Sie nicht einmal angerufen!"

„Es hat sich keiner gemeldet", log Ben.

„Ich hatte Ihnen eingeschärft: Sprechen Sie auf Band! Haben Sie Don Ignacio befragt, den Hirten der domini-kanischen Gemeinde?"

„Bislang nicht – wieso?"

„Sie haben doch ermittelt, dass er dem Pilgerbüro vorsteht und die Buchhaltung manipuliert", entgegnete Benedikt gereizt.

„Nun ja, ich habe vermutet, dass …"

„Wie wollen Sie gegen den Verdächtigen vorgehen?"

„Meine Kollegen haben mir abgeraten, ihn zu bespit-zeln, er ist schließlich Provenzial", flunkerte Ben.

„Was ist ein Provenzial?" fragte Keli vom Flur, jetzt mit Lockenwicklern im Haar. Sie sprayte sich den Kopf gerade mit Fixiermittel ein. Um das zischende Geräusch zu übertönen, quasselte sie so laut, dass es auch ohne Telefon bis Moabit zu hören war.

Der Erzbischof senkte die Stimme, um seine Wut zu unterdrücken. „Männer sind schwach. Ich weiß, die meisten verlieren den Verstand, wenn es um Frauen geht. Auch Sie, Borowiak, wenn ich das einmal so sagen darf. Mit dieser kleinen Haartorte, die sie zwi-schen ihren Beinen hat, kann eine Frau Sie dazu bringen, alles zu tun, was sie will. Aber Sie wissen, dass wir einen Vertrag miteinander haben und dass ich Sie nicht dafür bezahle, dass Sie mit ihrer Freundin vögeln."

„Ich wollte Ihnen erklären..."

„Wenn Sie im Bett liegen, zahle ich Sie nicht. Bislang haben Sie keine Leistung erbracht, die ihr Geld wert ist. Ich will, dass Sie morgen ein Gespräch mit Ignacio führen. Dafür schicke ich Unterlagen. Das Finanzielle regeln wir am Freitag."

„Das wollte ich gerade vorschlagen", plapperte Ben.

„Finden Sie schmutzige Details. Jeder Verdacht interessiert mich. Durch dieses Telefon will ich laufend über Ihre Erfolge informiert werden. Über Erfolge!" brüllte der Pfaffe.

Ben räusperte sich und spuckte einen satten Batzen auf die Tageszeitung. Das Leben war eine einzige Scheiße. Er sah sich in Kelis Frisierspiegel und konnte es selbst nicht glauben: Strähniges Haar, blutunterlaufene, verzweifelte und rasende Augen – ein Fall für die Beautyfarm. Er trank Mineralwasser und spülte ein Aspirin mit Wodka hinunter.

„Den suche ich gerade" sagte Keli und griff sich den Spiegel.

„Warum trällerst du so aufdringlich?"

„Soll ich nicht singen, bloß weil dir der Arsch auf Grundeis geht?"

„Gute Laune ist ein Vorbote des Todes", antwortete Ben und warf die Tür zu. Er marschierte zum *Sandmann*. Die Neuköllner Lokalität lag nicht weit vom Hermannplatz und hatte einen Stammgast, der um diese Zeit immer da war. Werner, ein früherer Kollege vom LKA, arbeitete bei einer größeren Firma für Sicherheitstechnik und machte jetzt vor allem Installationen, von der Software bis zur Überwachungskamera. Wie immer trug er eine Baseballkappe.

„Ich glaub et nicht! Borowiak! Wer hat dich denn so vermöbelt?"

Ben wusste, dass er einen unglücklichen Anblick bot. Das Auge war blutunterlaufen und das Pflaster auf der Backe wirkte nicht wie ein Schönheitsaccessoire. Noch immer schmerzten die Rippen. Er orderte einen zweifachen Cognac und erzählte in wenigen Sätzen, was er erlebt hatte. Als der Kellner die Getränke an den Tisch brachte, nahm Ben noch eine Aspirin und spülte sie mit Cognac runter. Werner, dessen Gesicht durch die Hornbrille markanter wirkte, wollte ihn aufmuntern.

„Immerhin hat der Trick mit dem Finanzamt funktioniert. Der hat die Unterlagen von Monaten geschreddert."

„Das zeigt, dass sie Dreck am Stecken haben. Die verschleiern irgendwelche Gelder", vermutete Ben.

„Und du Ochse hast das Beweismaterial liegen lassen!"

„Konnte ja nicht ahnen, dass der Typ vorbeischneien würde, abends nach Ladenschluß. Vielleicht übernachten dort auch Dealer oder Junkies."

„Völlig unprofessionell, am ersten Tag gleich einzusteigen."

Ben schwieg in einem Anfall von Selbstmitleid. Er hatte keine Idee, wie der Fall zu retten war.

„Wundere dich nicht, wenn ich von der Bildfläche verschwinde – eines Tages oder morgen schon."

„Soll ich jemandem Bescheid sagen?" fragte Werner ungerührt.

„Besser nicht."

Der Kellner brachte ungefragt eine neue Runde Schnaps. Der Mann nannte Ben seinen Freund, und gab ihm einen Klaps auf die Schulter. Es war die Zeit, in der jede Menge Leute in die Kneipe strömten, die für ihre Live-Bands bekannt war. Die Umtriebigkeit der Neuköllner Kiezbewohner nervte gewaltig; man verstand sein eigenes Wort nicht mehr. Außerdem wurde jetzt Blues eingespielt. Was trieb all diese Leute an? Ihre Gesichter sagten Ben gar nichts und die Klugscheißerei seines Bekannten ging ihm auf den Keks.

„Als theologischer Laie kann ich diesen Papst nicht einschätzen", meinte Werner und grinste dämlich. „Was will der eigentlich von dir?"

„Dass ich den Fall aufkläre, und zwar ohne jeden Rummel."

„Macht das nicht schon die Polente?'

„Offiziell ja. Aber die hängen selbst mit drin. Sonst hätten sie mich nicht so zugerichtet."

„Der Typ benutzt dich. So ist es doch meistens, wenn jemand einen Schnüffler bezahlt. Du solltest diesen blöden Job an den Nagel hängen."

„Sobald mir was besseres einfällt!"

Ben dachte nach, ob er seinem Gegenüber nicht schon zu viel anvertraut hatte. Er mochte immer noch Verbindungen haben zu den ehemaligen Kollegen, und Gerüchte machten schnell die Runde. Andererseits hatte Werner wohl gar kein Interesse, das Thema zu vertiefen. Sie tranken noch zwei Runden und unterhielten sich über die Hertha, sprachen belangloses Zeug, bis schließlich eine Batterie von leeren Gläsern vor ihnen stand. Dann verabschiedete sich der Kappenmann.

„Muss morgen wieder früh raus. Lass nichts anbrennen."

Ben war allein. Sein Gesicht brannte, die Glieder fühlten sich zerschlagen an. Er hatte Kopfschmerzen und immer noch Durst. Er bestellte ein Bier und setzte sich an den Tresen, trotz des Lärms, der um ihn herum brandete. Ben hatte ein unangenehmes Gefühl, wenn er an das bevorstehende Gespräch mit diesem Don Ignacio dachte

Eine halbe Stunde starrte er auf einen imaginären Punkt hinter dem Spiegel. Die ganze Zeit rumorte es in seinem Schädel. Was wollte dieser Ratzenberg wirklich von ihm? Der hatte sich garantiert einen Detektiv gesucht, der im Polizeidienst Probleme gehabt hatte.

Wusste er bereits, dass die Bullen mitspielten und im Pilgerbüro Geld gewaschen wurde? Warum aber wollte er jemanden mit Spanisch-Kenntnissen? Ben bestellte noch einen Schnaps, um den Tag zu vergessen. Das Glas verwandelte das unangenehme Fiebergefühl endlich in einen milden Rausch. Schließlich zog er sich hoch und humpelte schlingernd nach Hause.

Am nächsten Tag kam die Post; ein braunes Din A5 Briefkuvert mit fotokopierten Texten.

Eine der Kopien bezog sich auf den Lebenslauf des Provinzials, so wie er in der Personalabteilung des Erzbistums oder einer anderen kirchlichen Institution vorlag, zusammen mit einem Foto. Den Kopf Don Ignacios zierte eine Intellektuellenstirn. Blasse braune Augen, pergamentartige Haut. Auffälig die buschigen Augenbrauen, das fliehende Kinn.

1938 Geburt in Durango im Baskenland. Don Ignacio wuchs ohne Vater auf. Seine Mutter entstammte dem spanischen Landadel.

1954 - 1958 studierte er Philosophie und Theologie an der *Universidad de Comillas* in Madrid. Mitglied im Opus Dei. Nach zweijähriger Kaplanstätigkeit in Palencia wird er Dozent an der von Opus Dei gegründeten Universität von Navarra.

1963 Priesterweihe. Don Ignacio blieb für 5 Jahre in Valladolid und wurde Generalvikar des Bischöflichen Amtes Astorga.

1974 Ernennung zum Bischof von Astorga. Mit 36 Jahren einer der jüngsten Bischöfe Europas.

1978 Anfeindungen und innerkirchliche Diskussionen, Wechsel nach Rom an die Spitze der Vatikanbank.

1999, nach der Krise der Bank, legt er den Profess für die Dominikaner ab. Am 18.9 vom Bischof von Astorga zum Diakon geweiht. Übernimmt als Prokurator, Sakristan und Direktor des III. Ordens die Dominikanerniederlassung in Berlin am 25.9. desselben Jahres.

2003, am 1.10. wird er zum Provinzial der Dominikaner in Deutschland ernannt.

Wirbel um Vorstand der Vatikanbank

Rom, den 24.8.1999 – Mit sofortiger Wirkung wurde Ignacio Valdes Vorstandsmitglied des Istituto per le Opere die Religione (IOR) seiner Ämter enthoben. Der Sprecher der 5-köpfigen Kardinalskommission, die den Aufsichtsrat bildet, Kardinal-Staatssekretär Angelo Sedano schilderte die Beurlaubung als vorläufigen und vorbeugenden Akt. Der Geschäftsmann werde keineswegs der Untreue beschuldigt. Unter seiner Ägide seien allerdings jahrelang Gelder falsch verbucht worden. Die interne Revision prüfe noch, ob kriminelle Absicht oder menschliches Fehlverhalten zu Grunde lä-gen. Da die Zuständigkeiten innerhalb der betroffenen Abteilungen unklar seien, müsse der Bischof persönlich die Konsequenzen ziehen. Kenner des Vatikans vermuten hinter dem Statement Fälle von Geldwäsche. Spätestens seit dem Finanzskandal von 1982 werden dem IOR Verflechtungen mit der Mafia nachgesagt. Damals hatte

Opus Dei durch eine Spende über 250 Millionen Dollar den Zusammenbruch der Bank verhindert.

(Frankfurter Nachrichten vom 25.8.1999)

Unter den Blättern war ein Nachruf auf Spanisch, der einer handschriftlichen Notiz zufolge der Zeitung *Republica* entnommen war. Ben musste seine verschütteten Sprachkenntnisse auskramen, um den Text zu verstehen, und das Lexikon zu Hilfe nehmen. Er lautete etwa:

Am 21.10.2003 verstarb unser Bruder, Mentor und Förderer Don Josè Esmeralda y Consuelo, geboren am 10.4.1934 in Bilbao, durch einen ungeklärten Unfall in der Nähe von Astorga. Don Josè war Sohn eines im Bürgerkrieg erschossenen Kleinbauern und Jesuit. Er hat seine Herkunft nie verleugnet und blieb unbestechlicher Kritiker der Verhältnisse unter Franco. Auch innerhalb der Kirche prangerte er Missstände an. Durch öffentliche Kampagnen 1978 und 1999 hat er sich wiederholt Feinde geschaffen. Dass ihn der Tod auf dem Jakobsweg ereilte, ist kein Zufall, sondern Ausdruck eines gottgefälligen Lebens. In tiefer Trauer: die jesuitische Gemeinde von Durango. Dr. Iñaki Bazán, Centro de Historia del Crimen

XII

Don Ignacio war dabei, die Obstbäume zu beschneiden, als der Besucher gemeldet wurde. Der Geistliche hängte die Schürze über einen Haken des Gartenhauses und verstaute die Schere im Werkzeugschrank. Im Habit des Priesters eilte er durch den vom Regen aufgeweichten Laubengang, der auf die Büste des heiligen Dominikus zugeschnitten war. Durch den bedeckten Himmel leuchtete eine verkapselte Sonne. Dass die Obstbäume bereits in der letzten Märzwoche Knospen trieben, verwunderte ihn, es war sicher die Folge des Klimawandels. Er betrat in Gartenclogs das Marmorportal. Der durch Stuck verzierte Flur führte durch Rundbögen zur Bibliothek, die er für Empfänge nutzte. Inmitten alter Büchersammlungen und Rokokotischchen ließ sich trefflich Interviews geben. Das kürzlich renovierte Deckenfresko zeigte in leuchtenden Farben Motive aus der Genesis. Ignacio hatte die übermalten Geschlechtsteile freilegen lassen und genoss es, sie vom Chaiselongue aus zu betrachten.

Der Mann stellte sich als Redakteur einer namhaften Kirchenzeitung vor und erhob sich andeutungsweise vom Stuhl. Er habe recherchiert und wolle dem Provenzial aus aktuellem Anlaß ein paar Fragen stellen. Den üblichen Neidkomplex der Besucher kannte Don Ignacio zur Genüge. Gerade bei der Presse musste man aufpassen, die einem gern das Etikett *Protzbischof* verpasste, nur weil man sich hin und wieder etwas Luxus gönnte. Da wurde aus einem goldenen Wasserhahn schnell eine goldene Badewanne gemacht oder aus einem Marmorportal eine pompöse Empfangshalle. Das Gespräch begann entsprechend mit einem staunenden Rundblick, einem Lob auf dieses Anwesen aus dem 18. Jahrhundert. Geblendet von goldgerahmten Spiegeln bedauerte der Mann, ihm nicht einmal eine Visitenkarte geben zu können, die Redaktion sei schlecht bestückt. Er trug einen dunkelblauen Anzug, der so dunkelblau war, als wollte sein Träger von vornherein jeden möglichen Zweifel an seiner Seriosität ausräumen. Dazu ein weißes Hemd und eine blau karierte Krawatte. Seine Schuhe waren aus dunkelblauem Leder und so sauber, dass Don Ignacio sich des Eindrucks nicht erwehren konnte, er trage sie zum ersten Mal. Der Journalist wirkte, als hätte er sich für ein Vorstellungsgespräch bei Mc Kinsey angezogen.

„Wie lange residieren Sie schon hier?" fragte er.

„Die Dominikaner haben das Palais vor fünf Jahren erworben. Wir brauchten eine Zentrale für unser Bildungswerk. Das Prunkstück war früher im Besitz der Kirche, ging aber in den Zeiten des Kulturkampfes verloren. Gestatten Sie mir auch eine Frage?"

„Nur zu."

„ Hatten Sie einen Unfall?"

Die Miene des jungen Mannes verdüsterte sich. Er deutete auf das Pflaster im Gesicht.

„Das da? Sportverletzung!"

„Sind Sie gefallen?"

„Ungeschicklichkeit meinerseits, ein Foul von der Gegenseite, aber das tut nichts zur Sache. Starten wir mit der ersten Frage. Sie sind 77 Jahre alt. Denken Sie gelegentlich an Rücktritt?"

„Nein. Für mich beginnt das Leben, wenn ich an der Spitze bin."

„Wie beurteilen Sie den Tod ihrer Mitbrüder im Kloster Moabit?"

„Diese Morde sind erbärmlich. Sie bedeuten einen herben Rückschlag für meine Mission. Prinzipiell untersteht mir das Kloster in der Oldenburger Straße. Aber ich akzeptiere die Anordnung der Kurie in dieser Ausnahmesituation. Nach dem Konklave wird ein neuer Generalmeister für klare Strukturen sorgen."

„Wer ist augenblicklich mit der Führung des Klosters betraut?" fragte der Mann, der Mühe hatte, seine Sätze zu artikulieren.

„Erzbischof Ratzenberg. Ich halte diese Entscheidung nicht für glücklich. Ratzenberg ist Theoretiker, er hat sein Leben vorwiegend in der theologischen Fakultät verbracht. Außerdem sehr machtbewusst. Nur so erklären sich die Sprünge in seinem Werdegang."

„Ja?"

„Es wird gemunkelt, er habe in der Kurie enge Freunde gehabt, um Ordinarius zu werden."

„Sie meinen ...?" Man sah, wie das Hirn des Mannes ratterte. Lange rang er um eine Formulierung. Don Ignacio konnte nicht glauben, dass es sich um einen Insider handelte.

„Gleichgeschlechtliche Kontakte?"

„In Spanien bezeichnen wir so etwas als maricon!"

Dezentes Klopfen unterbrach das Gespräch. Ein Bediensteter in schwarzer Robe stellte ein Tablett mit Tee und Biskuits auf den Tisch und verschwand geräuschlos durch die Seitentür.

„Danke, Oswald."

„Glauben Sie die Version der Polizei, dass es sich bei dem Fall um Raubmord handelt?"

„Nein. Die Frage ist doch, wer am meisten von einer solchen Tat profitiert. Die geplünderte Ladenkasse stellt keinen Wert dar."

„Vielleicht gibt es Neider? Unter Ihrer Leitung erlebt der Dominikanerorden eine Blüte – Ordenseintritte, Neugründungen, wirtschaftliche Erfolge mit dem Büro für Pilgerreisen."

„Man soll damit nicht übertreiben. Wir beziehen viele Einnahmen aus Spenden. Sie mögen das heute als Fundraising bezeichnen. In Wirklichkeit ein uraltes Prinzip: Do ut des."

„Ist es wahr, dass der Aufschwung der Provinz Teutonia mit der steigenden Zahl von Pilgerreisen zu tun hat?"

Der Journalist las die Fragen von einem Block. Don Ignacio fiel auf, dass er kein Tonband hatte, sondern nur ein billiges Diktiergerat.

„Die Einnahmen gehören uns nicht. Wir leiten sie direkt nach St. Domingo de Caleruega. Die spanische Sektion sammelt das Geld für das Hilfwerk in Kolumbien. Für uns ist es ein durchlaufender Posten."

Don Ignacio beobachtete, wie sein Interviewpartner ein Biskuit in den Mund steckte und darauf herumkaute, als seien es Zyankalikapseln.

„Schmecken Ihnen die Kekse nicht?"

„Doch. Natürlich."

Beim Kauen fiel der Blick des Mannes auf eine Putte des verspielten Seitenaltars. Pausbäckig, mit Speckfältchen an Armen und Beinen, stellte sie eine kindliche Eros-Figur dar. Die Flöte im Mund mochte eine sexuelle Anspielung sein. Der Journalist verlor den Faden, als er den Körper betrachtete. Um die Stille zu überbrücken, begann Don Ignacio mit einer weitschweifigen Erklärung.

„Unser Orden geht auf den heiligen Dominikus zurück, einen Wanderprediger des beginnenden 13. Jahrhunderts. Er wirkte durch Reisen in Italien, Frankreich und Spanien. Der Orden zeichnet sich durch die Betonung der Gehorsamkeit aus."

„Was passiert mit ungehorsamen Brüdern?"

„Sie werden vom Orden ausgeschlossen."

„Halten Sie Gewalt für ein geeignetes Mittel?"

„Mit Verlaub, was für eine Frage!"

Der Fragesteller massierte die Backen, als stecke dort der Keks fest.

„Ich beziehe mich auf den Vortrag des Papstes über Religion und Gewalt."

„Oh nein. Sie spielen auf die Morde an!"

„Sie haben Recht. Halten Sie es für möglich, dass der Prior Feinde innerhalb des Klerus hatte?"

„Ein Verstoß gegen die klösterliche Observanz ist mir nicht bekannt."

„Gestatten Sie einige persönliche Fragen. Warum haben Sie in Astorga das Bischofsamt niedergelegt und sind zur Vatikanbank gewechselt?"

„Mir ging es darum, praktische Erfahrungen zu sammeln. Ich bin überzeugt, dass sich Mut zum Wandel auszahlt. Während beispielsweise das Erzbistum Berlin Not leidet, floriert die Provinz Teutonia."

„Eine ähnlich radikale Entscheidung haben sie vor Jahren einmal getroffen. Damals verließen Sie die Bank und began-nen bei einem Bettelorden."

„Ganz von vorne habe ich nicht mehr angefangen. Ich hatte Beziehungen und wusste, dass es in Berlin eine Vakanz gab. Zweitens sehe ich Armut weder als Auszeichnung noch als unabänderliches Schicksal. Wir haben mit Opus Dei in Spanien einen Boom initiiert, warum also nicht auch in Deutschland?"

Sein Gesprächspartner lächelte matt. Dann blickte er fasziniert auf die Putte.

„Sie sind durch ihren Werdegang mit dem Opus verbunden. Gibt es konkurrierende Auffassungen zwischen den Dominikanern, die Armut predigen, und diesem doch eher elitären Bildungswerk?"

„Haarspaltereien, die dem Mittelalter angehören! Solche Fragen stellt man im Erzbistum. Drüben am Hausvogteiplatz sind sie so bieder, dass sie bei der Gesundheitspolizei anrufen, um Katzenkot vom Bürgersteig entfernen zu lassen."

„Eine Frage zum Schluss. Kennen Sie einen Jesuiten namens Don Josè?"

„Don Josè? Wer soll das sein?"

„Seine Heimatgemeinde war Durango, wo Sie geboren sind."

„Sehen Sie, wie häufig kommt unser geistiges Oberhaupt aus dem Vatikan in seinem Geburtsort Buenos Aires? Einmal im Leben? Zweimal? Mir geht es ähnlich. Unmöglich, jeden Dorfpfarrer zu kennen."

„Ich danke Ihnen für das Gespräch."

„Das Heinrichsblatt hat schon lange keine Interviews mehr mit mir geführt. Warum eigentlich?"

Seine Augen bohrten sich in die Augen des Fragestellers.

„Das öffentliche Interesse schwankt. Der aktuelle Anlass ist freilich traurig."

„Gibt es dort noch den Chefredakteur Schnitzler?"

„In beratender Funktion. Offiziell ist er im Ruhestand."

„Hm. Hm. Wir werden alle nicht jünger", sagte der Provinzial, der kürzlich mit dem Chefredakteur in Augsburg gespeist hatte. Der hiess Stanglmeier und war von der Pensionierung weit entfernt.

Don Ignacio verabschiedete sich an der Pforte und lief in einen kleinen Seitenraum. Dort wurden die Bilder der Überwachungskameras übertragen. Die Monitore zeigten die unbeholfenen Bewegungen des Mannes, der zu einem grell-bunten Schrottauto humpelte. Don Ignacio war alt, aber nicht alt genug. Er begriff, dass er einem Betrüger aufgesessen war.

„*Mierda*", raunte der Provenzial. „Erst die Buchprüfung. Dann das Interview. Der Kerl hält uns für blöd."

XIII

Die Geschichte hätte von Anfang an anders laufen müssen. Gute Anfänge beginnen mit einer fetten Vorauszahlung. Und garantieren freie Hand. Alles vertraglich abgesichert, natürlich ergebnisoffen – Ben war ja nicht dazu da, die Welt zu retten. Ihm missfiel, dass Ratzenberg plötzlich die Zügel anzog. Während er über den marinegrünen Rasen schritt, bereitete er sich auf ein Dutzend Fragen vor und Einwände der Art: Warum-haben-Sie-dies-hätten-Sie-nicht-besser-das. In der Ferne sah er ihn beim Beschneiden der Rosenstöcke in grüner Schürze und hielt auf ihn zu. Aber er merkte nicht, dass er sich vorwärts bewegte. Vielmehr schien er ins Grün zu versinken. Der Rasen war von einem irrealen Grün, er schien neongrün zu leuchten. Ben fragte sich, ob er LSD geschluckt habe oder einfach nur träumte, dass er über dieses Grün schritt, das einfach nur Rasen sein wollte, Grünfläche zwischen Erzbischöflichem Ordinariat und Dom, endlos wogend wie ein Ozean, der Benedikt schwanken ließ zwischen grünen Wellentälern und Wellenbergen wie ein geisterhaftes Schiff. Leute wie er waren fortwährend mit gärtnerischen Aufgaben

97

in Außenanlagen beschäftigt. Vielleicht macht es Klerikale glaubwürdiger, dachte Ben, als er zu den Rosen ruderte. Er macht dir Vorwürfe wegen deines eigenmächtigen Handelns, droht dir, nicht zu zahlen oder die Aktion abzubrechen. Egal, was Ben durch den Kopf schoss, er blieb meilenweit von dem Geistlichen entfernt, der durch seine Schürze ebenso Teil des Grüns war wie Ben selbst, der darin versank genau wie er, aber diesen Sog genoss, während Ben sich damit abquälte, Boden unter die Füße zu bekommen. Was wollte der Greis von ihm? Sollte Ben tatsächlich die Drogenspur offen legen, die am Ende gegen ihn selbst gedreht werden konnte, wenn die Bullen es wollten, die Dealer oder eine Laune des Schicksals? Jedenfalls war er Teil dieser Geschichte, die von Anfang an schlecht lief, ein Opfer des Sumpfes, dachte er und griff sich an die schmerzenden Rippen. Inzwischen wusste er nicht mehr, wo er den Rasen betreten hatte, so sehr war er in dieses rätselhafte Grün versunken. Nun kam er dem Geisterhaften näher, streifte den letzten Grashalm, stand lautlos hinter ihm.

„Wie fühlen Sie sich, Borowiak?"

Der Alte beschäftigte sich weiter mit den Rosenstöcken.

„Als wäre ich unter einem Berg von Walfischknochen auf dem Meeresgrund begraben."

„Geben Sie nichts auf das eine oder andere Missgeschick. Das sind Auswüchse."

Wusste Benedikt von der Schlägerei?

„Das Büro für Pilgerreisen ..."

„Ist damit etwas nicht in Ordnung?" fragte er schein-
heilig.

„Ich denke, dass es kriminell unterwandert ist."

„Haben Sie die Post gelesen?"

„Den Artikel aus der *Republica*?"

„Eine Spur, acht Jahre alt. Wenn Ignacio leugnet, diesen Mann zu kennen, ist er verdächtig. Damals kürten
ihn seine Freunde vom Opus Dei zum Provenzial. Don
José ging an die Öffentlichkeit und behauptete, Ignacio
habe Verbindungen zur Mafia."

Der Erzbischof wusste ganz sicher Bescheid.

„Gibt es Beweise?"

„Der streitbare Herr kam nicht dazu, seine Behauptun-
gen zu belegen. Er verstarb auf dem Jakobsweg. Nun
hat eine Vortragsreise über Hilfsprojekte in Kolumbien
Staub aufgewirbelt und der Prior beichtete mir kurz vor
seinem Tod von Unregelmäßigkeiten im Kloster. Bruder Christian war mir seit vielen Jahren verpflichtet."

„Sie verdächtigen Don Ignacio?"

„In Kirchenkreisen behandeln wir solche Fragen diplo-
matisch. Ohne Polizei oder die Medien. Machen Sie
eine Pilgerreise und forschen Sie nach!"

„Ich werde mal drüber nachdenken."

„Werden Sie nicht! Sie sollten wissen, dass Fotografien
von Ihnen im Umlauf sind und man Sie im Laufe des
Tages auf die Fahndungsliste setzten wird. Die Gegenseite schläft nicht. Ich kann Ihnen nur helfen, wenn Sie
meine Bedingungen akzeptieren. Do, ut des."

Damit war die Katze aus dem Sack. Ben wandte sich ab, um sich keine Blöße zu geben. Da fiel ihm noch etwas ein.

„Was ist mit Pater Christian? Es heisst, dass er etwas auf dem Kerbholz hatte."

„Wer sagt das?"

Benedikt fragte so unwirsch, dass Ben es vorzog, keine Namen zu nennen: „Gerüchte."

„Solchen Gerüchten brauchen Sie nicht zu folgen! Sie sollen Druck machen. Ermitteln Sie in Spanien!"

Das Schwein hatte ihn in der Hand. Von daher erhielt der letzte Satz einen besonderen Nachklang. *Solchen Gerüchten brauchen Sie nicht zu folgen.* Eine strikte Weisung? Oder eine Warnung?

Vielleicht hätte Ben damals doch zur Polizei gehen sollen oder zur Antikorruptionstruppe des LKA, aber es ist müßig, sich mit Theorien zu beschäftigen, wenn man das Ende kennt. Ebenso könnte man diskutieren, ob es kühn war oder kon-sequent, die Reise ausgerechnet bei Bolotnikov zu buchen. Eine Provokation, den Russen in seinem Kabuff in der Görlitzstraße aufzusuchen, ihm über den Schreibtisch hinweg zu erklären: „Mein Name ist Borowiak. Reservieren Sie mir einen Flug nach Biarritz." Was ist, genaugenommen, eine Provokation? Das Überschreiten einer Grenze. Eine Übertreibung bis hin zur Regelverletzung. Die Kunst, ein falsches Alibi zu schaffen, um andere zum Handeln zu zwingen. Ben nannte es schlicht „auf den Busch klopfen". Der khaki-farbene Regenmantel mit den Schulterklappen schaukelte an der Garderobe wie bei einem aufziehenden

Gewitter. Beolotnikov lächelte gefährlich und fragte: „Heute abend?"

Danach sprach keiner von ihnen ein Wort. An der Wand über der Spüle hing eine Bahnhofsuhr. Sie zeigte zehn Uhr neunundreißig. Das Ticken des roten Sekundenzeigers, der unablässig seine Runden drehte, hallte durch den Raum. Der Wasserhahn von der Spüle tropfte. Alle vierzehn Sekunden ein Plopp. Vier Komma drei Plopps pro Minute. Je mehr Minuten verstrichen, desto wohler fühlte sich Ben. Die Situation war so absurd, dass er anfing, sich gut zu fühlen. Ben würde Anne davon erzählen, und dabei den Kopf schütteln. Er wollte sich durch das Schweigen nicht provozieren lassen. Ebenfalls zu schweigen war die beste aller Möglichkeiten. Das Telefon klingelte. Bolotnikov ließ es klingeln und Ben fing an, mit seinem Stuhl zu kippeln. Bolotnikov zog merklich die Augenbrauen hoch. Ihm war klar, was dieses kaum merkbare Hochziehen der Augenbrauen bedeuten sollte: Überlegenheit, Spott.

Die Visage des Mannes, auf der ein kreisförmiger Lichtfleck ruhte, verlor die Tiefe, wurde ein zweidimensionales Bild, je länger ihn Ben fixierte. Die Wangen, die Aknenarben. Die hochgezogene Augenbraue, mit der er ihn verspotten wollte. Bolotnikov saß in seinem Stuhl, aufrecht, als hätte er einen Stock verschluckt, und beugte sich dann ein kleines Stück nach vorne, gerade so, als warte er darauf, dass Ben etwas erklärte oder einen Rückzieher machte. Ganz begierig schien er darauf zu sein, ihm von der Reise abzuraten.

Die Argumente dafür lagen ihm förmlich auf der Zunge, aber er konnte sich nicht dazu äußern. Ben hielt die Spannung nicht länger aus, er fragte: „Sie wissen also Bescheid?"

Er nickte. „Ja", sagte er, „ich weiß Bescheid." Dann lächelte er wie ein Metzgershund.

„Was macht die Reise denn zu einem unvergesslichen Erlebnis?"

Bolotnikov betonte jedes einzelne Wort.

„Denken Sie nicht, dass es für Sie leicht wird, Herr Borowiak. Vor Überraschungen ist man auf dem Jakobsweg nie sicher."

„Auch in Berlin gibt es Risiken."

Der Russe musterte ihn wie ein Bestatter, der Maß nimmt.

„Warum reisen Sie nicht nach Mallorca?"

„Sagen wir mal: ich bin abenteuerlustig."

„Manchmal kostet es Kopf und Kragen, wenn man sich von dieser Art Lust leiten lässt."

„Gibt es nicht Pilger, die sich amüsieren?"

„Geben Sie nichts auf poetische Darstellungen. Mancher preist sich selig, wenn er nicht im Sarg zurückkehrt."

Bolotnikov überreichte ihm die Papiere.

„Ich wünsche Ihnen eine gute Reise. Für den Fall, dass wir uns nicht mehr sehen sollten... ."

„Ja?" fragte Ben.

„Gottes Segen."

Zweiter Teil

Und beim Aufsetzen tönte ein harter Schlag
feierlich durch die Stille.

I

Saint-Jean-Pied-de-Port war ein verschlafenes Nest, das am Fuß der Pyrenäen klebte wie Fliegendreck an einem Fenster. Es lebte von Viehwirtschaft und Tourismus, Wirtschaftszweige, die bei näherer Betrachtung Parallelen aufwiesen. In der Registratur an der Rue de Citadell fragte Borowiak, ob man den Pilgern einen Führer zur Verfügung stelle. Der kleine, drahtige Mann mit der Glatze lachte.

„Das gibt es nur bei Paulo Coelho."

„Wer soll das sein?"

„Ein Phantast. Gut, dass Sie ihn nicht gelesen haben."

„Schriftsteller sind eine Randerscheinung der Gesellschaft, blutleer und lebensfremd. Seit Jahren habe ich kein Buch angefasst."

„Um so besser. Man fragt sich, ob er den Camino wirklich gemacht hat oder mit dem Auto abgefahren ist."

„Also gibt es keine professionellen Führer?" beharrte Ben, als der Mann das credencial ausstellte.

„Fragen Sie weiter unten. In der Agentur für Gruppenreisen."

Eine ältere Dame, Madame Savin, erzählte dort, dass man die Unterlagen der Reisen der letzten zehn Jahre archiviert habe, und versprach, einmal nachzuprüfen, ob ein Ignacio Valdes oder Don Josè Esmeralda y Consuelo unter den Teilnehmern gewesen seien, aber dazu benötige sie Zeit. Bekannt seien ihr die Personen nicht, auch gebe es viele Pilgerpfade, auf denen man nach Santiago de Compostella starten könne. „In Spanien sagt man: der Camino fängt vor der Haustüre an!"

Als er wieder in der Rue de Citadell stand, vor der dunkelroten Pforte mit dem Türklopfer, und sich von der Madame und ihrem Hündchen verabschiedet hatte, musste Ben sich eingestehen, dass er keinen Schimmer hatte, wie er auf dem Jakobsweg ermitteln sollte. Die Reise war ein Schuss ins Blaue, er feuerte ihn ab und vertraute, dass ihm der wohlmeinende Zufall das Ziel in die Schusslinie brachte. Indes bedurfte es vor allem laufender Telefonate mit dem Auftraggeber, die bezeugten, dass der Neuköllner Kriminalist unermüdlich für die Sache des Erzbistums rackerte. Der erste Scheck war eingegangen, der auch die Spesen abdeckte, und Ben nahm in hoffnungsloser Naivität an, von der Fahndungsliste gestrichen zu werden, sobald sein Auftraggeber eine Aussage zu Protokoll geben würde. Und Anne würde alle Räder in Bewegung setzen, um der korrupten Bande beizukommen. Somit konnte er den Ausflug als bezahlten Urlaub interpretieren und an Studienzeiten anknüpfen. In wallendem Optimismus durchschritt er die Porte d'Espagne - zwei baufällige, bröselnde Stelen im Festungswall. Als er die *Jungfrau von Biakorri* in Angriff nahm, dachte er an die unbegreifliche Gier, die ihn beim Einbruch ins Büro für Pilgerreisen überfallen hatte. Wenn man in Berlin lebte, fiel es einem nicht auf, aber aus der Distanz bekam die Szene etwas Apokalyptisches. Auch die Erinnerung an den erzbischöflichen Rasen am Hausvogteiplatz war noch frisch; Ben dachte schon, das übersinnliche Grün sei Vorbote gewesen einer weiten, von Kelten besiedelten Landschaft, in die ihn ein unergründbares Schicksal gerufen hatte. Die Straße schlängelte sich in Serpentinen, gemustert von Kuhfladen, und langsam erkämpfte er sich den Blick ins Tal. Es war deutlich wärmer als zu Hause. Obwohl das Meer einige Kilometer entfernt war, lag Kreischen von Möwen in der Luft. Der Wind sorgte für rapiden Wechsel von Sonne und Wolken. Eine einzige Böe kündigte den Regen an und durchnässte einen innerhalb von Minuten.

Eine Pilgerreise zu unternehmen, das war nie seine Absicht, aber die Reduktion auf das Einfache und Existenzielle, so dachte er, könnte durchaus heilsam sein. Nicht viele Dinge zu haben, um die man sich kümmern musste, einfache Mahlzeiten einzunehmen, bestehend aus Käse, Salami und Brot, das förderte womöglich die Konzentration auf das Wesentliche, die lange Wanderung kristallisierte die wichtigen Fragen heraus und brächte einen dazu, neu anzufangen. Mit hochfliegenden Hoffnungen hatte Borowiak die Detektei in Neukölln gegründet. Tatsächlich observierte er Personen im Auftrag ihres eifersüchtigen Partners, überwachte Angestellte, die im Verdacht standen, zu klauen, übernahm wochenweise die Rolle eines Kaufhausdetektives am Hermannplatz. Meistens trafen seine

Aktionen arme Schlucker, die krankfeierten und woanders malochten, oder Angstellte, die klauten, weil sie ab dem zwanzigsten des Monats nichts mehr zu beißen hatten. Beim LKA hatte er früher glänzendere Perspektiven gehabt, nun verschleuderte er sein Talent, verlor sukzessive Wissen und Ausbildung. Die Zeit der allgemeinen Krise war nicht gerade günstig für Neuorientierungen.

Inzwischen war die Luft erfüllt von den Glockentönen der Leithammel, sie rauschte derart, dass er meinte, von weither Akkordeon und Dudelsack zu hören. Der Kot der Schafe begleitete ihn dahin, wo kein Baum mehr wuchs und Steinformationen aus den Weideflächen ragten wie bizarre Plastiken schreiender oder jammernder Menschen. Bis zum ersten Gipfel war Borowiak zufrieden mit seiner Reisevorbereitung, dem Rucksack aus dem Supermarkt und den Laufschuhen aus der Wühlkiste. Während des Aufstieges begannen sie an den Fersen zu reiben und die Plastikriemen des Rucksackes schnitten tief an den Schultern ein. Regen schienen beide Erwerbungen nicht abzuhalten. Dass der Jakobsweg eine Schulung für den Willen sei, hatte er mal gehört, dass man Disziplin und Kraft brauche, um jeden Morgen zu packen und trotz schmerzender Glieder loszulaufen. Aber nicht, dass es gleich mit Plackerei beginnen würde. Während des Aufstieges schwollen seine Hände an und erinnerten an die knotigen Rosenstöcke Benedikts. Die Wolken verdichteten sich zur grauen Brühe, durch die man kaum zehn Meter sehen konnte. Bevor er an einem Steinkreuz abbog, um den steilen Pfad zum *Leizar Atheka* zu nehmen, hörte er das Rollen von Rädern auf Asphalt. Zwischen den Nebelschwaden tauchte eine Japanerin auf, die wie eine Stewardess am Flughafen einen Koffer nachzog. Ben sah sie nur diesen einen, in Watte gepackten Moment, luftig und vergänglich wie eine Marienerscheinung. Ihre Gestik exaltiert wie beim Powerwalking. Ein erstes Wunder? Vielleicht hatte sie sich ja hinter eine Schutzmauer geflüchtet, um später in das Dorf mit dem unaussprechlichen Namen zurückzukehren. Er folgte dem Verlauf der spanisch-französischen Grenze, an der riesige Jagdreviere als Privatbesitz ausgewiesen sind. Weiter oben am Lepoeder Pass überholte ihn eine Figur mit einem Höcker, verdeckt von olivgrüner Ölhaut. Sie verschwand so lautlos wie sie herangepirscht war. Das blieben die einzigen menschlichen Wesen, die er zu Gesicht bekam. Seine Begeisterung für den Sonderurlaub war schnell abgeflaut, und er dachte nur noch daran, wie er ins Trockene kommen könnte.

Als er den Abstieg unternahm, regnete es in Strömen, der Weg durch die vermoosten Birkenwälder war aufgeweicht. Er rutschte in das eine oder andere Wasserloch. Dann wiederum führte die Strecke über glitschige Steine und Geröll, der Falllinie des Hanges folgend. Das Gefälle raubte ihm die Kraft, die sich in den Tagen der Rekonvaleszenz gesammelt hatte. Es stand ihm vor Augen, dass er sich mit der Wanderung über das Gebirge ebenso wie mit der Mordsache Moabit heillos überfordert hatte. Sein T-Shirt klebte schweißnass am Rücken, während er fror, aber die Angst trieb ihn, er könnte in die Dunkelheit geraten und die Wegmarken verlieren: gelbe Pfeile oder das Symbol der Jakobsmuschel. Borowiak hielt den Körper gebeugt: die Rippen schmerzten schon wieder. Er machte deshalb nur noch kleine Schritte. Seine Muskeln zitterten, Kleider, Handtücher und Schlafsack waren von Nässe durchtränkt, als sich die Abtei Roncesvalles aus dem Wald schälte.

Sie bestand neben dem Hauptgebäude aus Hotel, Bar, gotischer Stiftskirche und einer Kapelle. Im Refugium wurden seit dem 12. Jahrhundert Pilger versorgt. Die flandrischen Brüder am Eingang glichen eher Managern als Mönchen. Alles war effizient und durchrationalisiert wie in dem kompakten Land, aus dem sie stammten. Vollkommen beschäftigt mit der Abwicklung der Formalitäten interessierten sie sich kaum für den Zustand eines Ankömmlings. Nur der Umstand, dass Borowiak spät kam, störte sie.

„In einer viertel Stunde ist Pilgermesse, drüben in der Stiftskirche", polterte der Vierschrot mit wucherndem Bart und krausem Haar.

„Eine warme Dusche ist für mich wichtiger", meinte Ben. „Und was zu essen."

„Wir können Sie nicht zwingen!" erwiderte der zweite Mönch, der jedem Extrawunsch vorbauen wollte. „Aber um zehn Uhr gehen die Lichter aus!"

Der Schlafsaal mit dem imposanten Tonnengewölbe bestand aus 120 Betten, die jetzt, zu Beginn der Semana Santa, vollständig belegt waren. Die Pilger pooften, wälzten sich in den Betten, schnarchten, duschten, lasen, kochten, raschelten mit Pastiktüten, massierten die

Füsse, ölten, cremten, schmierten sie mit Vaseline. Gedämpft diskutierten sie, ob es besser sei, zwei Strümpfe übereinander anzuziehen, damit die Wolle weniger am Körper scheuerte. Niemals hatte Ben so viel Theorien über Füsse gehört und so viel alltägliches Geschwätz. Sein Schlafsack war feucht, ihm graute vor den gebrauchten Laken, die höchstens einmal pro Woche gereinigt wurden. Als er sich entschied, in das Hotel der Abtei zu wechseln, geriet er an den Wurzelsepp.

„Die Tür ist verschlossen und wird morgen um sechs Uhr wieder geöffnet!"

Ben protestierte todmüde. Diese Typen waren stupide. Aber das würde ihm das Leben retten.

Madame Savin, *Reiseagentin, 64 Jahre*

Also, ich wüsste nicht, warum ich pilgern sollte. Ich bin mein Lebtag nicht nach Santiago gekommen, warum auch. Man kann sich nur wundern über die Leute, die in Lumpen gekleidet durch den Ort ziehen. Seit mein Mann verstorben ist, führe ich den Laden allein. Was soll ich auch sonst machen? Dass sich ein Wanderer in den Pyrenäen verläuft, ist schon passiert, aber dass er abstürzt, ist ungewöhnlich. Bei den Spaniern gibt es grosse Jagdgebiete. Dass da mal einer versehentlich erschossen wird, kommt vor. Da müssen Sie drüben in Roncesvalles nachfragen. Aber in die Tiefe stürzen, so mir nichts dir nichts, nein. Meistens bringen die Gruppen ihre Führer selbst mit. Ja freilich haben wir mit dem Berliner Pilgerbüro gearbeitet. Die fingen früher hier an, auf der französischen Seite. Den Führer haben dann wir vermittelt, meist Leute, die das nebenberuflich machen und den camino kennen. Vor ein paar Jahren ist der Kontakt abgebrochen. Die haben es vielleicht ganz und gar aufgegeben. Mit Pilgern kann man kein Geld verdienen, das sind Geizhälse, alle miteinander!

II

Gegen 20 Uhr hielt ein bulliger Grand Cherokee Overland 4.7 mit Pariser Nummernschild an der N135 und schwenkte schließlich ein auf den Parkplatz vor dem Hauptgebäude. Aus dem silberfarbenen Fahrzeug stiegen zwei Männer in dunklen Mänteln. Da es regnete, setzten sie sich breitkrempige Hüte auf. Der grössere, der den Geländewagen gefahren hatte, öffnete die Heckklappe. Im Laderaum steckten zwei Koffer und eine Leichtmetallkiste. In ihr befanden sich ein Schlagring aus Metall, ein Kampfmesser der Schweizer Armee mit gezackter Edelstahlklinge, eine dreiadrige Würgeschlinge aus Klaviersaiten mit Aluminiumgriffen, eine Halbautomatik Beretta 70 T mit Schalldämpfer, ein Revolver Smith & Wesson, Modell 60-9, Kaliber 357 Magnum, mit 5-Schuss Trommel, Lauf 21/8 und Gummigriff, und ein SVD Präzisionsgewehr, wie es in den ehemaligen Ostblockstaaten verbreitet ist, mit aufschraubbarem Zielfernrohr. In Lei-nentaschen auf dem hinteren Sitz des Wagens befanden sich ein Hochleistungsfernglas und ein MP2 im Kaliber 9 mm, ein Rückstoßlader mit feststehendem Rohr. Die Holzkiste im Laderaum enthielt die zu den Waffen nötige Munition, darunter alte 7.62 x 54R-Patronen für die MP. Die Männer beugten sich über das Heck, entnahmen die Kurzwaffen und schoben sie in Manteltasche und Holster. Sie überquerten die Straße und liefen zur Pilgerherberge, um mit den Brüdern in den Holzfällerhemden zu sprechen.

„Ist bei ihnen dieser Herr abgestiegen?" fragte der Grössere mit der Narbe. Er griff in das Revers seiner Anzugjacke und legte ein Foto auf den Tresen. „Die Haut blass und kalkig, die Augen dem Vernehmen nach ausdruckslos und starr?"

„Sind Sie von der Polizei?" fragte der Mönch irritiert. Bärtig und zerzaust wirkte er neben Bruno wie ein Hippie.

„Iwo. Wir suchen einen Freund", quäkte der Rothaarige und bückte sich, um die unteren Stockbetten zu übersehen.

„Wir haben hundertzwanzig Gäste – Tag für Tag. Sollen wir auch noch Buch darüber führen, wer bei uns nächtigt? Dafür haben wir weder die Zeit noch den Nerv."

„Dann möchten wir uns einquartieren."

Ungläubig blickte der Bruder auf Brunos buschige, blond gefärbte Augenbrauen.

„Haben Sie ein Credencial?"

„Wie bitte?"

„Einen Pilgerausweis? Ohne Credencial können wir Ihnen nicht einmal ein Notquartier herrichten. Versuchen Sie es im Hotel gegenüber."

„Was dagegen, wenn wir uns umsehen?"

„Die meisten Pilger sind in der Messe. Wenn Sie wollen, kann ich später nach dem Mann fragen. Wie war sein Name?"

„Lassen Sie's. Wir kümmern uns schon."

Typen wie Bruno Manzoni kann man schwer widersprechen. Er hinterlässt einen besonderen Eindruck, obwohl er kaum die Realschule geschafft hat. Mit 17 verpflichtet er sich auf zehn Jahre für die Schweizer Armee. Bald klassifiziert man ihn als „für die Offizierslaufbahn ungeeignet" und steckt ihn in die Verwaltung einer Kaserne in Lausanne. Dort fällt er wegen Schlägereien auf. 2003 wird er entlassen, nachdem Waffen und Munition aus dem Depot verschwunden sind. Bruno wird Fitnesstrainer und eröffnet zwei Jahre später ein Studio in Luzern. Bei einer Auseinandersetzung schlägt er einen Kunden zum Krüppel. Er muss für ein halbes Jahr in den Knast. Dort lernt er Leute kennen, die ihm zeigen, wie er seine Schulden im Handumdrehen los wird: kaum entlassen begeht er den ersten Auftragsmord für einen Bankier der UBS. Von da an trägt er die allerbesten Klamotten, wohnt in Luxushotels. Er besitzt ein Penthouse in Zürich, das er noch abzahlen muss. In den Jahren zwischen 2007 und 2010 tötet Manzoni fünf oder sechs Menschen – in Italien und auf

Vermittlung eines neapolitanischen Agenten. Mit Glück und Raffinesse gelingt es ihm, gegenüber Carabinieri und Auftraggebern unbekannt zu bleiben. Der Schweizer arbeitet für gewöhnlich alleine. Bei der letzten Sache wurde er genötigt, mit diesem Spinner zu kooperieren. Eddy war ein Bluthund, der mit blindwütigem Eifer unangemessene Risiken einging. Auch jetzt wurde er fickrig.

„Komm rüber. Lass uns rüber gehen. Ich will Raubritter spielen."

Der Rothaarige stürzte in den Regen und hielt auf die Heilig-Geist-Kapelle zu. Bruno blieb nichts anderes übrig, als ihm zu folgen.

Im Allgemeinen konnte man sagen, dass sämtliche mit dem Agenten Sorella abgeschlossenen Verträge, selbst wenn man zu den Anfängen zurückging, bin hin zu dem Vertrag Moabit, wie geschmiert geklappt hatten. Borowiak war ein vergleichsweise kleiner Fisch, wenn man an den Londoner Börsenmakler dachte, den sie am Weihnachtsabend mit seinen zwei Bodyguards füsiliert hatten. Aber er würde Sorella klipp und klar sagen, dass er keinen Bock hatte, mit Eddy zu arbeiten. Mit jedem anderen. Aber nicht mit diesem Idioten.

„Wir müssen zum *Silo de Carlomagno*", konstatierte Manzoni, als sie vor der verschlossenen Kapelle standen. „Wo die Helden der Rolandsage begraben sind."

„Was du nicht sagst."

„Steht im Reiseführer. Hochaltar aus Silber. Die Jungfrau von Roncesvalles hält einen Blumenstrauss voller Edelsteine in der Hand."

„Edelsteine? Wo ist die verdammte Kirche?"

„Willst du ihn während der Messe umlegen?"

„Warum nicht?"

Sie liefen zur Stiftskirche. Da sie einschließlich des Aufenthaltes in Saint-Jean-Pied-de-Port bereits 13 Stunden unterwegs waren, hatte Bruno wenig Lust auf eine großangelegte Szene.

„Warte bis sie rauskommen. Nimm den Schalldämpfer!"

Sie einigten sich darauf, im Auto vor der Kirche zur warten. Als die ersten Pilger aus dem Gebäude mit dem Satteldach schlüpften, lief Eddy zu dem beleuchteten Portal, die Beretta unter dem Mantel, auf die er den Schalldämpfer geschraubt hatte. Es mochten vier Dutzend Leute sein, die ihn in kleinen Gruppen passierten, das Kreuzzeichen schlugen oder ihm einen schönen Abend wünschten in der Annahme, er sei einer der Geistlichen. Der Elsässer hatte sich das Foto genau eingeprägt. Er nahm die Huldigungen entgegen, knüpfte das eine oder andere Gespräch an und ging dazu über, den Besuchern die Eisentür aufzuhalten, angetan vom Weihrauchduft. Aber, wie man so schön sagt, es klingelte nicht. Keiner sah der Visage auf dem Foto ähnlich. Unter den Gästen waren vorwiegend Spanier und Franzosen, es gab Kanadier, Brasilianer, Belgier sowie Ungarn, aber nur eine deutsche Familie und zwei alleinreisende Damen aus Duisburg und München.

„Verflixt und zugenäht, er muß hier sein. Wo will er sonst schlafen?"

„Im Hotel! Außerdem sollten wir uns selbst um eine Übernachtung kümmern."

Als sie mit den Koffern an der Rezeption standen – Bruno und Eddy hatten vorsorglich die Würgeschlinge aus Klaviersaiten mitgenommen – wurde gerade das Absperrgitter vors Restaurant gezogen. Der Wirt eilte herbei und erklärte auf französisch, dass wegen der Semana Santa leider jedes Zimmer belegt sei und man am besten weiterfahre nach Espinal. Ein Herr Borowiak aus Berlin sei gewiss nicht bei ihm abgestiegen, da er auf Wochen hinaus eine Reservierungsliste führe. Man solle ihn jetzt entschuldigen, er habe einen langen Arbeitstag hinter sich und morgen früh um sechs seien die Gäste wieder auf den Beinen.

Manzoni nahm es gelassen. Er liebte Luxus, pflegte seinen Stil, aber er war weniger heißblütig als sein Kollege und konnte sich mit Rückschlägen abfinden. Er machte es sich auf dem Beifahrersitz bequem, kurbelte die Lehne nach hinten und schaltete die Standheizung an. Eddy dagegen kam emotional aus dem Lot, er verkündete, er müsse Dampf ablassen und eine Runde spazieren gehen.

Da die Iberer Freunde der Siesta sind und der Pilger während des Nachmittags für gewöhnlich nicht auf einen offenen Laden trifft, haben dort die Ingenieure phantastische Automaten entwickelt, wahre Wundertüten, aus denen man vom Getränk bis zum Andenken jedes Utensil entnehmen kann. Eines dieser Prunkstücke stand neonbeleuchtet in einer Nische, weiter oben am Eingang der Bar. Eddy machte einen Fehler. Anstatt die Kombination A5 einzutippen drückte er 5A, weil er meinte, wie beim Damespiel werde damit dasselbe Feld bezeichnet. Anstelle der Schokoriegel fand er drei nutzlose, in Zellophan verpackte Jakobsmuscheln, handtellergroß und aus Plastik, im Ausgabeschlitz. Eddy donnerte wütend gegen die Maschine. Regen plätscherte aufs Vordach, während er auf der Treppe vor sich hin brütete. Da verfiel er auf die Idee, die Muscheln in die Luft zu werfen und mit der Beretta auf sie zu ballern. Zwei der Kugeln trafen seitlich auf den Randstein, wurden abgelenkt und schlugen aufs Auto, das am Strassenrand parkte. Ein Querschläger blieb krachend in der Tür des Geländewagens stecken, der andere durchschlug den Pneu des vorderen Rades. Es zischte, dann neigte sich der Grand Cherokee sanft nach vorne rechts. Als Eddy näher kam, öffnete Manzoni, den Revolver in der Hand, die Seitentür und besah sich den Schaden.

„Mach jetzt bloß keinen Aufstand" sagte Eddy. „Das kann jedem passieren."

Der Schweizer fluchte ausgiebig. „Du bist ein verfickter Hornochse, blutgeil und dämlich. Das ist das letzte mal, dass ich mit dir auf Tour gehe."

„Bleib locker, Mann. Ist ne Sache von zwei Minuten."

„Mehr geb ich dir auch nicht."

Bruno nahm die Taschenlampe aus dem Handschuhfach und leuchtete. Der Rothaarige holte den Wagenheber und hob das Ersatzrad heraus. Mit dem Drehkreuz entfernte er drei von vier Radschrauben. Die letzte brachte er nicht auf.

„Sitzt fest. Die haben gemurkst in der Werkstatt."

„Lockern und über Kreuz abschrauben" meinte Bruno verächtlich. Er fühlte sich zu müde, um dem Deppen aufs Maul zu hauen. Er wechselte das Rad selbst und brauchte kaum eine Minute. Dann kauerten sie sich auf die Sitze, Bruno vorne, Eddy hinten. Eddy dachte nicht weiter über die Sache nach und ratzte. Nach der Attacke auf den Cherokee plagten Manzoni hingegen Zweifel. Obwohl der Job dazu beigetragen hatte, dass er im Laufe der Jahre ruhiger und ausgeglichener wurde, überkamen ihn Mordgelüste wie zu Zeiten des Militärdienstes. Nach einer Weile schreckte Eddy hoch. Er hatte mit angezogenen Beinen gelegen und krallte sich mit der rechten in die Beifahrer-Lehne. Mit der freien Faust rieb er sich kräftig ein Auge. Und gähnte. Manzoni drehte den Kopf.

„Ich habe von dem Alten geträumt", begann Eddy.

„Pater Christian?"

„Der Prior war nicht alt. Nein, dem anderen. Den wir vorher alle gemacht haben."

„Johann?"

„Den mit den grossen gelben Zähnen. Ich habe sie vor mir gesehen, als wären es Hinkelsteine."

„Ich" sagte Bruno, „ich träume nie."

„Ich normalerweise auch nicht" verriet Eddy. „Aber manchmal träume ich davon, dass ich auf dem Müllwagen liege und ganz fürchterlich stinke."

„Träume enthalten verschlüsselte Botschaften", sagte Bruno lakonisch.

Der Satz fand kein Echo. Nach einer Weile vernahm der Killer halblautes Schnarchen, und das machte es ihm noch schwerer einzuschlafen. Gegen Morgen nickte er ein und wurde erst wach, als Eddy von außen an die Scheibe klopfte. Draußen war es noch dunkel. Im Hintergrund sah man schemenhaft Leute. Die Uhr zeigte auf zehn nach acht.

„Scheisse, ich glaub der Typ ist geflitzt" rief der Elsässer über die abgesenkte Scheibe. „Die letzten Pilger werden gerade aus der Herberge gekickt. Und das dümmste: die haben den Vogel auf dem Foto erkannt."

„Mist!"

Eddy erklärte die Sache mit einer Pechsträhne. Aber was hatten die Afrikaner auf dem Hof der Straßburger Anstalt gesagt, wenn sie eine Rechnung zu begleichen hatten? Dem Wichser werden wir noch die Eier braten!

Allmächtiger Gott, himmlicher Vater, in Deiner Güte hast Du durch Deinen Sohn Jesus Christus den heiligen Jakobus zum Apostel und Märtyrer berufen. Lasse uns seine kräftige Fürbitte wunderbar erfahren auf dem Weg zu seinem Grab in Santiago de Compostella und auf unserem eigenen Lebensweg. Dir, dem Sohne und dem Heiligen Geiste sei Lobpreis und Dank gesagt für den heiligen Jakobus in Ewigkeit. Amen

III

„Für die Kelten war die im Meer versinkende Sonne ein Symbol für Tod und Wiedergeburt. Im 12. Jahrhundert hat die Kirche den Weg zum Kap wiederbelebt – das war reine Politik. Sie wollten die Reconquista stärken. Weißt du, was man im Grab des Apostels entdeckt hat?"

„Keine Ahnung."

„Die Knochen einer Frau."

Die junge Frau schwieg und lenkte den Peugot auf die Straße nach Zubiri. Sie hatte ein fein geschnittenes Gesicht und trug einen Pony, der die Frauen hier so brav erscheinen ließ; dabei waren sie emanzipiert und selbstbewusst wie die Berlinerinnen. Im Radio spielten Simon & Garfunkel die Begleitmusik zur Autofahrt. Die Dörfer wirkten verrammelt und abweisend, sie erinnerten Ben an Rumänien. Abgeblätterte Fassaden und zerfallene Häuser gab es auch in Neukölln, aber in Verbindung mit Ackerbau und Viehzucht wirkten sie beklemmend retro. Ihm fiel auf, dass Ortsnamen und Wegbeschreibungen in baskisch, französisch und englisch ausgeschildert waren, aber nicht auf spanisch.

„In Navarra mögt ihr die Spanier nicht besonders?"

„Franco hat sich unser Land unter den Nagel gerissen als wär es sein Privateigentum. Wenn er und seine Frau zum Shoppen kamen, haben sie unsere Boutiquen und Juwelierläden leergeräumt - ohne einen einzigen Peseta zu zahlen! Sie haben uns behandelt wir Leibeigene, haben meine Landsleute verfolgt und gefoltert. Bis 1975 herrschte bei uns das Mittelalter!"

Von weitem erhob sich die Kathedrale von Pamplona wie eine Bonboniere über die Vorstadtsilos. Der Himmel war wolkenverhangen. Als sie die herausgeputzte Stadt durchquerten, fiel ein ergiebiger Platzregen. Ungeduldige Fahrer, die Scheinwerfer und Scheibenwischer eingeschaltet, quälten sich Zentimeter für Zentimeter durch die überfluteten Straße. Einige hupten, nur um zu hupen, und das nervte ihn. Ab und zu kam der Bulle durch, der er früher einmal war. Andererseits hatte Ben Zeit, sich die Innenstadt anzusehen: die kaum vier Meter breiten, hohen und bunt gestrichenen Häuser gefielen ihm. Die Sonne spitzte schon wieder durch die Wolken, als sie die Universität von Navarra passierten. Die Landschaft wurde flacher. Die Felder, riesengroß, gerade noch ockerfarben, zeigten rötlichen Boden und man sah Weinreben. Die Frau erzählte, sie habe Verwandte in Frankreich besucht.

„Wenn du gestern in Saint-Jean-Pied-de-Port gestartet bist, müsstest du den Brand miterlebt haben. Die Explosion hat sich gegen 17 Uhr ereignet."

„Um diese Zeit war ich hinter der *Jungfrau von Biakorri*."

„Der Knall war heftig. Es folgte ein gewaltiges Feuer. Das Gebäude wäre völlig ausgebrannt, wenn es nicht geregnet hätte. Die Polizei meint, dass es sich um eine Gasexplosion durch ein undichtes Rohr handelt."

„Gibt es Verletzte?"

„Eine Tote. Das zerstörte Haus liegt an der Rue de Cita-delle. Gerade jetzt zur Semana Santa ziehen dort scha-renweise Pilger vorbei."

„Besaß die Tote ein Hündchen namens Marie-Claire?"
Borowiak hatte das dumpfe Gefühl, dass es sich um Madame Savin handeln könnte. Er war fast froh, als sie ihn an einer Kreuzung in Puente la Reina herausließ. Um zu trampen wartete er in der Nähe der altertümli-chen Brücke über den Río Arga. Es dauerte eine Weile, bis ein blauer Kastenwagen hielt. Der Lift sollte ihn darin bestärken, sich ab sofort ein Auto zu mieten. Er kletterte über einen bejahrten Senior und zwängte sich neben ihn, das Gepäck auf dem Schoß. Die Luft war zum Schneiden, da der Alte eine Zigarre schmauchte. Am Steuer sass ein Männchen mit hoher gewölbter Stirn, das schwarze Haar glatt zurückgekämmt. Über dem Mund ein winziger Oberlippenbart.

„Warum gehen Sie nicht zu Fuß, wenn Sie Pilger sind?"

„Der Rucksack ist zu schwer" parierte Ben. „Mehr als 10 Kilo soll er ja nicht wiegen."
Der Alte neben ihm murmelte etwas. Es klang nach: wieviel haben Sie?

„15" sagte Ben.

„Ich habe 85", erwiderte er stolz.

„Wie bitte?"

„Schafe!" erklärte der Fahrer. „Mein Schwiegervater spricht immerzu von Schafen."

„Schafe sind nicht gerade mein Thema. Ich bin aus Berlin." Ben lachte und fragte: „Warum haben Sie die Scheiben verklebt?"

„Die verdammten Zigeuner", schimpfte er und strich sich durch die Pomade. „Klauen alles, was nicht niet- und nagelfest ist. Ich bin auf mein Handwerkszeug angewiesen. Unter Franco hätte es das nicht gegeben!"

„Trauern Sie ihm nach?"

„El Caudillo, gesegnet sei seine unsterbliche Seele, war ein weitblickender Mann. Er hat Spanien als modernste Nation hinterlassen. Ich sage nur: Real Madrid - der erfolgreichste Fußballklub der Welt."

Borowiak blickte ratlos aus dem Fenster angesichts der Salve an abgründigen Statements. Der Handwerker fuhr schmetternd fort. „Die Alternative ist nur das Chaos. Jetzt regieren uns Kommunisten, Anarchisten, Sozialisten, Separatisten und Zigeuner – welches Land hält das aus?"

Nach dem Platzregen wurde es heiss. Ben schwitzte, auch weil es eng war und stickig. Sobald sie in der nächsten Stadt anlangten, bat er aussteigen zu dürfen. Zunächst suchte er ein Hotel als Ausgangsbasis. Sein Ziel war St. Domingo de Caleruega. Ben entschied sich für einen Seat Ibiza mit 1,2 Liter Motor. Es waren rund hundert Kilometer, aber nur eine kleine Strecke auf der Autobahn, um die Motorleistung zu testen. In Nájera bog er nach Süden auf die N 234. Die Sierra de la Demanda führte bis auf 2262 Meter. Sein alter Ford Taunus wäre auf den Serpentinen schwer ins Schwitzen geraten. Von La Gallega fehlten 20 Kilometer bis zu dem Dorf, das nur aus Kirchen und Klöstern bestand. Der Pförtner des Dominikanerklosters wies ihn darauf hin, dass man in der Kapelle gregorianische Choräle einstudiere und der Prior unabkömmlich sei. Just in diesem Moment brach der Gesang ab, der Kreuzgang füllte sich mit schwarzen Kutten. Manuel Torres Garcia zündete sich gerade einen Zigarillo an.

„Unterhalten Sie Kontakte zum Kloster St. Paulus in Moabit?"

„Kontakte - was heisst das schon? In Caleruega wurde 1170 Domingo de Guzman geboren. Alle Dominikaner berufen sich auf ihn."

Der Prior zog geniesserisch an seinem Stengel. In Spanien schien es noch echte Raucher zu geben. Das Überraschende war, dass man sie bei den heiligen Brüdern antraf.

„Man hat mir erklärt, dieses Kloster sei eine Sammelstelle für das Hilfswerk in Kolumbien?" fragte Ben.

„Es war einmal. Wir sind nicht mehr überzeugt, dass die Gelder die Bedürftigen erreichen."

„Wie kommen Sie darauf?"

„Durch den Vortrag eines Jesuiten, der sich mit den Projekten beschäftigt hat. Er hieß - warten Sie, ich habe die Adresse in meinen Unterlagen. Kommen Sie mit ins Sekretariat."

Sie liefen die Treppe hoch. Zeit genug, um einmal nach Christian Schulze zu fragen. „Sie wissen schon, ein Deutscher, der bis vor fünf Jahren in Caleruega war."

„Erinnern Sie mich nicht daran. Er hatte es mit Kannben."

„Warum haben Sie ihn nicht aus dem Orden entfernt?" fragte Ben.

„Ein deutscher Bischof hat interveniert.

„Ratzenberg?"

Garcia nickte. „Vielleicht tickten die beiden ähnlich – wenn Sie verstehen, was ich meine."

Garcia öffnete einen drei Meter hohen Raum mit Aktenschränken und wühlte in einer Schublade.

„Ein Historiker aus Durango hat den Vortrag gehalten. Mehrmals haben wir miteinander telefoniert. Der Mann behauptet, dass die Spenden in falsche Hände kommen. Was er sagt, klingt plausibel. Hier hab ich's. Dr. Iñaki Bazán. Ich habe 2006 alles storniert und nach Berlin zurückgeschickt."

„Wohin gehen die Zahlungen jetzt?"

„Keine Ahnung. Dieser Pilgerführer" – er rief nach hinten in das zweite Zimmer – „wie hiess er noch?"

„Castulo!" antwortete eine Frauenstimme.

„Er behauptete, man betreibe das Hilfswerk über Astorga."

„Wissen Sie etwas über den Mann?"

„Nur, dass er grössere Gruppen führt."

„Sie waren im Bus unterwegs" sagte die schlanke, gutaussehende Frau, die sich auf Ben zu bewegte.

„Entschuldigen Sie mich" sagte Garcia und drückte den Zigarillo aus. „Ich muss wenigstens so tun als ob mir das Singen Spaß macht."

Anne, *Polizistin, 33 Jahre*

Aus der Einladung ins Astoria wird wohl nichts. Sie suchen dich, Ben. Ich weiß ja, dass du mit Drogen nichts am Hut hast und eine Scheißintrige läuft. Sag jetzt bloß nicht wo du steckst. Du hast verdammt schlecht ausgesehen, absolut nicht in der Lage, einen schweren Job durchzustehen. Ich mache mir echt Sorgen. In der Kantine haben sie darüber gelästert, wie schnell es gehen kann mit einem Bullen. Leute, die dich von früher kennen. Das übliche Gewäsch über Ehemalige, egal ob sie freiwillig gehen oder gefeuert werden. Immer heißt es, jetzt beginnt der Abstieg. Es ist Schadenfreude. Du kennst die Typen – Spießer, die sich bestätigen müssen, dass sie die richtige Entscheidung getroffen haben. Zur Zeit hasse ich es, im LKA zu arbeiten. Der dich auf die Fahndungsliste gesetzt hat, ist Abteilungsleiter beim Drogendezernat. Ich habe mit dem Korruptionsbeauftragten gesprochen, er hat mir zugesichert, die Sache zu untersuchen. Er sagt, du musst dich stellen. Dann hat er mich gelöchert, ob ich mit dir in Kontakt bin. Die überwachen meine Wohnung. Typisch Bulle. Mißtrauisch und gewalttätig .Im Grunde verachten sie Menschen. Sag ja nicht wo du bist!

IV

Die Avenida Carlos III und die Calle Leyre sind das Herz Pamplonas. Eine Ecke dominiert das hochherrschaftliche Hotel Leyre, schräg gegenüber, wo sie geparkt hatten, befand sich ein Juwelierladen mit Schmuck zu Phantasiepreisen. Das Schaufenster war bis obenhin mit Brillianten und Uhren gefüllt. Gleich nebenan lag der Plaza de Toros und die Estafeta, durch die während der San Fermines Stiere gejagt werden.

„Der ist zu seiner Tussi, du Blödmann" behauptete Eddy. „Zurück nach Berlin!"

Bruno hatte keine Lust, zweitausend Kilometer zu reisen, um das zu überprüfen.

„Wir ziehen es durch!" beharrte er.

„Hab schon ne Ewigkeit kein' Stierkampf mehr gesehen", meuterte Eddy.

Bruno ließ sich auf den Boden fallen und machte ein Dutzend einarmige Liegestützen.

„Laß mich nachdenken" sagte er.

„Was fürn Bizeps hast du?" fragte der Rothaarige.

Bruno hielt inne und zuckte die Achseln. „Ich habe schon lange nicht mehr gemessen. Waren mal dreiundfünfzig Zentimeter."

Die Stadt summte ihre Donnerstagsnormalität. Der Lärmpegel war über Nacht um etliche Dezibel gesunken und es gab nicht allzu viele Passanten. Die Straße roch sauber, nachdem der Wasserwagen den Dreck in die Kloaken gespült und den Ort auf die Feierlichkeiten vorbereitet hatte. Das frühe Licht war weich, aber man konnte einen heißen Tag erwarten. Bruno hatte ein unifarbenes Baumwollhemd an und eine feine Stoffhose. An einem Bügel im Fond des Wagens leuchtete das zugehörige Leinensakko.

Zwei ältere Damen blieben auf dem Trottoir stehen, sahen zu und applaudierten. Brunos Hemdzipfel bedeckten das Holster, das er hinten am Gürtel festgeschnallt hatte und verrutschten auch nicht bei der morgendlichen Fitnessübung. Kein Anlass, hysterisch zu werden, aber Eddy gönnte ihm die Aufmerksamkeit nicht. *Que se vayan!* krächzte er und scheuchte sie weg wie man Tauben verjagt. Er trug ein hellblaues, kurzärmeliges Hemd, eine weiße Leinenhose, deren Beine in grösseren Abständen mit winzigen goldenen Tennisschlägern bestickt waren, weiße Lackslipper mit Bommeln, einen Gürtel mit einer wie ein Delphin geformten Gürtelschnalle und hellblaue Socken. In der rechten Hosentasche steckte der Schlagring, die Smith & Wesson lag griffbereit im Handschuhfach. Als es klingelte holte er das Handy vom Beifahrersitz. „Wie heisst das Hotel? Genau wie die Strasse? Danke."

„Hab ich recht behalten oder nicht?" Bruno wartete nicht auf Antwort. Er stieg in den Cherokee und griff nach den Handschuhen. Das Steuer war mit Leder überzogen, aber er legte Wert auf gewisse Dinge. Beispielsweise hatte er präzise Vorstellungen davon, wie ein Auftrag auszuführen war und wann eine Sache als erledigt galt. Während dessen nickte Eddy ein freundlicher Herr zu, der vor dem Fenster seines Hauses ein

Tischchen aufgebaut hatte. Neben Körben voller Pflaumen, Keksen, Birnen und Bonbons stand ein beschrifteter Karton mit den Worten: „Pilger, dies schenke ich dir aus Agape!"

„Was ist Agape?" fragte Eddy.

„Das ist kostenlos, du Volldepp!" schrie Bruno. Er stieg aufs Gas, überquerte den durch Rabatten eingegrenzten Grünstreifen in der Mitte der Fahrbahn, dass die Reifen quietschen, und raste in die Gegenrichtung, ohne sich um die Licht- und Hupsignale zu kümmern, an denen es die anderen Fahrer nicht fehlen ließen.

Gestern noch waren sie sich über das Verfahren einig gewesen. Im *Oficina de Turismo* hatten sie eine Liste mit Adressen erhalten und die Autovermietungen abgeklappert. Fehlanzeige. Im Hotel fanden sie dann einen Angestellten, der für ein paar Scheine bereit war, die Vermieter in der weiteren Umgebung durchzutelefonieren. Am Morgen erklärten sie ihm nochmals, Sie seien Arbeitskollegen und wollten Ben Borowiak benachrichtigen, dass jemand aus seiner Familie verstorben sei. Kurz darauf meuterte Eddy und begann, den Plan zu bekritteln. Nein, Brunos Idee war brillant und siehe, sie klappte.

„Was steht im Reiseführer?" fragte er, während er den Cherokee auf die Schnellstrasse lenkte.

Eddy blätterte und las sich fest. „Das gibt's nicht."

„Was?"

„Die halten Hühner in der Kathedrale!"

„Wie?"

„Die haben nen Typen am Galgen aufgehängt, aber der krepierte nicht. Weil ihm Jakobus geholfen hat. Er plädierte auf unschuldig, aber die wollten ihn nicht freisprechen. Bis dem Richter die Hühner vom Teller flogen. N' Hühnerwunder eben."

„Sei still, Blödmann" versetzte Bruno. „Das ist Santo Domingo. Besser, du gibst die Adresse ins Navi ein."

„Deine Besserwisserei kotzt mich an. Bin froh, wenn ich den verfluchten Job hinter mir hab."

Eddy feuerte das Buch missmutig auf die Rückbank. Er ließ die Trommel aus dem Revolver schnappen, überprüfte sie, ließ sie sirrend kreisen.

„Musst du immer die gleiche CD abspielen?" meckerte er.

„Mir gefällt sie."

„Was ist das überhaupt?"

„Tom Waits."

„Verdammte Zigeunermusik! Ich habe den Mist satt", kreischte Eddy. „Zwei Tage dieselbe Leier. Du schmeisst die verdammte Scheisse sofort aus dem Fenster!"

„Die einzige, die wir haben!"

„Raus damit!" schrie Eddy und hielt Bruno den Revolver vors Gesicht.

Der Ausbruch kam für Manzoni so überraschend, dass er nicht wusste, wie er reagieren sollte.

„Wird's bald?"

Eddy spannte den Hahn. Der Schweizer sah ein, dass er den Verrückten nicht reizen durfte. Er bewahrte kühlen Kopf, drückte die Ausgabetaste des Gerätes. Betätigte den Fensterheber. Dann schnippte er das Polycarbonat mit der Linken in die Landschaft ohne den Blick zu wenden. In diesem Augenblick beschloss er, Eddy nach Erfüllung des Auftrages zu liquidieren. Der Mann war ein Sicherheitsrisiko.

„Na also" krähte Eddy. Hab doch gewusst, dass man mit dir vernünftig reden kann."

„Pack die Kanone weg. Sonst darfst du durch die Weinberge latschen!"

Er hatte keinen Führerschein und besann sich. Schließlich wollte er in Spanien seine Brötchen verrdienen und keine unnötigen Scherereien. „O.k." sagte er nach einer Weile. „Ich kauf dir in Logroño ne neue. Wie heisst sie?"

„Rain Dogs", sagte Bruno mit von Wut belegter Stimme. Für die nächsten zwanzig Minuten die einzigen Worte, die er hören ließ. Dann, als der Pilgerweg kreuzte, sahen sie Rucksacktouristen, die neben der Straße Steinmännchen bauten.

„Wozu soll das gut sein?"

„Sie sprechen ein Gebet", brummte Bruno. „Manchmal bringen sie Steine aus der Heimat."

Eddy überlegte. „Armseliges Entertainment. Wie idiotisch, einen Sack voller Steine mitzuschleppen."

„Das sind Pilger", knurrte Bruno. „Die haben mentale Probleme. Ticken nicht richtig."

„Warum sperrt man sowas nicht ein?" fragte Eddy. „Sondern Leute wie mich?"

„Weil ..." sagte Bruno und brach ab. Er dachte daran, dass er das Arschloch in Logroño umpusten würde,

132

zusammen mit dem Detektiv. „Weil sie katholisch sind", sagte er grimmig.

Die 256 PS des Chryslers halfen wenig bei geruhsamem Verkehr, die satte Beschleunigung auf 100 Kilometer in 7,9 Se-kunden blieb eine theoretische Grösse. Dennoch schafften sie die Strecke in knapp 50 Minuten. Der Tag lag noch vor ihnen. Bruno rechnete mit der baldigen Heimfahrt.

Logroño, die Metropole des spanischen Weinhandels, präsentiert sich mit großzügig angelegten Parks, Boutiquen und luxuriösen Fachgeschäften. Ausgerechnet hier trieben sich viele Stadtstreicher herum. Am mondänen *Paseo Espolon* sah man Zigeuner und Araber zwischen Brunnen, Bänken und Rosenbeeten, die der Elsässer aus dem Auto heraus lauthals beschimpfte. Das System lotste sie um den Platz und führte sie im Bogen von der Altstadt weg. Dann folgten sie einer Reihe von Einbahnstraßen durch die Fußgängerzone. Am Ende stoppten sie in einer Gasse, die auf die Frontseite des Hotels zuläuft. Das *Marques de Vallejo* ist ein Mittelklassehotel, einen Steinwurf von der Kathedrale entfernt. Hervorzuheben ist die Fassade: durch einen hölzernen Vorbau umschliesst sie Fenster und Balkone. Von ihrem Platz aus konnten sie einen Hotelgast mit dem SVD herun-terpflücken, vorrausgesetzt, dass er nach draussen kam, um Luft zu schnappen. Oder sich dem Fenster näherte. Sie untersuchten die Front mit dem Fernglas, aber hinter den weißen und grünen Vorhängen war nichts zu entdecken. Die Spanier sind ein Menschenschlag, der Lärm liebt, von daher war der

Schuß nicht so problematisch. Aber man musste öffentlich mit dem Gewehr hantieren. Der Tote konnte an der Verglasung kleben bleiben, und das gäbe ihnen weniger Zeit, zu verschwinden. Während sie diskutierten, wie der Job am besten zu erledigen war, klopfte ein hagerer Finger an die Scheibe, ein Betrunkener, der schnorren wollte. In der Annahme, sie seien Pilger, leierte er die Stationen des Caminos in Rioja herunter. Sie schubsten ihn zur Seite und liefen zum *Marques,* das sich die Ladenfront mit einer Cafetería teilte. Ein aalglattes Jüngelchen mit glänzenden Haaren und eleganter Garderobe saß am Tresen.

„*Pues si*, Herr Borowiak hat gestern Mittag ein Zimmer bezogen."

„Irgendetwas besonderes?"

„Ja." Der Lackaffe zögerte. „Herr Borowiak hat ein Clubsandwich bestellt, bei der Bar nebenan. Ein Baguette mit Truthanfleisch, durchwachsenem Speck, Scheibletten-Käse, Salat und Tomatenscheiben. Hinterher hat er sich über den Preis beschwert, obwohl Gurken, Kartoffelchips, Krautsalat und Extra-Pappschälchen mit Senf und Mayonaise dabei waren."

„Was kostet so was?"

Er zupfte sich an der Krawatte. „Zwölf Euro. Wenn er das Geld nicht hat, soll er nichts bestellen."

„Ganz recht."

„Außerdem hat er ne Frau auf dem Zimmer."

Das machte die Sache komplizierter. Bruno dachte nach.

„Was für eine?"

134

„Der Nachtportier kannte sie nicht."

„Was hat er dir erzählt?"

Der Fatzke wollte den Kopf schütteln, als Bruno die Zwanzig-Euro-Note knistern ließ.

„Kurzer Rock, braune Haut. Verführerisch. An ihrer Schulter hing ein Beutel aus weichem Känguruhleder, groß genug für Schulbücher. Ich schätze sie auf 18 oder 19 Jahre."

„Sieh mal einer an, er steht auf Lolitas", hechelte der Rothaarige.

„Noch was?"

„Einen BH trug sie nicht. Soweit er sehen konnte, braucht sie keinen."

„Wir sind von EUROPOL und jagen einen gefährlichen Schwerverbrecher." Bruno stopfte ihm den Schein ins Revers. „Du bringst uns nach oben und holst ihn an die Tür."

„Tut mir leid. Ich bin in Ausbildung und darf die Rezeption..."

Eddy richtete die Pistole mitten auf seine Stirn.

„*El Cristo en la mierda*" brüllte er ängstlich.

„Wie heisst du?" fragte Eddy.

„Pedro."

„Du kannst hoffen, dass deine Nummer noch nicht an der Reihe ist."

Die Haut des Rezeptionisten nahm die Farbe ranziger Sahne an. Unter seinen ängstlichen Augen zeigten sich schwarze Halbmonde.

„Steh auf", befahl Eddy erbarmungslos.

Er rappelte sich hoch wie ein alter Mann und schlich zum Flur, als schreite er dem Tod entgegen. Sie fassten ihn unter dem Arm, schoben ihn über eine Flucht von drei Marmorstufen in ein kleines, tadellos gepflegtes Foyer. Dort standen polierte Stühle, der Wandspiegel war von Lampen mit Pergamentschirmen flankiert. Sie fuhren mit dem gemütlichen Aufzug in die dritte Etage und wandten sich in dem Vorraum der linken jadegrünen Tür zu. Eine Frau sass daneben in einem Gobelinsessel mit einer Schale Milchkaffee auf dem Schoss, in die sie ein Butterbrot tunkte. Sie trug einen Morgenmantel aus rotem Frottee über einem Pyjama und weiße Pantoffeln an den Füssen.

„Ist sie das?" raunte Bruno.

„Nein, garantiert nicht."

„Ich blase dir den Schädel weg!" drohte Eddy.

„Oh nein, ich schwörs auf einen Stapel Bibeln. Das ist Frau Costa Ruiz, ein Stammgast."

An der Tür hing ein Schild: Bitte nicht stören! Eddy drehte den Griff vorsichtig nach rechts, aber er sperrte. „Vorwärts" flüsterte er und bohrte dem Angestellten den Lauf in den Rücken. Pedro klopfte zaghaft mit dem Fingerknöchel. Danach hämmerte er mit der Faust gegen den Türflügel.

„Wer ist da?" hörten sie eine Frauenstimme.

„Pedro. Von der Rezeption. Ich habe eine Nachricht für Sie."

Bruno und Eddy starrten auf die verschlossene Tür. Es dauerte lange, bis sie Schritte vernahmen.

„Wer ist bei ihnen?" fragte Pedro.

„Niemand."

Die Tür öffnete sich einen Spalt. Bruno stand hinter dem Portier und benutzte ihn als Schutzschild. Die Beretta hielt er links, damit sie der Gast im Gobelinsessel nicht bemerkte. Die Frau machte die Tür weit auf, und Pedro rückte zur Seite. Er hatte solche Angst, dass seine Knie zitterten. Eddy schoss aus dem dunklen Flur wie ein Monster, das aus dem Meer auftaucht, und flitzte an ihr vorbei, den Revolver im Anschlag. Seine Stimme war so überdreht, dass man ihn kaum verstand: „Wo ist er?" schrie er. „Wo ist er?"

Eine Lampe mit kupfernem Schirm warf einen weichen Schimmer auf den Eichenschreibtisch. Als Bruno die Deckenleuchte einschaltete, zeigte sich eine luxuriöse Schlafzimmergarnitur, davor ein zinnoberroter Teppich. Eine bequeme Couch mit blauweißen Streifen und ein passender Sessel rundeten das Ensemble ab.

„Können Sie mir sagen, was das soll?" sagte die Dunkelhaarige mit dem ovalen Gesicht.

„Die Herren sind von der Polizei!" beruhigte Pedro.

„Entschuldigen Sie, wir haben uns geirrt", erklärte Bruno. „Wir suchen einen Verbrecher. Wer wohnt hier?"

Sie räusperte sich.

„Das Zimmer gehörte einem Deutschen. Er vertritt Damenwäsche – jedenfalls hat er das behauptet. Aber behalten Sie es für sich. Ich habe Familie."

„Ihr Name?"

„Cristina Sáez Torres."

„Woher kennen Sie ihn?"

„Aus einem Dorf in der Sierra. Herr Borowiak hat das Kloster besucht, in dem ich arbeite."

„Was dagegen, wenn wir uns umschauen?"

„Fühlen Sie sich wie zu Hause. Ich wollte sowieso auschecken."

Als sie das Apartment verließ, trug sie ein transparentes Kostüm, Strumpfhosen und schwarze Pumps. Sie hatte ein wenig Rouge aufgelegt und sich die Lippen nachgezogen. Um ihren dünnen Hals hing eine Kunstperlenkette, das Täschchen baumelte an ihrem Arm.

Der Kühlschrank des Apartments enthielt Scotch, Bourbon, Gin und Whisky, mehrere Reihen von Limonaden- und Sodaflaschen und eine kleine Flasche Champagner. Sie drückten Pedro zwei Scheine in die Hand und schenkten sich ein.

„Von wegen 18 oder 19 Jahre. Der Nachtportier hat geträumt."

„Das mit dem BH stimmt" sagte Eddy.

„Ich muss nach unten", stammelte der Junge. Ihm stand der Schreck noch ins Gesicht geschrieben.

Bruno und Eddy waren unschlüssig, was zu tun sei. Sie fuhren den Cherokee ins Parkhaus und schlenderten durch die Altstadt. Schauten sich Spezialgeschäfte an. Kurzwaren, besonders Feinwäsche, Spitzenwaren, Borten, Lätzchen, zarte Tücher, formbeständige und schlank machende Korsetts, die nie hochrutschen, Strapse, Hipster, sowie alle Arten von Büstenhaltern mit Plisees, Stickereien, Ösen und Schleifchen.

Benedikt Ratzenberg, *Erzbischof, 74 Jahre*

Wer hat Ihnen eigentlich erlaubt, im Kloster Moabit zu schnüffeln? Sie hätten zuerst mich als Interimsleiter fragen müssen. Ich habe Ihnen doch gesagt, Sie sollen den Tod von Don José untersuchen und nicht irgendwelche Phantastereien. Dass die Zahlungen über ein anderes Konto laufen, war vorher schon bekannt. Wen interessiert das? Dieser Bazán ist ein Nestbeschmutzer, ein Jesuit eben, der die Amtskirche anzweifelt. Aber wir stellen uns den Kritikern. Schließlich durfte er auch in Moabit seine Thesen vertreten. Warum feindet er diejenigen an, die das Gute in der Welt vertreten? Beim besten Willen kann ich mir nicht vorstellen, dass Bazán etwas weiß, aber in Gottes Namen fahren Sie hin, befragen Sie ihn. Sie haben mir zugesichert, dass Sie brauchbares Material liefern, nicht nur Vermutungen. Natürlich verstehe ich, dass Sie wenig Anhaltspunkte haben. Aber in Berlin werden Sie polizeilich gesucht. Und wenn ich mich schon an höchster Stelle für Sie verwende, dann soll das Hand und Fuß haben. Am Ende haben Sie tatsächlich mit Drogen gehandelt. Ich muß mir von den Brüdern die Frage gefallen lassen, warum ich ausgerechnet Sie engagiert habe und nicht eine namhafte Detektei! Egal, was Sie tun Borowiak, ich will laufend unterrichtet werden! Wenn ich nicht im Büro bin, sprechen Sie auf Band. Und jetzt entschuldigen Sie, ich muß das Konklave vorbereiten.

V

Ausgeruht und locker machte er sich auf den Weg. Still lächelte Ben in sich hinein unter dem Eindruck der mit Cristina verbrachten Nacht. Er wusste nicht, dass er verfolgt wurde, ahnte jedoch, dass er dem Kern der Sache näher kam. Beim Einscheren in die Lücke hinter einem Toyota blickte er in den Rückspiegel. Weit hinten bei der Auffahrt blitzte ein Chrysler auf und verschwand in Richtung Burgos. Nach dem Autobahndreieck floß der Verkehr zäh, er schaltete das Gebläse an. Kochende Abgase wehten herein. Die Lastwagen drängten sich vor den Feiertagen zusammen, um ihre Zielorte an der Küste noch zu erreichen. Ein riesiger Transporter mit Schlachtvieh aus Polen, was wollte der den hier? Zwischen dampfenden Seats und einem Opel Vectra schaltete er das Radio ein. Demonstranten hatten Barrikaden errichtet und angezündet. Die baskische Untergrundorganisation ETA veröffentlichte ein neues Manifest. Gegen was kämpften die eigentlich noch? War der Mensch nicht so etwas wie ein Biocomputer, der nach feststehenden Algorithmen funktioniert? Meinungen und Einstellungen waren einprogrammiert und führten zu dem immergleichen Ergebnis, auch wenn es Chaos und Zerstörung bedeutete. Deswegen war es nicht schlecht, eine Reise zu unternehmen. Ben sah es als Chance, sich beruflich neu zu orientieren.
Die Fahrt bot Ausblick auf weites, von Strommasten durchzogenes Hügelland, bestimmt durch den ocker-

farbenen Ton der Felder. Dann häuften sich Windräder. Sie verwandelten die kahlen Hügel in Lunaparks. Aus dem Radio ertönte Kelt-Rock der Gruppe Beregüetto. Jetzt hing er hinter einem Beetle, ihm waren hinten grosse Schafsaugen aufgemalt, die ihn mit sanfter Verführung ansahen. Cristina hätte Besseres verdient, als für die Dominikaner Briefe zu tippen, dachte er. Sie roch ziemlich gut, ein Aroma zwischen Nuss und Vanille, aber das konnte Parfüm sein. So wenig wie sie sich auf einen abgerissenen Detektiv einlassen würde, konnte er neben Ex-Frau, Tochter und einer durchgeknallten Bettgenossin ein weiteres Problem gebrauchen. Moralische oder vernünftige Erwägungen zählten nicht viel, wenn Ben einen lockenden Körper vor sich sah, die Dame auch sonst ein Abenteuer versprach. Aber er vermied es, viel zu erklären und so hatte er sich morgens aus dem Staub gemacht. Cristina jedenfalls schien klar in der Birne und ein echter Kontrapunkt zu Keli, die sich durchs Leben schmarotzte. Auch aus der Distanz konnte er nicht erklären, wie er in die rätselhafte Beziehung mit Keli geschlittert war. Eine Bettgeschichte mit denkbar schlechtem Ausgang, und er hatte keine Lust, so eine Erfahrung zu wiederholen. Vielleicht würde ihm Cristina eine Nachricht an der Rezeption hinterlassen. Spaßeshalber.

Ein Viadukt beanspruchte seine Aufmerksamkeit. Der Fahrtwind rappelte an den Betonpfeilern. Er warf einen verstohlenen Blick in die Landschaft. Die Leere bis zum Horizont wirkte wundervoll. Die Gebirgsketten vor der Küste wie die gigantischen Streben eines Fächers. Die Wolken schoben sich in einem geriffelten Band vor die Berge, wahrscheinlich weil der Wind aus Süden kam. Wenn die Felsen heranrückten, meinte man, in Oberitalien zu sein oder der Schweiz.

Ben genoß den Augenblick. Er dachte, dass er seit langem so etwas wie Muße vermisst hatte. Da war der Kampf ums Überleben als Detektiv, der permanente Lärm, Zeitdruck, Abgase, kurz. der ganze Großstadtstress. Kein Wunder, dass der moderne Mensch ständig gereizt war und nahe dem Wahnsinn, so dass der Jakobsweg eine Alternative schien. Man tat so, als sei das Mittelalter eine kapitalistische Entspannungstechnik - nach dem Motto: der Weg ist das Ziel. Die fernöstliche Weisheit hatte er auf einem Banner im Berliner Pilgerbüro gelesen, wo Ben die Anreise gebucht hatte. Nur dass hinter dem Spruch des Lao Tse ein undurchsichtiges Geflecht aus Geschäftsinteressen lauerte.

Ein Audi quattro, flach wie eine Wanze, vertrieb ihn von der Überholspur. Die Berge wuchsen, braun, ruhig, schwer, gewissermassen vertraut. Eine der besseren Gegenden Spaniens, was das Wasser betraf. Die Trasse änderte ihre Richtung, die Sonne schob sich in Quadraten durch das Wageninnere. Aus den Steinbrüchen leuchtete roter Boden wie aufgeschnittenes Fleisch. Dann schoss ihm ein Signal ins Bein ohne das Bewusstsein zu streifen. Zwei Sekunden vergingen bis er merkte, dass er bremste. Die Reifen knirschten auf verstreutem Glas, die Kolonne bremste ab. Auf der rechten Seite Warnkegel. Er versuchte, einen Blick aus dem Autogedränge heraus zu erhaschen. Auf dem Feld ließ sich langsam ein gelber Hubschrauber herab, unter seinem Leib ballten sich Staub und Gras. Wieder knirschten die Reifen auf Glas, die Guardia Civil winkte die Fahrer durch die Unfallstelle, man sah Polizeihelme, Krankenwagen, Bahren, die Räder eines umgestürzten Pkws drehten sich noch, und dann rechts neben der Spur zwei ineinander verkeilte Lastwagen, die Kabinen vollkommen zerdrückt. Der Blinker funktionierte noch. Die Kolonne kehrte auf die rechte Fahrbahn zurück. Plötzlich das Gefühl, beobachtet zu werden. Von links schob sich ein silberfarbenes Auto heran. Ben bremste leicht ab, wischte die blut- und fettbespritzte Scheibe. Die Straße gewann an Höhe und bot Ausblick auf die spektakuläre Architektur Bilbaos. Die Vororte von Madrid oder Barcelona mochten an sowjetische Satellitenstädte erinnern in ihrer Ungeheuerlichkeit. Nichts dergleichen hier, wo 6-stöckige Wohnblocks in ziegelroter Farbe aus den Hügeln ragten wie Zähne aus dem Zahnfleisch. Die Natur selbst sorgte in Bilbao mit ihren steilen, unbebaubaren Abhängen für Abwechslung. Quer durch den Kessel schlug der Fluss den Bogen von den stattlichen Bürgerhäusern des *casco antiguo* über Gugenheim und Kongresszentrum zum Gebäude der Finanzverwaltung. Der Tag war warm und die Uferpromenade voller Menschen. Die Stadt folgte dem Fluß in den Fjord, Ben hingegen musste nach Osten. Von hier waren es dreissig Kilometer bis Durango zum vereinbarten Treffpunkt.

Die Bar war fast voll, aber zufällig erhoben sich am Fenster drei junge Leute, und mit leichtem Druck geleitete er Dr. Iñaki Bazán an den Platz. Die Tische waren aus weißem Marmor. Wie in allen spanischen Gaststätten war der Lärmpegel enorm. Von der Decke hingen Serranoschinken, zwei Barkeeper machten Kaffee und Tapas, die auf baskisch *Pintxos* hießen, mixten Drinks für die Kellner, die in kurzen weißen Jacken und schwarzen Hosen ihre Bestellungen brüllten. Die Wände schmückten schwarzweiße Fotos vom Stierkampf oder von Schauspielern und Filmszenen der fünfziger Jahre. Das Publikum war überwiegend jung, aber anders als in Kreuzberg fiel es nicht auf, wenn ein Mann um die 70 in so einem Lokal erschien. Dr. Bazán hatte einen grauen Backenbart, trug Polo-Shirt und braune Anzughose, in der freilich dürre Beine steckten. Das Licht im Raum war grell und weiß, aber die Menschen und der Duft nach Öl und Knoblauch hüllten das Lokal in eine angenehme, gediegene Stimmung.

„Wir wuchsen in derselben Klosterschule auf, José und ich", erzählte er. „Wobei ich drei Jahre jünger war, aber das spielt in Zeiten des Elends keine Rolle. Er war verflucht schlecht dran."

„Inwiefern?"

„Wir Basken haben ein spezielles Wort dafür: huts - das Fehlen von etwas, ein inneres Vakuum. José hat sich nie damit abfinden können, dass er Vater und Mutter im Krieg verlor."

„Wie entwickelten sich die Spannungen zu Ignacio?"

„Stellen Sie sich vor, die Umverteilung von Land zugunsten der Familie Valdes nach dem Krieg. Unsere Empörung, als Franco ihn zum Bischof ernannte! Im

Jahr 78, als die Basken richtig Ärger machten, gründete José eine Bürgerinitiative. Kaum im Amt musste Ignacio als Bischof abtreten. Das hat gut getan. Überhaupt Juan Carlos! 2003 wollte José verhindern, dass sich der Bastard nochmals an die Spitze setzt. Dass mein Freund nach Astorga aufbrach, um eine öffentliche Diskussion zu bestreiten..." Er schüttelte den Kopf. „Eine Finte. Castulo hat das eingefädelt."

Der Kellner knallte Gläser, Flaschen, *Pintxos* und das weiße Kassenzettelchen auf den Tisch. Die Garnelen brutzelten heftig in Öl und Knoblauch. Der geräucherte, luftgetrocknete Schinken war in rasierklingendünne Scheiben geschnitten und fast in Blütenform schön über den Teller drapiert. Dazu frischgebackenes Brot. Ben nippte am Bier. Der Historiker hatte sich Txokoli – baskischen Wein - bestellt.

„In Durango gab es viele, die für die Faschisten waren. Als die Legion Condor einmarschierte, quartierten sich die Offiziere bei den Valdes ein, den Großgrundbesitzern. Ein Valdes-Bruder war Pfarrer in Guernica, er befürwortete die Bombardierung, und das von der Kanzel herab. Bis zum Ende des Krieges beherbergte diese Familie deutsche Piloten. Wir konnten ihnen das nie verzeihen."

„Aha – daher also die Spannungen!" Borowiak ließ ein Zischen zwischen den Zähnen hören.

„Man munkelte sogar, dass Ignacio ein uneheliches Kind des Barons von Richthofen sei. Aber das ist freilich nur Geschwätz." Während Ben in den *Pintxos* stocherte, aß Dr. Bazán einen *merluza a la vasca* –

Dorsch in einer würzigen, schmackhaften Soße mit Gemüse.

„Dass ich seit Jahren Vorträge an den Klöstern halte, hat nichts damit zu tun. Nach der Pensionierung reiste ich nach Kolumbien und habe mir das Hilfswerk der Dominikaner angesehen. Ich sprach mit den Padres vor Ort. Sie meinten, dass die Investitionen für Brunnen, Maschinen, Werkzeuge und Wohnhäuser den Drogenbaronen zu Gute kommen, und dass sie über Mittelsmänner Zugriff auf die Konten haben."

„Möglich, dass dieses Büro für Pilgerreisen nichts weiter ist als eine Geldwaschmaschine", sagte Ben.

Der junge Mann, der sie bediente, hatte sichtlich schlechte Laune. Er antwortete nicht auf ihre Fragen, knallte das postre auf den Tisch und am Ende schaffte er es, Kaffee auf Dr. Bazáns Hose zu schütten. Er erlebte dann staunend, wie sich der gemütliche Caballero veränderte. Wütend rief er den Wirt und beschwerte sich über die Ungehörigkeit des Kellners. Der Ärger währte nicht lange, die beiden kehrten zum Nachtisch zurück. „Dieser Pilgerführer geht mir nicht aus dem Kopf. Welche Beziehung hatte er zu Don José?"

„Ein landwirtschaftlicher Arbeiter auf den Gütern der Valdes. Er habe angeblich nur vermitteln wollen."

„Wie kam ihr Freund ums Leben?"

„Er wurde mit zertrümmertem Schädel unter einer Brücke gefunden."

„Sie glauben nicht an den Unfall?"

„Nein. Die Polizei hat eine Untersuchung verweigert. Castulo hat vor drei Jahren gekündigt. Im Frühling irgendwann kam er zu mir und sagte, er habe einen Fehler gemacht. Der Herr möge mir vergeben, sagte er, und verschwand. Es macht keinen Sinn, bei den Valdes nach ihm zu fragen. Sie werden dort nichts finden ausser einer riesigen Villa mit Swimming Pool, hermetisch abgeriegelt von Wachpersonal. Nichts weiter werden Sie erfahren, als dass die Familie immer wieder Land kauft. Oder Geschäfte in Bilbao und Madrid."

Der alte Herr wischte sich eine Träne aus dem Auge – er hatte den Verlust des Freundes verdrängt, aber nicht verschmerzt. Dr. Bazán zeigte Ben danach das Museum, das er Anfang der neunziger Jahre aufgebaut hatte und dessen Direktor er einmal war. Es nannte sich *Centro de Historia del Crimen* und hatte eine Abteilung für die am Ort geschehenen Verbrechen. Es war alles dokumentiert, in Bildern und Filmen, belegt durch Objekte und Zeugenaussagen: Einsatz der Legion Condor, Bombenterror gegen baskische Ortschaften, die Rolle der katholischen Kirche bis hin zum Konkordat mit Franco. Ben verabschiedete sich schließlich, froh für eine Weile nicht mit der Welt konfrontiert zu sein. Erwartete man von Borowiak, dass er den gerechten Kampf weiterführte, ausgerechnet von ihm, der sich mit seinen Idealen im Kiez verkrochen hatte? Den zwei ALDI-Tüten verführt hatten, alle branchenüblichen und handwerklich gebotenen Prinzipien über Bord zu werfen? Es war gut, aus Bilbao und den ganzen, bewohnten Küstenstreifen herauszufahren. Mitten in der Millionen-Metropole vergaß man, dass Spanien ein weites, leeres Land ist, wo sich der Horizont endlos hinzieht und in

Berge, wogende Hügel oder sonnenverbrannte Felder mündet. Der Verkehr wurde weniger. Meist vollbesetzte Kleinwagen und Wohnmobile, die er überholte, die Vorboten des Ferienverkehrs. Die Sonne ging unter, und er fühlte die Kühle des salzhaltigen Windes durch die Seitenfenster, während die Sonnenröte in ein tiefrotes Feuer überging, das ihm das Gefühl gab, durch ein Meer von Blut zu waten.

Carmen Fernandez, *Köchin, 58 Jahre*

Seit 30 Jahren bin ich am Seminario Menor, ich kenne meine Pappenheimer. Vorher war ich in einem Restaurant in Victoria, es hat mir aber nicht gefallen. Ich wasche für Herren, putze die Zimmer und koche mittags. Politik interessiert mich nicht, dafür habe ich keine Zeit. Weil ich aus einem anderen Ort bin ist mir das Gerede egal. Sieben Jahre ist es nun schon her oder acht, mein Gott, wie die Zeit vergeht. Don José hatte seine Launen kann ich Ihnen sagen. Sternzeichen Widder, da geht der Gaul schnell durch. Ich erinnere mich, wir hängen gerade Wäsche auf, als so ein schicker japanischer Wagen vorfährt mit Madrider Kennzeichen. Zwei dunkel gekleidete Herren in feinen Anzügen. Die Señoritos fragten nach Don José, und ich dachte schon, dass er Streit hätte. Ich sagte ihnen, dass er um diese Zeit in der Schule sei. Woher sollte ich wissen, dass er so plötzlich aufgebrochen war? Ich habe vermutet, dass er seinen Freund Mosén Millán besucht, weil er davon öfters geredet hat. Kein Wort von Unterschlupf oder Versteck, bestimmt nicht. Fragen Sie den Pfarrer. Der wohnt in Puente de Órbigo, das weiß ich, weil ich in der Nähe Familie habe und jeder die Pfarrer kennt. Das waren baumlange, gutaussehende Kerle, sie haben nach Parfüm gerochen. Sie waren angeblich vom Ministerium wegen einer schulischen Angelegenheit. Zum Dank haben sie eine Spende für die Kirche gelassen. Bei der Jungfrau Maria, maustot will ich umfallen, wenns anders war. Und dann habe ich von Mosén Millán erzählt, der auch ein feiner Mensch ist und uns mal besucht hat. Weich und bedächtig, ein ganz gemütlicher. Der passte nicht zu Don José, so herrisch und ungeduldig wie der war. Anspruchsvoll war er nicht, der Herr Lehrer. Er hat noch im Priesterseminar gewohnt, wo er längst in Pension hätte sein können. Er fürchtete sich, allein zu sein. Ein Bett, ein Stuhl, ein Tisch und ein Kleiderschrank, mehr besaß er nicht. Natürlich war ich schockiert. Ich kann mir trotzdem vorstellen, dass es ein Unfall war. Es bringt nichts, darüber nachzudenken. Man soll nichts auf den Tratsch geben. Jetzt gehe ich wieder an die Arbeit wenn Sie keine weiteren Fragen haben. Die Herren wollen um 14.00 Uhr speisen und wir sind nur zu zweit.

VI

Gegen sieben, als Borowiak die Altstadt von Logroño erreichte, sammelten sich die Teilnehmer der Osterumzüge. Ihre erregten Stimmen drangen durchs Fenster. Mit Büßerkapuzen und Priesterhüten, mit Mantillas aus Spitze und grauen Reiterkappen aus Filz strömten sie zu hunderten durch die Strassen. In düsteren Hinterhöfen und engen Gassen schulterten sie Podeste, richteten sich stöhnend auf und trugen die prunkvollen Altäre auf die Straße hinaus zu den Schaulustigen. Anscheinend kam die Semana Santa jetzt richtig in Schwung. Die Prozessionen aus den Gemeinden trafen vor der Kathedrale Santa Maria de la Redonda aufeinander. Ben parkte am Krankenhaus, zehn Minuten vom *Marques de Vallejo*. Junge Leute in Jeans rauschten vorbei, Priester, Touristen, Ministranten mit Kerzen. Es roch nach Weihrauch und billigen Zigaretten, und von fern drang das Summen der Menschen an sein Ohr. Es war stickig und heiß, heißer, als er es je im April erlebt hatte. Der Detektiv, der bislang nur die Umzüge der Kreuzberger Demos kannte, bogen um die Ecke und geriet in eine Prozession, die vor den sandfarbenen Mauern der Kathedrale ihre roten, gelben und grünen Fahnen schwenkte. Er hatte den Platz frühmorgens gesehen, aber jetzt erkannte er ihn nicht. Menschen, wohin er auch blickte, ein Meer von Menschen, so aufgewühlt und gewaltig, dass ein Durchkommen unmöglich schien. Ben überblickte die Menge: die verzückten Gesichter der Priester, die Leidensmienen der Plattformträger, die unter ihrer Last schwankten. Der tonnenschwere Altar zeigte die Passion Christi, einen blutüberströmten Körper unter einem Kreuz, platzende Haut, klaffendes Fleisch, mit Sachverstand durchbohrte Hände und Füsse und die Dornenkrone des Gekreuzigten. Dahinter liefen die Brüder vom Blut Christi, den Oberkörper entblösst, geschminkt und durch Wundmale entstellt, sie geißelten sich theatralisch und äußerten grässliche Laute. Inmitten einer Schar von Jakobspilgern bewegte sich Borowiak gegen die Strömung, Nachbarn und Hintermänner schoben ihn nach vorn. Als er vor den Killern stand waren sie verdutzt. Eddy zog das Foto aus der Brieftasche, „Da ist er!" sagte er lakonisch. „Mist!" rief Bruno, der zwei Einkaufstüten mit exklusiver Kleidung bei sich trug.

Bruno kaufte an diesem Nachmittag bei Galerias Preciados zwei kurzärmelige Sporthemden. Den federleichten Popelinanzug zahlte er in bar bei dem italienischen Herrenausstatter, den er immer wählte. Der Anzug war ein Sonderangebot für 390 Euro, aber damit das Geschäft zustande kam, musste der Verkäufer von einem zweiten Anzug eine Hose mit geringerer Bundweite herbeischaffen, die farblich zu dem 58er Jackett passte. In einem ZARA-Bekleidungsgeschäft im Einkaufszentrum *Parque Rioja* erstand er zwei fünfzig-Euro-Seidenkrawatten, während Eddy sich bei Bata befranste Lederstiefel zulegte. Danach holte er sich im Spielwarenladen daneben drei Frisbeescheiben. Sie drückten sich bei Pull & Bear herum und bei einem

Zeitschriftenhändler; dann aßen sie bei Burger King und telefonierten, um Borowiak bei der Rückgabe des Seats abzufangen. Außerdem standen sie in Kontakt mit dem Portier im *Marques* für den Fall, dass Borowiak einchecken würde. Aber das Telefon klingelte nicht, sie beratschlagten sich und am Ende setzten sie die Einkaufstour fort. Nichts machte sie so kirre wie bloßes Herumsitzen, und Shopping alleine schien geeignet, die klaffende Missstimmung zwischen ihnen zu kaschieren. Bruno gönnte sich ein Yves Rocher Oberhemd, während Eddy von etwas Besonderem träumte: einer goldbestickten kurzen Jacke und hellen Bunthosen, Lackschuhen, einem dreispitzigen Hut sowie der muleta, einem fast runden Tuch, außen rot und innen gelb - er wollte unbedingt wie ein Stierkämpfer aussehen. Also machten sie sich auf die Suche nach einem Torrero-Spezialgeschäft. Seit Moabit spukte ihm die Idee im Kopf, künftig als *matador* aufzutreten, aus Verehrung für diesen Sport und seine Helden, aber auch wegen der mystischen Komponente. Beunruhigend nur, dass die Läden wegen der Semana Santa vorzeitig schlossen. Viele Gitter schlugen krachend nach unten. Während sich Bruno mit seinen Einkäufen rundherum zufrieden zeigte, befürchtete Eddy, zu kurz zu kommen. Unvermittelt wollten die Straßen vor Menschen bersten. Eben noch hatte Eddy auf dem Bürgersteig fieberhaft nach dem Fachgeschäft gesucht, jetzt drohte er in einer Flut von Körpern und Stimmen unterzugehen. Wie eine ungeheure Menschenwoge waren die Teilnehmer einer Prozession um die Ecke gebrandet und fanden sich in

der Calle Portales wieder, eingekeilt und zusammenge-
schoben in einem Trichter. Bruno war bepackt mit
Tüten, darin Anzug, Seidenkrawatten und Hemden.
Wegen der vielen Anproben hatten sie die Waffen im
Cherokee gelassenen; das erwies sich als derart unprofessionell, dass nie ein Auftraggeber davon erfahren
durfte. Fluchend schob Bruno die Menschen beiseite.
Sie reagierten mit zornigen Blicken. Jemand hob die
Fäuste, andere schubsten zurück. Da er nicht vorankam,
deponierte Bruno die Pakete im Abfalleimer. Und
schrie Eddy etwas zu, der nur den Kopf schüttelte. Der
Geräuschpegel war unbeschreiblich. Das Menschen-
meer schien mit eigener Sprache zu sprechen, zu rufen,
zu klagen, zu stöhnen. Farbige Schneisen durchzogen
die Menge: das kirchliche Weiß und Gold, die schwarzen, gelben und roten Kapuzen der Brüder – ein Wald
von spitzen Kegeln, der hin und her schwankte, sich
bewegte wie unter den Schnüren eines Puppenspielers.
Hinter Eddy wurde der Druck stärker. Vor lauter Zorn
entriß er einem Flagellanten die Geißel und schlug nach
allen Seiten.
Hinter den Flagellanten rückten Büßer heran in boden-
langen Gewändern mit weiten Ärmeln. Mit spitzen Kapuzen, die das Gesicht verhüllten, Sehschlitze hatten,
hinter denen man kaum Augen sah. Neben Fahnen
schleppten sie Kreuze und Holzfiguren. Trommler und
Bläser verkündeten das Ende der Welt. Dazwischen das
Puppengesicht einer Madonna. Künstliche Schmuck-
steine funkelten auf ihrem Schleier, wippten auf und ab.
Als ihn die Killer erreichten, schaute Ben den an-

rückenden Nazarenern zu. Er war sehr erstaunt, dass ihn der jüngere von beiden hart auf den Solarplexus schlug. Langsam kippte er mit offenem Mund nach vorne. Der An-greifer versuchte, seine Arme zu fixieren, während ihn der Mann mit den blonden Augenbrauen von hinten anging. Er packte Ben mit der linken Hand am Kopf und schloss die andere um den Hals, wobei er die Finger rund um die Kehle ins Fleisch bohrte.

Als man ihm den ersten Schlag verpasste, befand sich Bens Arm schräg vor dem Bauch. Eddys Schlag war tangential ausgeführt und in seiner Wucht abgemildert, Ben nicht so lahmgelegt wie beabsichtigt. Vielmehr tastete er wie ein Betrunkener um sich. Sein Knie sauste nach oben. In dieser Phase hatte er einfach Glück, dass er die Genitalien erwischte. Und der Typ hinter ihm die Kehle losließ, weil er gerempelt wurde. Kaum hatte Ben Zeit, um Luft zu schnappen, vor Augen das Bild kapuzentragender Männer, einen Schwall Lacher, Blitzlichter, dazu begeisternde Rufe. Junge Leute, die Flaschen in den Händen hielten und nicht merkten, dass man im Begriff war, ihn zu ermorden. Er hörte das Lachen, wusste aber nicht, ob es dieses Lachen wirklich gab oder nur in seiner Phantasie oder ob er selbst etwa gelacht hatte. Das kann doch nicht wahr sein, dachte er, dass die mich so einfach kalt machen. Verzweifelt stieß er mit dem Kopf zu und traf Eddy seinerseits im Solarplexus. Von diesem Augenblick an verlief alles wie in Zeitlupe. Die Ministranten schräg über ihm hielten noch immer Kerzen in den Händen. Im Licht der Straßenlampen sahen ihre Gesichter unheimlich aus, bleich, ausgelaugt, leer. Der andere knallte ihm die Faust wie einen Schmiedehammer in die Nieren, und nur noch ein einziger Gedanke beschäftigte ihn: wehre dich, schlage zurück, reiß sie in Stücke.

Und dann nach einer endlosen Minute, zogen sich die Killer für einen Moment zurück. Weil der Neuköllner zu einer hysterischen Maschine geworden war, die wild um sich schlug. Von einer Sekunde zur anderen würden die Leute doch aufmerksam werden und ihm helfen. Oder wahrscheinlicher noch, eine enge Traube um sie bilden, und das gefiel den beiden überhaupt nicht.

Neben Ben war eine Straßenlaterne, schwarz lackiert. Er drängte darauf zu, suchte hinter ihr Schutz und stemmte sich mit der rechten Schulter gegen die Menschenflut, aber nicht die kleinste Lücke tat sich auf. Er spürte, wie er mit den Füssen den Halt verlor. *Socorro!* brüllte Ben, *policia!* Es gelang ihm, den Arm zu recken, dann wurde er gehoben und vom Menschenstrom davongeschwemmt. Er stellte fest, dass er rennen musste, um aufrecht zu bleiben. Wo er sich befand, dass wusste er nicht. Seit er in die Masse gesprungen war, hatte man ihn fünf oder sechs Meter Richtung Mitte abgedrängt. Schräg hinter ihm Bruno und Eddy, ebenfalls mit emporgereckten Armen. Ben blickte nach links zu den Arkaden – dorthin wollte er sich retten. Er sah, wie die Jungfrau Maria, versehen mit Strahlenkranz und Baldachin, vorbeigetragen wurde und ließ sich fallen, rollte unter den eisernen Schoß der gütigen Mutter und schlug sich den Schädel. Schwankend über ihm der tonnenschwere Altar. Dann blitzte dieses Bild auf wie ein

Warnsignal: er stürzte mit ausgebreiteten Armen wie ein Märtyrer, fiel flach auf die Erde, um vom Mob zu Tode getrampelt zu werden. Nein, bloß das nicht! Der Kopf schoss hoch. Heiß und schmerzhaft drang Luft in seine Lungen. Zwei Meter fehlten noch zur Ladenpassage. Die Verfolger hatten ihn entdeckt, waren aber weit abgeschlagen. Ben rannte in die Traversa San Juan, eine Parallele der Marques de Vallejo. Aus der Bar stolperten Büßer, umständlich mit dem Kopfteil hantierend. Er riß es ihm aus der Hand. Bruno und Eddy rannten sie um. „Jemand hat meine Kapuze geklaut!" protestierte der Büßer angetrunken. Rechts von Eddy verlor jemand den Boden. Hinter ihm sackte eine ganze Reihe von Gesichtern ein, als die Nachdrängenden über die Gestürzten stolperten. Die Gasse wirkte wie ein Schlachtfeld nach den Kampfhandlungen. Bruno rappelte sich auf, rannte in die Marques de Vallejo. Er schlug den Büßern die Kapuzen vom Gesicht. Irgendwo musste er doch stecken.

Padre nuestro, que estás en el cielo,
santificado sea tu Nombre;
venga a nosotros tu reino;
hágase tu voluntad en la tierra como en el cielo.
Danos hoy nuestro pan de cada dia;
perdona nuestras ofensas,
como también nosotros perdonamos
a los que nos ofenden;

no nos dejes caer en la tentación,
y líbranos del mal.
Amén.

VII

Borowiak rannte wie ein Irrer durch hupende Autos auf die Galerias Preciados zu. Zügig durchquerte er das Erdgeschoss, lief durch die Parfümerie auf die Avenida de Navarra auf der anderen Seite. Niemand folgte. Mehr als ein Dutzend Leute bestiegen den Bus nach *La Rioja*, zwischen denen er sich in die Sitze drückte. Nach wenigen Minuten erreichte er das Spital und verbarrikadierte sich im Wagen. Die Kerle hatten nicht ausgesehen wie Einheimische. Als sie ihn angriffen, riefen sie sich etwas auf französisch zu. Der Hüne trug ein feines Leinensakko. Sofort dachte Ben an die von der Polizei analysierte Wollmischung. Die Killer rückten ihm auf die Pelle, weil er das Büro für Pilgerreisen ausspioniert hatte. Das bestärkte den Verdacht, dass Ignacio einen Ring von Geldwäschern aufgebaut hatte, zusammen mit russichen Dealern.

Langsam beruhigte sich sein Atem. Umgeben von Geranien, Rosen, von Apfelsinen- und Zitronenbäumen hörte er von der Plaza den Pulsschlag der Stadt. Das Klappern der Absätze, die brüllende Beschleunigung eines Motorrades, einen schimpfenden alten Mann, ein lachendes Pärchen, ein Gitter, das vor einem Geschäft heruntergelassen wird, Kinder, die Fußball spielen, einen Menschen, der zur Gitarre singt. Er begann hemmungslos zu weinen, beglückt von der Polyphonie dieses Augenblicks. Ben erinnerte sich an seine Tochter Jamina, die Freunde in Berlin, und an Dr. Bazán, der seinen Freund aus der Kindheit so vermisste. Eine ungeheuere Freude erfüllte ihn, die ihm sogleich absurd vorkam, denn er schwebte weiterhin in Lebensgefahr, ausgenommen dass er sich bewusst geworden war, dass er lebte, und dieses Leben mit anderen teilen durfte. Er blickte sich um, sah die Bäume am Straßenrand, spürte die frische Brise durch die Fensterschlitze, betrachtete die Sterne der Milchstrasse. Es wurde ihm bewusst, dass er sich als Köder benutzen ließ für eine lächerliche Gage. Dies zeigte doch, wie wenig andere von ihm hielten, und welches schlechte Bild er von sich besaß. Warum mache ich so lausige Jobs? fragte er sich. Andererseits, wenn bekannt wurde, was hinter dem Büro für Pilgerreisen steckte, würde es einen Knall geben, größer als der schlimmste Donner, den man je gehört hat, und die Blitze blendender als alles, was man bisher gesehen hat. Die Sache stellte sogar die jüngsten Missbrauchsfälle innerhalb der Kirche in den Schatten. Und er war die Person, die den Skandal aufdecken konnte. Natürlich würde er an die Presse gehen, er würde den Fall an die Polizei abgeben, sobald er ihm zu heiß wurde, und dabei kräftig auf den Putz hauen. Ohnehin glaubte er nicht, dass die Kirche zu einer echten Selbstreinigung imstande war, so ganz ohne Schlagzeilen und Öffentlichkeit schaffte sie es nicht. Ben dachte jetzt, dass er einen Auftrag hatte, und dass es seine persönliche Aufgabe war, Licht ins Dunkel zu bringen, und den Tod von Don José aufzuklären. „Ich will die Dinge und Verhältnisse erklären", sagte er sich, „wenigstens ein wenig. Ich habe von Grund auf nichts von der Welt verstanden und nichts außer weiterzuleben fiel mir bislang ein. Diesen Fall aber muß ich zu Ende bringen."

„Warum hast du ihn nicht festgehalten?" schimpfte Bruno.

„Es war dein Fehler!" kreischte Eddy. „Du hättest nur richtig zuschlagen müssen."

„Zur Autovermietung ist er nicht."

„Warum auch? Er weiß, dass wir hier sind."

„Er geht uns durch die Lappen", knurrte Bruno. Sie hatten die Gassen der Altstadt abgesucht, mit dem Foto in der Hand. In der Calle Portales hatten sie nachgeforscht, was aus den deponierten Einkäufen geworden war. Eddy fischte die Frisbeescheiben aus dem Müll. Alles andere war geplündert. Irgendein Stadtstreicher würde gerade den Armani-Anzug probieren. Oder, wie Bruno verächtlich meinte, die Fransenstiefel gegen eine Flasche Schnaps tauschen. Nachdem sie sich angegiftet hatten liefen sie ins *Marques* und fuchtelten mit ihren gefälschten Dienstausweisen herum. Pedro schwor, dass er den flüchtigen Verbrecher nicht gesehen habe.

„Ich würde mich sofort melden", versicherte der Portier treuherzig. Unschlüssig, was zu tun sei, saßen sie eine Weile im Foyer und tranken Kaffee. Endlich einigten sie sich darauf, im Hotel zu übernachten, im freigebliebenen Zimmer des Wäschevertreters Borowiak.

Ben startete den Seat und verließ Logroño auf der Autobahn nach Westen, die sich schnurgerade durch die Meseta zog, flaches, baumloses Agrarland von grenzenloser Weite. Er schwebte durch die Nacht, immer von neuem in dieses angenehme Gefühl getaucht, am Leben zu sein. Er hielt an einem Rastplatz hinter Burgos, der noch geöffnet hatte. Gedämpftes Rauschen umfing ihn, und er glaubte angesichts des Sternenhimmels daran, dass er die Wahrheit über Don José herausfinden musste und nicht grundlos unterwegs war. Er sah auf die Uhr: halb eins. Dann leckte er sich genüsslich die Lippen und bestellte sich ein Cruz Campo. Ben schloß die Augen und stellte sich ein hohes, kältebeschlagenes Glas vor, und darin den kühlen goldblonden Gerstensaft, frisch aus dem Fass. Als er sie öffnete, stand neben dem Bier ein Schälchen mit gebratenen Schweinohren. Der Jakobsweg war voller Überraschungen.

Eddy ging zurück auf das Dach der Parkgarage, nahm die Frisbeescheiben aus der Tüte und riss die Plastikumhüllung herunter. Dann ließ er sie, eine nach der anderen, über die Straße und über ein niedriges Dach hinwegsegeln und sah zu, wie sie landeten und im dichten Verkehr auf die Muro del Carmen rollten. Zwei seiner Zellengenossen in Straßburg hatten eine Frisbeescheibe gehabt, und Eddy hatte oft zugeschaut, wenn sie auf dem Hof spielten. Sie hatten gelacht, wenn es ihnen gelungen war, das Ding zu fangen. und sie hatten noch mehr gelacht, wenn einer es mal nicht geschafft hatte.

Eddy hätte die Scheibe auch gerne geworfen, doch die Arschlöcher ignorierten ihn. Wenn er daran dachte wurde er wütend. Die drei Frisbees zu schleudern war alles andere als spaßig und kein Ersatz für ein Torrero-Kostüm.

Sechs Prozessionen von Büßern gingen an diesem Morgen am Rio Órbigo im Uhrzeigersinn von Ort zu Ort und von Kirche zu Kirche, ohne sich zu begegnen. Gegen zehn Uhr kehrte Mosén Millán in seine Ausgangskirche zurück und wartete an den weit aufgerissenen Holztüren des Portals Das letzte Wegstück wurde als Zeichen der Aufopferung für die gesamte Gemeinde vom Kreuzträger alleine bewältigt. Dieser rannte mit dem schweren Gegenstand so schnell er konnte, bis er vom Priester in die Arme genommen wurde. So wollte es das Ritual. Mosén Millán kannte es seit seiner Kindheit. Die Prozession wurde von dem Glauben an die Mystik des Weinens der Muttergottes geleitet, das man in der sogenannten Nacht der Qualen in den Gotteshäusern am Rio Órbigo hören konnte. Endlich sah er den Burschen gekleidet in eine schwarze Tunika über die Strasse rennen und öffnete die Glastüren des Foyers. An der Spendenbox wartete er und betrachtete das filigrane 3-D Modell, das die Kirche nach dem Umbau zeigte. Im Foyer übernahm er das 12 Kilogramm schwere Kruzifix und schleppte es nach vorne. Gemeinsam lehnten sie es an die Wand des Chors und richteten es auf den Tabernakel aus. Kreuzträger zu sein galt in Hospital de Órbigo als besondere Ehre. Meist war es mit der Erfüllung eines Gelübdes verbunden. Mosén

Millán wandte sich dem schwarz verschleierten Altar zu, breitete die Hände und sprach leise das Ave Maria. Dann schickte er den Burschen und die Ministranten weg und beobachtete, wie sich die Prozession zerstreute und die Leute in ihre Häuser zurückkehrten. Manche hielten Rosenkränze oder Kerzenleuchter. Die Stunden bis zur Abendmesse würden sie fasten und beten.

Zwei alte Männer lagen in Logroño vor der Buchhandlung auf plattgedrückten Pappkartons und stritten sich um ein paar befranste Stiefel. Der Krawall war so laut, dass man ihn im dritten Stock des Hotels vernehmen konnte. Bruno schloss das Fenster. Das halbblaute Röcheln, das von der anderen Seite des Doppelbettes kam, brach ab. Ein Schleimklümpchen in Eddys Nase kam so zu liegen, dass ein schwaches, hochtönendes Geräusch, wie von einer scharfen Klinge in der Luft, entstand und wieder verging. Plötzlich wälzte er sich herum, schmatzte und schlug die Augen auf.

„Ich habe wieder von dem Alten geträumt", sagte er. „Dem mit den Hinkelsteinen im Mund."

Im selben Augenblick klingelte das Telefon.

„Ja?" fragte Bruno.

Mosén Millán Gesicht war von Sorgenfalten und Runzeln durchzogen. Er hatte sich den Dienst an der Kirche nie leicht gemacht. Nun fühlte er die Erschöpfung des frühen Fußmarsches und beschloss, zu Hause ein oder zwei Stunden zu ruhen. In der Sakristei legte er das lilafarbene Ornat ab. Als er zurückkehrte, sah er an der Glastür einen Fremden.

„Wollen Sie beichten?" fragte er.

„Mein Name ist Borowiak. Sind Sie der zuständige Pfarrer?"

„Solange ich denken kann!"

„Auf dem Friedhof liegt jemand, dessen Tod ich untersuche. Ein Jesuit namens Don Josè Esmeralda y Consuelo."

„Ein Pilger, der verunglückte. Er ist von der alten Steinbrücke gestürzt."

„Das war kein Unfall, Sie wissen das!"

Mosén Millán fasste den Ausländer näher in den Blick.

„Wer schickt Sie?"

„Der Erzbischof von Berlin. Er meint, dass eine alte Rechnung beglichen wurde."

„Warum schickt er Sie ausgerechnet zu mir? Hat er kein Gewissen? Schließlich vertritt er die Kirche!"

„*Weil* er ein Gewissen hat. Eine Gesellschaft entwickelt sich nur, solange sich jeder einzelne der Wahrheit verpflichtet fühlt. Das bedeutet, im Zweifel gegen die Mehrheit zu kämpfen!"

Der Priester schüttelte den Kopf.

„Sie sind ein Träumer. Gewissen ist etwas, was sich auflöst, wenn man es dem Einzelnen überlässt. Die christliche Kirche ist der Klebstoff, der die marode Welt zusammenhält."

Borowiak ließ nicht locker.

„Was ist mit Ihrer persönlichen Schuld? Können Sie die einfach abgeben, weil Sie eine Uniform tragen – so wie ein amerikanischer Soldat im Irak? Ist es mit christlichen Prinzipien vereinbar, einen Mörder zu decken?"

„Wenn ein Mensch untergeht wie Don Jose..."

„Er war Ihr Freund....“

„Dann weil es Gottes Wille war.“

„Sie haben ihn verraten. Hat man Sie unter Druck gesetzt?“

„Es war nicht meine Schuld.“

„Dann müssen Sie nichts befürchten.“

„Wollen Sie ihn exhumieren lassen, Borowiak?“

„Er wurde nie gerichtsmedizinisch untersucht. Das ist das mindeste, was man erwarten darf.“

Mosén Millán zögerte. „Ich weiß, dass er eine Kampagne führte und nach Astorga wollte.“

„Er wollte die Verbindung zwischem dem Opus Die und dem organisierten Verbrechen aufzeigen.“

„Ich bin mit den Einzelheiten vertraut.“

„Kennen Sie den Mörder?“

„Darüber darf ich keine Auskunft geben. Nur der Bischof kann mich vom Beichtgeheimnis befreien. Ich werde mich erkundigen, wie ich Ihnen helfen kann.“

Auf dem Vorplatz verabredeten sie sich für den Abend.

„Was damals geschah dürfen Sie der Kirche nicht anlasten. Sie ist nicht besser als die Menschen, die sie machen.“

„Wozu brauchen wir sie dann?“ fragte Ben.

Eddy nahm die MP aus der Leinentasche und schob das Magazin ein. Dann wickelte er sie in eine Wolldecke und bettete sie auf die Rückbank. Bruno setzte die halbautomatische Waffe zusammen. Dann begann er, das SVD durchzuladen.

„Sie hören die Telefonate ab, dort oben in Berlin. So langsam werden die vom Opus nervös. Anscheinend hängt der Bischof mit drin."

„Welcher?"

„Von Astorga!"

„Haben die gesagt wieso?"

„Wieso? Du fragst wieso, du Anfänger?"

Ben ließ den warmen Regen aus der Dusche laufen und stellte die richtige Temperatur ein. Er zog sich aus und las, was auf der Papptafel neben dem Bad geschrieben stand. Die Betten mussten bis früh um acht Uhr geräumt sein, das Essen wurde pünktlich um 20.00 serviert. Er lief in den Schlafsaal, nahm die Smith & Wesson Bolotnikovs aus dem Rucksack, legte sie ins Mäppchen mit den Waschutensilien und ging zur Dusche, in der unten der Dreck klebte. Dann lief er nochmals zurück und füllte einen Plastikbecher mit Whisky. Er hatte bereits zu Mittag gegessen, in der einzigen Kneipe am Ort. Und in einer Nische sitzend gehört wie sich Mosén Millán am Tresen nach einem ehemaligen Pilgerführer erkundigte, der in Foncebadón lebte. Der Mann hieß Castulo.

Miguel, *Wirt in Puente de Órbigo, 43 Jahre*

Ob ich das vergessen habe? Ich gehörte zu denen, die die Leiche aus dem Kiesbett zogen. Von wegen Pilger, der gestürzt ist. Da können Sie gleich das Märchen vom ehrenwerten Ritte Suero de Quiñones glauben. Seit meinem Lebtag habe ich noch keinen gesehen, der so zugerichtet war. Fragen Sie den Totengräber. Glauben Sie mir, ich habe schon manche Schlägerei erlebt, Schädel gesehen, auf die mit Gläsern eingedroschen wird, Messerstechereien. Aber der sah aus wie durch den Fleischwolf gedreht. Ich bin dann einfach nur neben der Leiche gestanden, unfähig mich zu bewegen, bis die Offiziellen kamen. Merkwürdig, dass die so schnell erschienen sind. Normalerweise dauert das bei uns ewig. Die Polizei hat keine Fragen gestellt. Der Arzt muß im Delirium gewesen sein als er den Totenschein ausstellte. Oder hühnerblind. Beim Begräbnis war der ganze Ort auf den Beinen, und die vom Nachbarort Hospital außerdem. Jeder wollte was hören. Mosén Millán hat eine ergreifende Rede gehalten. Mit Tränen in den Augen hat er von Pilgern erzählt, die ihre Reise nie beenden. Trotzdem würden ihnen die Sünden erlassen und so eine Scheiße. Diese Kanaillie. Die Kneipe war hinterher brechend voll. Da hieß es, der Pfarrer habe den Toten persönlich gekannt und ihm sogar die Unterkunft bei der Familie Garcia vermittelt. Unser Pfarrer ist gewiß kein schlechter Mensch, eher eine tragische Figur. Wenn der Bischof hustet, pariert er wie ein Hündchen. Ich gehe nie zur Messe, darin halte ich es wie mein Vater, der Anarchist war und dieses Kuttenvolk hasste. Abscheu, das war es, was ich damals fühlte. Ich bin nicht leicht aus der Fassung zu bringen, ich hacke jedes Ferkel innerhalb von zwei Minuten auseinander. Wer diesen Menschen so zugerich-

tet hat, muß ein Ungeheur gewesen sein. Ich bin sicher,
dass der Pfarrer Bescheid weiß.

VIII

Das Gefühl, neu geboren zu sein, hatte sich noch nicht
gelegt, aber hinter der Euphorie fühlte er sich zerschlagen und müde. Borowiak versuchte, Kontakt mit
Keli aufnehmen. Aber da war seit Tagen nur der Anruf-
beantworter mit seiner eigenen, tonlosen und wie aus
einer Gruft dringenden Stimme. Die Sakristei, ein hoher, mit dunklen Bildern geschmückter Raum war nicht
verschlossen. Auf der Anrichte lagen rituelle Gewänder
für den abendlichen Gottesdienst. Die offenstehende
Kasettentür führte direkt auf den mit einem schwarzen
Schleier bedeckten Altar. Nur wenige Kerzen brannten
und tauchten das Kichenschiff in düsteres Licht.
„Señor Millán!" rief er, und lauschte sekundenlang auf
den Hall. „Señor Millán", rief cr hinauf zur Balustrade,
auf der die Orgel untergebracht war.
Es knackte. Das war das Holz der Sitzbänke.
„Ich komme zu unserer Verabredung!"
Mit einem Schlag fiel die Seitentür zu. Ein schmächti-
ger Mann lehnte einen meterbreiten Besen neben die
gusseiserne Glocke - der Mesner, der dabei war, die
Vesper vorzubereiten. Geräuschlos stellte er den Putz-

167

eimer auf die graurot gemusterten Fliesen und näherte sich, einen hellen Pollunder über dem Hemd, in Filzpantoffeln.

„Sind Sie gekommen, um zu beichten?" fragte er flüsternd. Mosén Millán werde sicher gleich erscheinen, meinte er. Ohne eine Antwort abzuwarten, nahm er zwei Vasen mit Schnittblumen vom Altar und eilte zurück in die Sakristei.

Ben schritt durch das Seitenschiff und lauschte den saugenden Geräuschen seiner Wanderschuhe. Die Kirche war vollgestopft mit Heiligenfiguren, die mit derben Gesichtern das bäuerliche Leben am *rio Órbigo* spiegelten. Weiter vorne ein Knistern. Diesmal kam das Geräusch aus dem Beichtstuhl, der wie ein klumpiger Kleiderschrank in das Halbdunkel ragte, zwei Meter hoch, drei Meter breit. Die Akkustik des gotischen Bauwerks verstärkte die Geräusche wie ein überdimensionierter Resonanzkörper.

„Señor sacertode?" rief Ben. Ganz deutlich hörte er etwas knistern. Von einer Ahnung gepackt riß er die quietschende Kabinentür auf. Gähnende Leere. Das erste Mal, dass Borowiak einen Beichtstuhl von innen sah. Er fragte sich, ob ihn der Priester von der Orgel aus beobachtete. Von der gegenüberliegenden Seite blickte sorgenvoll der heilige Jakobus auf die vor ihm liegende Szene und schien dem Detektiv zu sagen, dass Mosén Millán, ein schwankendes Rohr im Wind, nicht kommen würde, um auszupacken. Nein, Blödsinn, der Priester wartete vor dem Portal, wo sie sich verabschiedet hatten. Die aufgerissenen Türen zeigten einen idyllischen Ausschnitt des Dorfes. Auf dem Vorplatz stand ein silber-farbener Geländewagen im hellen Abendlicht. Als Borowiak in Freie trat, bemerkte er ein metallisches Blitzen. Durch die vordere linke Scheibe sah er Eddy, der die MP aus dem Fenster streckte. Im selben Augenblick schlug eine Salve in Kopfhöhe ein. Sie zog eine Linie von Anfang bis Ende des Portals und zerschmetterte die Schaukästen mit den Ankündigungen zu den Gottesdiensten.

„Du Versager!" brüllte Bruno.

„Fahr los, Arschloch!" kreischte Eddy. „Gleich habe ich ihn."

Bruno setzte über den Bordstein und hielt auf das Foyer zu, während eine Salve aus Eddys MP knatterte. Der Cherokee rammte die gläserne Innentür, die Türflügel kippten Borowiak krachend entgegen. Glasscherben, Weihwasserbecken, Kirchenzeitung, Spendenbox und Prospekte flogen in lautem Getöse durcheinander. Der Wagen prallte auf die erste Sitzbank der rechten Seite und riß sie aus der Verankerung. Ben hielt die Arme über den Kopf, um sich zu schützen. Dann verschanzte er sich fünf Meter weiter hinter den Eckpfeiler. Das Knattern ertönte und die Salve traf den durch eine Kordel abgegrenzten Seitenaltar. Die Büste des Jakobus wurde von einer Batterie von Kerzen und Blumenstöcken eingefasst. Eddy räumte sie ab als befände er sich in einer Schiessbude, von allen guten Geistern verlassen. Der Cherokee stieß zurück und überrollte den Entwurf des Architekten für die neue Kirche. Bruno gab Stoff und raste ins rechte Seitenschiff. Der Wagen beschleunigte so stark, dass die Räder auf dem Boden durchdrehten. Ben rannte los. Fünfzehn Meter schaffte er. Als sie um den ersten Pilaster bogen, zielte er und drückte den Abzug. Die Windschutzscheibe des Cherokee zerplatzte. Im selben Augenblick drehte sich Ben, stolperte, schlitterte über die Fliesen. Das silberfarbene Auto schoß schwankend auf ihn zu, peilte auf den Aufgang zur Kanzel. Borowiak wirbelte herum als ihn der linke Scheinwerfer des Wagens erwischte und zwischen die Bänke schleuderte. Der Wagen krachte in den holzverkleideten Treppenaufgang, der gerade renoviert wurde, so dass die Stützpfeiler des Gerüstes wegbrachen. Die Verschalung stürzte herab.

„Du bist der Versager. Du fährst wie ein Anfänger!" schrie Eddy aufgeregt.

„Ich glaube, er hat mich erwischt", stöhnte Bruno und hielt sich die Schulter.

Beim Rücksetzen des Fahrzeugs knallte eine Eisenstange ins linke Seitenfenster, eine andere riß das Chassis am Kotflügel auf und beschädigte den Tank.

Bruno benutzte den rechten Arm, um zu lenken. Der Wagen ruckte nach vorne. Holzbretter und Stangen fielen vom Dach. Das Seitenschiff endete, er kurbelte mit der rechten Hand nach links so gut es ging. Plötzlich stand der Mesner vor ihnen, zwei Vasen mit frischen Margeriten in der Hand.

„*Oje, que mierda hace!*" schrie er.

„Laufen Sie, hauen Sie ab" brüllte Ben. Sein Schädel tat ihm entsetzlich weh. Er hörte die Englein singen. Dabei dachte er noch nicht an ein Wunder. Er hatte die

Smith & Wesson verloren und suchte sie fieberhaft, während Eddy aus dem Wagen sprang. Als das nervöse Geknatter der MP ertönte, wurde ihm schwarz vor Augen. Holz spreiselte, dann rieselte feiner Staub aus dem Pfeiler. Plötzlich schwieg die Waffe, weil das Magazin erschöpft war. Ben träumerisch, schlüpfte unter die Bänke wie durch Geäst, ein Kind von 5 Jahren, das Verstecken spielt. Tief unter sich im Moos sah es wie ein Spielzeug die Pistole liegen, während oben die Engel eine Terz höher anschlugen. Dieser Chor gehörte zu dem Erstaunlichsten, was Ben auf dem Camino an Wundern erlebte. Dann wieder sah er die Pistole vor sich und streckte die Finger aus. Sein Arm wurde lang und länger, aber Zentimeter fehlten, und je mehr er sich mühte, umso entfernter schien die Waffe „Ruh dich aus", hörte er eine Stimme hinter sich, wo die zerschossene Büste des Jakobus lag. „Ich erledige das für dich."

Bruno hing blutüberströmt im Cherokee und zielte mit dem SVD auf den Messner. Der Mann fiel vor lauter Panik am Aufgang zum Altar aufs Gesicht, zog die Knie an und versuchte, sich aufzurichten. Vor dem Geländer, das den Altar begrenzte, zog Eddy den Revolver aus dem Gürtel. Mit beiden Händen richtete er ihn auf den Kirchendiener.

„Scheiße, Scheiße", ächzte Bruno. „Das ist völlig unprofessionell."

„Du gehst mir wahnsinnig auf den Sack!" kreischte Eddy. Er machte drei Schritte auf das Fahrzeug und ballerte dem Schwerverletzten zweimal ins Hirn.

„Dein cooles Getue, die Scheiss-CD! Ich weiss, wie ich meinen Job zu erledigen habe!"

Bruno sass starr in seinem Sitz, in der rechten das SVD, das einen halben Meter weit aus der zerstörten Scheibe hinausragte. Über seinen Körper verteilt waren hunderte kleiner Glassplitter.

„Dieses Gewäsch über meine Träume! Meinst du, ich hätte es nicht geschnallt?"

Eddy konnte sich nicht beruhigen. Nur im äußersten Winkel seines Bewusstsein war ihm klar, dass der Gejagte noch lebte und der Krach den ganzen Ort auf die Beine bringen musste.

„Noch eine einzige Bemerkung, dass ich ein Versager bin, und ich jage dir eine Kugel in den Kopf."

Bruno rührte sich nicht mehr. Sein Gesicht war blutverschmiert bis auf die buschigen, blond gefärbten Augenbrauen. Selbst unter einer Schicht von Dreck und Staub wirkte er wie ein Gentleman.

Eddy drückte noch zweimal ab. Dann merkte er, dass die Trommel leer war und riß dem Toten das SVD aus der Hand. Die Schüsse hallten nach, aber es war niemand zu sehen, der ihn gefährden konnte. Eddy beruhigte sich und dachte, dass er die Munitionskiste auf der Rückbank gebrauchen könnte.

Das Kind, das sich im Unterholz versteckte, erschrak, als ihm jemand auf die Schulter tippte. Wer war der bärtige Herr, der ihm das Feuerzeug reichte? Der heilige Jakobus hatte sich materialisiert, inmitten der Gesänge, die sich ins Sirenenhafte steigerten. Ohne zu überlegen zippte Ben los und steckte den ausgelaufenen

Kraftstoff in Brand. Das Feuer lief im Nu zum Cherokee. Ben schlich in gebückter Haltung nach hinten. Als er am Seitenaltar startete, stand der Wagen in Flammen.

Verblüfft, überhaupt noch laufen zu können, wetzte er durchs Schiff. Der erwartete Kugelhagel blieb aus, von den Killern war nichts zu sehen. Auf dem Vorplatz hatte er das Gefühl, dass wieder geschossen würde. Ben rannte über die Landstraße, die von Büschen gesäumt war. Stürzte die Böschung hinab, überschlug sich und kullerte abwärts. Mit lautem Getöse explodierte der Tank. Klirrend sprangen die langgezogenen Kirchenfenster. Ben kehrte dem Feuer den Rücken und rannte querfeldein, wobei er sich den Knöchel in der weichen Erde des Ackers verstauchte. Noch immer gillerten die Stim-men, die ihn jetzt sogar an die Psychopathin Keli erinnerten. Er lief darauf los, als hätte er den Teufel gesehen.

Jesús Arraiza Frauca, *Totengräber, 38 Jahre*

Es bleibt natürlich unter uns. Sehen Sie, ich habe eine Frau und fünf Kinder. Wen ich da eingrabe oder ausgrabe ist mir egal. Hauptsache, es bleibt was hängen. Wenn Sie mir entge-genkommen, erzähle ich. Danke. Es ist nämlich so: wir besor-gen die Friedhöfe zwischen Astorga und Órbigo, das sind sechs an der Zahl einschließlich Benavides, das nördlich liegt. Trotzdem ist kaum was los, und das bei diesen Miet-preisen in Astorga! Damals habe ich einen Batzen Geld gekriegt, da fackle ich nicht lange. Von wem? Tut nichts zur Sache. Mich haben sie gefragt, weil ich den Schlüssel fürs Schauhaus hatte. Zwei Typen, ja. Dann bin ich direkt raus-marschiert zum Grab einer Frau und habe in die Hände gespukt. Die war vielleicht ein Jahr h-inüber. Die Knochen hab ich in den Sarg gelegt und Steine dazu, damit das Ge-wicht stimmt. Ganz unter uns. Wenn Sie mich fragen: die wollten einfach nicht, dass jemand buddelt und dumme Fragen stellt.

IX

Im Gefängnis hatte er tief schlafen können, während zwei Männer in der Zelle stritten und überall im Block die Gitterstäbe klirrten. Aber wenn sich am gewohnten Geräuschmuster etwas änderte, wachte Eddy auf, sprungbereit wie ein Tier. Mit schnellem Griff zog er den Revolver unter dem Kopfkissen hervor, zielte ins Halbdunkel – da waren Gitterstäbe. Eddy kapierte nicht sofort. Es schnarchte, schnaubte und prustete um ihn herum. Nein, es war nicht der Trakt für schwere Jungs der JVA Straßburg. Dafür bauchten und kratzten die Matratzen zu sehr, dafür roch es zu schlecht. Von allen Seiten stank es nach Schweiß und verbrauchter Luft.

174

Nur eine Kloake war schlimmer als diese Refugium genannte Pilgerherberge.

Sein Mund war trocken, und obwohl das Fenster offen stand, bedeckte ein Schweißfilm seine Stirn. Sein rechtes Bein begann unwillkürlich zu zucken, und es verging eine Minute, bis er den Tick unter Kontrolle gebracht hatte. Der Elsässer schlug das Laken beiseite und setzte sich auf die Bettkante. Zu seiner Überraschung fühlte er leichten Schwindel. Er trank einen Schluck Wasser aus der Plastikflasche und aß das Stück Schokolade, das er in dem blauen Rucksack entdeckt hatte. Dann betätigte er die Leuchtanzeige der Armbanduhr, sah den Sekundenzeiger tanzen und zählte die Pulsschläge. Eddy hatte eine Angstattacke. Verdammtes Herzrasen. Die Angst kam nachts, wenn er ans Gefängnis dachte. Er musste sich dringend entspannen. Nervös fingerte er Streichhölzer und Zigaretten aus dem Kartenfach des Tragesackes, nahm ein paar tiefe Lungenzüge und schnippte die Asche auf den Boden.

„Sie können hier nicht rauchen", sagte so ein Idiot auf englisch. Mit französischem Akzent. Gleich darauf wälzten sich die Körper über ihm und neben ihm wie eine Herde Buckelwale, die gemeinsam durchs Meer pflügten. Eddy schob die Waffe unters Kissen und drückte die Kippe am Gestell aus. Im Grunde wollte er nicht rauchen, denn es war schwierig, sich das Laster wieder abzugewöhnen. Es waren die quälendsten Tage im Knast gewesen, an denen er keine Zigaretten zur Verfügung hatte, und für den Fall, dass er wieder ins Loch musste.... Je länger er überlegte, umso sicherer war er, dass es nie wieder passieren würde. Eher wollte er seinem Leben ein Ende setzen. Warum nur hatte er Bruno ausradiert? Weil er angeschossen war? Aus Misstrauen? Bruno fehlte ihm irgendwie, denn Bruno war sein Gehirn. Und im Vergleich zu den Pilgern eine geplegte Erscheinung. Eddy tastete unter das Bett, bis er die ovale Einkaufstasche spürte, den metallenen Schaft und die Kiste. Seine Rückversicherung. Die Fahrkarte in die Hölle für den Bastard aus Berlin.

Als das Feuer kam, packte er die Munition und das Fernglas, verließ den Cherokee. Das SVD in der anderen Hand lief er rückwärts, sah, wie Borowiak aus dem Portal humpelte. Er hielt sich die rechte Hand, als ob er Schmerzen hätte. Eddy schoss einhändig, aber der Bursche war seitlich abgeschwenkt. Eddy flitzte zum Portal, als der Detektiv in die Gasse wischte. Dort sammelten sich Bürger aus Hospital, während der Typ nach links in die Hauptstrasse rannte, Richtung Leon. Der Tank explodierte, und die Druckwelle warf Eddy auf die grauroten Fliesen. Er musste sich in Sicherheit bringen, der Mesner sprach sicher Bände. Er würde dem Staatsanwalt das Plädoyer ziemlich erleichern. Ein Hitzkopf wie Eddy hatte keine Chance, wenn ihn der Polizeiapparat registriert hatte und anlief mit Spurensicherung, Fahndungscomputern, Sokos und Tausenden eifriger Sesselfurzer. Er spurtete nach hinten, wo das Feuer prasselte und knackend und knisternd auf das Chorgestühl sprang. In der Sakristei durchwühlte er Schränke, Fächer, Schubladen. Manche zog er heraus, andere entleerte er auf dem Boden. Dann warf er das

SVD in eine blaue Henkeltasche. Legte das Hochleistungsfernglas und die Kiste hinein, wickelte eine Plastiktüte über den vorstehenden Lauf. Durch den Türspalt sah er, dass ganz Hospital auf den Beinen war und kletterte durchs Fenster zum Kräutergarten. Überquerte eine Mauer, kurvte um ein Wohnhaus. Als die lokale Polizei eintraf, mischte er sich unter die Schaulustigen. Im Bogen bewegte er sich um die Kirche. Borowiak war in westlicher Richtung geflitzt, bis die N120 von dornigen Sträuchern gesäumt wurde. Von dort die Böschung hinabgekullert. Weiter hinten liefen die Bahngleise. Ein lautes, rhythmisches Geratter drang in Eddys Ohren, als er die Gegend mit dem Fernglas absuchte. In Sichtweite Ruinen. Hinter den verfallenen Mauern tauchte ein Hirte auf, der mit seinen Rindern vom Feld kam und auf das Sirenengeheul lauschte. Feuerwehr und Polizei rauschten auf der Hauptstrasse heran. Der Himmel war rot, der von den Tieren aufgewirbelte Staub ließ die Landschaft verschwimmen, als wäre es eine magische Vision. Eddy wusste plötzlich, wo und wie er den Stier erlegen würde. Und dass es seine Bestimmung als Matador war, sein persönlicher Weg der Leidenschaftlichkeit und des Feuers, ihn zur Strecke zu bringen, koste es was es wolle. Etwas ähnliches entnahm er eine Stunde später den Worten des Herbergsvaters, der das Abendgebet vortrug.

„Der Tod ist unser großer Verbündeter, weil er unserem Leben den wahren Sinn gibt. Doch um das wahre Antlitz des Todes zu sehen, müssen wir alle Ängste und Schrecken kennen, die die einfache Erwähnung seines

Namens in jedem Lebewesen zu wecken imstande ist", sagte er neben vielen anderen Dingen, während die Pilger mit gefalteten Händen vor den Tellern saßen. Vor ihnen lag eine gebackene Lammschulter, garniert mit Artischockenherzen und Kartoffeln, während der fromme Mann nicht fertig wurde, von der menschlichen Natur zu palavern. Angesichts der Katastrophe im Ort kam er immer wieder auf die Unausweichlichkeit des Todes zu sprechen. Alle beteten in großer Betroffenheit und Eddy stimmte in das Geleiere ein. In den Gläsern wartete ausgezeichneter Riojawein. Während die Fürbitten an den nackten Wänden des Speisezimmers widerhallten, studierte er die bärtigen, finsteren und einfältigen Gesichter der Runde. Ungeheuerliche Typen im mittelalterlichen Gewand, unterwegs mit Dreispitz, Pilgerstab und Kalabasse, als warteten sie auf das Casting für einen Ritterfilm. Für Eddy kaum vorstellbar, dass sich jemand freiwillig in diesen Alptraum begab. Aber es war die einzige Herberge und er hatte den Namen des Detektivs im Register gelesen. In dem herrenlosen Rucksack gab es ein Holster, Turnschuhe der Grösse 42, Polo-Shirts, Wechselkleidung, die einem mittelgroßen, schlanken Mann gehörte sowie Waschzeug in einer ALDI-Tüte. Dieser Amateur war prädestiniert für ein Spielchen. Mit knappen, sublimen Pases – sie hießen nach einem legendären Stierkämpfer der zwanziger Jahre manoletas – den Stier an sich vorbeilotsen. Sich auf die Zehenspitzen stellen, die Klinge anlegen, ihm mit einer einzigen eleganten Bewegung, einer mondänen Geste der Unterwerfung, die Halsschlagader durchschneiden.

„Ach ja, eine Frage, wenn's gestattet ist", krähte Eddy. Er meinte den Hospitalero mit Namen Santiago, der so lange und eintönig über das Schicksal referiert hatte. „Stimmt es, dass man am Karfreitag kein Fleisch essen darf?" Die Anwesenden wirkten betroffen und kauten nur noch zögerlich. Daran hatte anscheinend keiner gedacht. Santiago, der nach dem Gebet von den exzellenten Wurstwaren aus Ponferrada und dem dreieckigen Käse aus dem Bierzo geschwärmt hatte, hielt inne. Sogar eine Schweißperle bildete sich, aber es ist nicht sicher, ob durch das angestrengte Nachdenken oder die Temperatur im Speisesaal. Es war so still, dass man die aufgeregten Stimmen auf der Straße hörte. Jeder fühlte, dass an diesem Tag in Hospital die kirchliche Ordnung verloren gegangen war. Schweigend schoben einige Anwesende ihre Teller von sich oder trugen sie nach draußén, während Eddy den letzten Knochen abnagte. „Oder gilt das für Pilger nicht?"

Am Morgen brachte ihn das Taxi nach Astorga. Eddy musste den eifrigen Chaffeuer hindern, ihm den Rucksack abzunehmen, aus dem das umwickelte Gewehr ragte.

„Haben Sie heute früh Nachrichten gehört?" fragte er redselig. „Die haben den Fahrer ermittelt!"

„Sie meinen das Auto, das explodiert ist?"

„In Paris angemietet. Von einem Schweizer Polizisten."

„Und – wie bringt uns das weiter?" fragte Eddy unwirsch.

„Der Kirchendiener ist zu keiner Aussage fähig. Aber Mosén Millán konnte einige Angaben machen. Der Mann, der in der Kirche war - Ben Borowiak aus Berlin. Die Fahndung läuft auf Hochtouren. Der Bischof von Astorga hat eine Belohnung auf ihn ausgesetzt."

Das Thema ließ den Fahrgast scheinbar kalt, indes dachte Eddy ans Gefängnis; dass ihn die Bullen drankriegen konnten wegen der gottverdammten Nacht in der Herberge. Sie würden ihn jetzt mit diesem Kretin aus Neukölln verwechseln, und das war nicht gut. Borowiak musste sterben, damit er, Edmond Lassalle, in Ruhe gelassen wurde. Er drehte den Rückspiegel zu sich, band das rote Haar zum Zopf, setzte die Sonnenbille auf – Eitelkeiten eines Matadors. In Astorga wollte er endlich ein passendes Outfit suchen. Noch immer trug er das hellblaue, kurzärmelige Hemd, die Leinenhose, bestickt mit goldenen Tennisschlägern, und den Gürtel mit einer wie ein Delphin geformten Schnalle. Den Zustand der Kleider würde kaum jemand als gut bezeichnen; aber so hielten ihn alle für einen Pilger.

„Das zieht selbst Zapatero die Schuhe aus!" schwadronierte der Taxifahrer, den Kopf schüttelnd.

„Apropos Schuhe. Stellen Sie sich vor" sagte Eddy plötzlich, „meine Slipper waren durchgelatscht, und dann finde ich im Refugio Turnschuhe, die mir genau passen."

Der Spanier lachte. „Das sind die Wunder des Jakobsweges."

Für Eddy glich Astorga den anderen Käffern, tröge katholisch, mittelalterlich, mit zentralem Park und Kathedrale. Der von Gaudi gebaute Bischofspalast wäre ihm die liebste Kulisse für ein galantes Spielchen. Eddy musste allerdings zu dem nahegelegenen Spital, das Unfälle versorgte, kleine Brüche, Verbrennungen. Ganz wie er vermutet hatte: in dem 14.000-Seelen-Städtchen existierte eine einzige Adresse, die Clínica *El Aljibe* in der Avenida Las Murallas 66.

Links von der verglasten Vorhalle war eine Auffahrt mit dem Schild „Zentrale Notaufnahme". Eddy wählte den Haupteingang. An der Empfangstheke diskutierten ein älteres Paar und ein Marokkaner. Er hatte ein Formular vor sich und einen Kugelschreiber und redete wie ein Wasserfall.

„Ist bei Ihnen ein Benjamin Borowiak untergebracht?" fragte Eddy dazwischen, angespannt und nervös. Der Pförtner reagierte nicht und starrte ihn grinsend an.

„Ein Notfall!"

„Seit wann hier?" fragte der Mann nach einer Pause.

„Gestern nacht."

Der Pförtner starrte wie blöd auf den vor ihm liegenden Plan. Vielleicht der normale Ausdruck seines Gesichtes in Ruhestellung, dachte Eddy. Er hasste diesen widerlichen Geruch nach Desinfektionsmittel. Sollte er seinen Dienstausweis vorlegen?

„Ach der. Von Kopf bis Fuß mit Schlamm bespritzt. Die Schuhe steckten in einem Panzer aus Lehm."

Der Pförtner blätterte von vorne nach hinten und fing wieder bei dem vordersten Blatt an. Eddy vermutete, dass die Polizei gleich aufkreuzen würde.

„Er kam über die Notaufnahme", meinte er.

„Würden Sie gnädigerweise sagen, wo ich ihn finde?" sagte Eddy gereizt.

„Fragen Sie im dritten Stock in der Dermatologie. Aber ich kann Sie nicht nach oben lassen."

„Was?"

„Sie müssen das Gepäck abgeben!" schrie er hinter ihm her. Eddy hetzte durch die Vorhalle. Als er um die Ecke rasselte, rammte er eine Patientin, die auf Krücken zum Kiosk stelzte. Zwei Krankenpfleger kamen mit einer Rollbahre entgegen. Im Aufzug entsicherte er den Revolver und versenkte ihn im Hosenbund. Vor der Station war der Wartebereich mit einem Wasseraufbereiter.

„Man muß zuerst eine Nummer ziehen", sagte eine Frau im Schlafrock, die auf einem der Plasikstühle saß. Sie las *El Diario*.

„Wissen Sie, an wen mich ihr 3-Tage-Bart erinnert? Antonio Banderas."

„Sieh mal einer an", erwiderte er grob.

„Haben Sie diesen Film gesehen, wo er den kranken Mann spielt und im Rollstuhl sitzt?"

„Wie?"

„Ich glaube, es hat mit ihrem Lächeln zu tun."

„Ich lächle nicht." Eddy fühlte das kalte Metall an seinem Rücken. „Hier steht geschrieben: zur Vorsprache bei Sterbefällen keine Wartenummer notwendig."

„Ein Sterbefall?"

„Das garantiere ich Ihnen!"

Die Glastür öffnete sich automatisch, er jagte in den Flut wie ein Bluthund. Durch die Scheibe sah er die

Stationsschwester. Links die Hängeschränke, zwei Kunstdrucke an der Wand, helles Büromöbel aus Kiefernholz, darauf Schüsselchen und Medikamente. Sie hatte ausnehmend große Brüste, soweit er das beurteilen konnte, schwarzes Haar, emanzenhaft kurz und gerade geschnitten. Eddy fragte ohne Umschweife nach Borowiak. Sie fasste sich an die blaugetönte Brille und schürzte die Lippen, als sie die Akte des Berliner Patienten studierte. Dann klopfte sie mit dem Kugelschreiber auf das Schreibbrett.

„Da muß ich Sie leider vertrösten."

Den Kommisston konnte er überhaupt nicht leiden.

„Sie können ihn jetzt nicht besuchen. Er hatte gestern nacht eine Operation. Unsere Besuchszeiten sind…"

Eddys Faust traf sie wie ein Hammer. Das Häubchen flog auf den Boden. Er spannte den Hahn und drückte ihr die Kanone ins Doppelkinn.

„Ich frage nur einmal. Wo liegt er?"

„Zimmer 316"

„Diese Pillen, was ist das?"

„Valium."

„Du wirst sie fressen, Stück für Stück."

Während sie die Tabletten schluckte, betrachtete er ihren fleischigen Nacken.

„Wenn du einen Laut von dir gibst…" flüsterte er. Eddy konnte nicht widerstehen und tauchte seine Zunge in ihr Öhrchen, überzog es mit einem feuchten Film. "Dann mache ich dich kalt!" Am liebsten hätte er das Teil abgeschnitten und als Trophäe behalten, aber für seine

Passion blieb keine Zeit. Er zerrte sie über den Flur und sperrte sie in den Putzraum.

Borowiak lag auf der Spezialstation für Brandverletzte. Wie Eddy aus dem Belegplan las, gab es auf dem Zimmer keinen anderen Patienten. Eddy fieberte auf Nummer 316 zu, den Revolver in der Hand. Der Raum lag im Halbdunkel. Gegen das Fenster erkannte er einen eingebundenen Patienten. Zwei Kissen fixierten den Kopf, so dass er sich nicht mehr als zwei oder drei Zentimeter nach links oder rechts drehen konnte. Seine Handgelenke waren mit Verbandsmull ans Bett gebunden, was ihn wohl daran hindern sollte, das Gesicht zu betasten oder an den Verbänden zu zupfen. Rechts und links von seinem Bett Schläuche und Flaschenständer. Klare Flüssigkeit tropfte ihm in beide Arme. Als der Revolver auf ihn zeigte, begann er zu röhren wie ein Hirsch. Sein Unterkiefer war geschient und auch die Lippen konnte er nicht bewegen. Der Lauf näherte sich dem Kopf, das Stöhnen wurde lauter, heftiger, eine Orgie des Schmerzes und der Angst. Die Augen schienen aus den Höhlen zu treten. Eddys Blick fiel auf den Koffer. Im selben Augenblick hysterisches Schreien. Wie ein Blitz fuhr er herum, in der Hand den gefälschten Dienstausweis – sonst nichts.

„Sind Sie die Ehefrau?" fragte er auf Spanisch.

Sie nickte und trat aus dem Badezimmer.

„EUROPOL! Wo ist der Deutsche? Wir suchen ihn wegen Mordes."

„Ach du lieber Gott! Er ist hier raus marschiert und hat ein Taxi genommen."

Maria Gonzalez, *Krankenschwester aus Peru, 28*

Der Palast von Gaudi war nie vom Bischof bewohnt. Sie müssen mal reingehen, er ist ein Traum. In einem Schloß zu wohnen, das kann sich nicht einmal so ein mächtiger Mann wie der Bischof leisten. Nein, er selbst residiert im Seminario Mayor, da hat er den Blick über die Ebene. Acht Kirchen auf 14.000 Einwohner, das stört mich nicht. Ich bin katholisch und der Bischof ist für mich eine Respektsperson. Schauen Sie sich nur einmal das Sozialwerk an: Kindergärten, Schulen, Altenheime, Wohnheime, Krankenhäuser, dazu die Herberge und ein fünf-Sterne Hotel für Pilger, das muß von straffer Hand geführt werden! Mir wäre es sehr schlecht ergangen, wenn er nicht persönlich eingegriffen hätte. Mein Mann Pablo ist Jäger, genau wie er, und da hat er mich ins Centro de Salud vermittelt, weil ich Krankenschwester gelernt habe. Im Supermarkt hieß es nämlich, ich hätte geklaut, die Polizei machte Schererein, weil ich keine Aufenthaltsgenehmigung hatte. Lange bevor Zapatero eine halbe Million Illegale zu Spaniern erklärte, hat er mich rausgehaut. Pedro und ich hätten sowieso geheiratet. Ohne kirchlichen Segen lasse ich niemanden in mein Bett, das können Sie mir glauben!

X

Das Gelenk war empfindlich verstaucht, aber nicht gebrochen – ein Haarriß vielleicht. Im Gesicht würde er einige Schnitte davontragen, und auf der Brust noch mehr, wo sich die Glasscherben in seine Haut eingekerbt hatten. Die Schnitte auf seiner Brust klafften hier und da auseinander, aber sie reichten nicht so tief und würden vermutlich in wenigen Tagen verschorft sein. Grössere Sorgen bereitete ihm die rechte Hand. Im Augenblick der Notwehr in der Kirche stand er derartig unter Adrenalin, dass er nichts spürte, als er sich verbrannte. Der Arzt hatte ihm Tetanus gespritzt, den Eiter und die alte Haut mit der Pinzette entfernt. Um Infektionen zu vermeiden wurde die Wunde mit einem antiseptischen Verband umwickelt. Obwohl er keine Probleme mit dem Essen hatte, hängte man ihn an den Tropfer, und das konnte er sich nur durch die übliche Geschäftemacherei erklären. Sobald Druck auf den Verband kam, tat die Blessur verflucht weh, auch wenn sie nur die Grösse eines Brillenglases hatte. Und dann bekam er die Nachrichten im Fernsehen mit, die ihn drängten, sofort aufzubrechen. Er vermisste Kleider, Schuhe und Waschzeug, aber es war zu gefährlich, zur Pilgerherberge zurückzukehren. Ben sprang in den ersten Wagen auf dem Taxistreifen vor der Klinik, aber auch da lief das Radio und berichtete über die Katastrophe. Eine Schießerei am Karfreitag – was für ein Fressen für die Medien! Dabei führte Borowiak die Hitliste der Meldungen an, als Jakobus-Attentäter, der landesweit gesucht wird. Mosén Millán hatte den Guardias eindeutige Hinweise gegeben, und das deprimierte ihn. Schon immer hatte sich die Kirche auf die Seite der Mächtigen geschlagen, sie war eine Instanz, von der man nicht mehr als blumige Worte erhoffen durfte. Der Bischof von Astorga hatte sogar fünfzigtausend Euro Belohnung auf seine Ergreifung ausgesetzt; nun würde ihn jeder Hirte und jeder Kleinbauer in Kastilien verfolgen. Obendrein hatte er den Killer auf den Fersen. Wie kalt oder wie krank musste dieser Mensch sein, der seinen Partner aus nächster Nähe in den Kopf schoss. Was danach geschehen war, konnte Borowiak genau so wenig nachvollziehen, es hatte etwas Irres, Irreales, sah aus, als sei Strom durch den Mann gefahren, als er schräg vor dem Tabernakel stand. Diesem Umstand allein verdankte Borowiak, dass er entwischte. Der Killer verharrte, die Munitionskiste in der linken, das Gewehr im Anschlag, als sein rechtes Bein zuckte; es zappelte, als sei es ein eigenständiger Körperteil, vom Träger des Beines unabhängig. Die weite Leinenhose flatterte aufgeregt, als jage ein Gebläse Luft durch sie hindurch. Fluchend ließ der Mann die Kiste fallen, presste die Hand auf den Oberschenkel, um den nervösen Tick zu beruhigen. Dieser Moment, als er das Bein bändigte, rettete Ben das Leben. Fast konnte man von einem Jakobus-Wunder sprechen, doch der Neuköllner realisierte, dass es manchmal besser wäre, auszusteigen anstatt sich auf göttlichen Beistand zu verlassen. Er hatte den Fall viel zu leicht genommen und jetzt ging es um die nackte Existenz. Ben dachte daran, sich bei seiner Rückkehr nach Berlin einen anderen Job zu suchen. Diese Arbeit als Detektiv, in die er nach seinem Rausschmiss aus dem LKA schlitterte, war allzu mies. Ihm war klar, dass Firmen in Vertriebs- oder Verwaltungsjobs schon kritisch waren, wenn jemand mal sechs Wochen ohne Beschäftigung war. Und er war mittlerweile schon 6 Jahre raus. Dass er sich wacker geschlagen hatte seitdem, das interessierte niemand. Wenn er sich um eine feste Anstellung bewarb, bekam er Absagen, die er nicht verstand. Oder man antwortete ihm überhaupt nicht, als würde er nicht wirklich existieren. So machte er immer weiter als Detektiv und versuchte, sich nicht hängen zu lassen. Die ersten Jahre hatte er sich durch Sport stabilisiert und seine Tage in ein Korsett gepresst, als wäre er noch angestellt. Früh aufstehen. Joggen. Vegan essen. Kein Fernsehen. Bewerbungen schreiben. Aber es half nichts. Er entfernte sich immer mehr vom Berufsalltag, versandete in Kneipen und verkrachte sich mit schrägen Frauen wie Keli. Dass sich die Psychopathin bei ihm eingenistet hatte, war der vorläufige Höhepunkt seines Absturzes. Und dieser Auftrag, auf dem Jakobsweg zu ermitteln, zeigte ihm, wie weit er inzwischen gesunken war: er riskierte sein Leben für ein paar Euro und für einen Auf- traggeber, der ihm durch und durch unsympathisch war. Ben fragte sich, was mit den Informationen passierte, die er an das provisorische Sekretariat im Kloster Moa- bit weitermeldete. Würde der alte Provincial seinen Posten kampflos räumen? Dass die Kirche zu einer effektiven Selbstreinigung nicht fähig war, dass hatten schon früher handfeste Skandale gezeigt, man brauchte nur an den Mißbrauch von Kindern zu denken. Also war es sicher besser, die dunkle Vergangenheit von Don Ignacio an die Öffentlichkeit zu bringen und die Verflechtungen des Ordens mit der Rauschgiftmafia anzuzeigen. Natürlich würde das wieder Verschwörungstheoretiker mobilisieren, die immer in- und ausländische Agenten vermuteten; die von Umsturzplänen sprachen, wenn ein Araber in Neukölln einen Laden für Beschneidungskleidung aufmachte; die Logen und finstere Mächte verantwortlich machten, wenn die Straßenbeleuchtung am Hermannplatz ausfiel. Ben kannte ihre Denkweise nur zu gut: er traf sie überall im Kiez, nicht nur im *Sandmann* oder an der Dönerbude. Würde er die Täter von Moabit präsentieren, dann spräche man auf der Straße von Marionetten oder Bauernopfern und nähme an, dass die wahren Schuldigen ungeschoren davon gekommen seien. Die Berliner Morgenpost hatte ohnehin behauptet, die Mafia stecke hinter der Sache. Wer aber würde ihm glauben, dass es ein arrivierter Bischof der Drahtzieher war?

„Wollen Sie nicht besser hier übernachten? In Rabanal haben Sie wenigstens einige Bars, Restaurants und Läden." Der lockere Laubwald öffnete sich. Sie fuhren auf einer schmalen Piste durch die Häuser, die sich rechts und links wie an einer Schnur reihten.

„Ich weiß schon, was ich tue!" sagte Ben, der sich nach dem verkürzten Krankenhausaufenthalt labil fühlte. Ihm schwindelte und eine Ruhepause hätte ihm wirklich gut getan.

Die Straße wurde steiler und der Taxifahrer schaltete zurück in den zweiten Gang. Sie ließen eine Viehtränke hinter sich, die Gegend wurde struppig und karg. Die Maragatería mit ihren rot leuchtenden, unfruchtbaren Böden erlaubte kaum landwirtschaftliche Nutzung. Fuhrleute und Maultiertreiber lebten hier in ärmlichen Steinhäusern, die einen Corral besaßen. Zusammen mit den schmalen Glockentürmen der Kirchen erinnerten sie an Westernfilme.

Eine Frage quälte ihn: Wie waren die Killer nach Hospital de Órbigo gekommen? Über seinen Plan, die Leiche Don Josés zu exhumieren, hatte er Ratzenberg im Rahmen seines täglichen Reports informiert, sonst niemanden. Wer also konnte ihn an die Gegenseite verraten haben? Entweder der Pfarrer hatte geplaudert, und direkt beim Bischof angerufen, oder die Sache war in Berlin durchgesickert. Bevor er den Gedanken ausspinnen konnte, wurde das Musikprogramm durch Meldungen unterbrochen. Er bat den Fahrer, das Radio endlich abzustellen, da ihn der Lärm störe. Die Straße schlängelte sich aufwärts zwischen Ginster, Stauden und steinigen Flächen, dann erreichten sie Foncebadón. Im Mittelalter eine wichtige Anlaufstelle, lag der Ort heute in Ruinen.

„Soll ich Sie wirklich hier absetzen?" fragte der Mann und hielt bei einem Vorfahrtsschild, das ein stabbewehrtes Männlein zeigte: Vorsicht! Pilger!

Als das Taxi ins Tal rollte, grüßte Borowiak per Hand-
zeichen. Gleich darauf spürte er Druck auf der verbun-
denen Hand und leisen Schwindel. Die Geisterstadt lag
direkt an einem Hang. Langsam humpelte er bergwärts
zwischen verfallenen Gebäuden, die einmal zu den
gastlichsten Stätten Kastilliens gehörten. Die Zeit und
die Witterung hatten die Dachbalken verroten lassen.
Man sah abgestürzte Bohlen, dann wieder die Überreste
von Büchern in den Gemäuern oder rußgeschwärzte
Feuerstellen. Zerbrochen lag die Tür eines ehemaligen
Wohnauses auf dem Boden. Aus dem Inneren schaute
Ben verwundert eine Kuh entgegen. Der Zerfall war so
weit fortgeschritten, dass oft nur Fassaden standen.
Salamander huschten über die Steine, die Unkraut
überwucherte. Ein stiller Ort mit einem weiten Blick
übers Tal. Menschenleer, scheinbar. Dem geschulten
Auge entging jedoch nichts; es gab Indizien, dass hier
jemand wohnte: vor einem schiefergedeckten Häuschen
mit bröckelnden Mauern lagerte frischer Müll. Als er in
den Essensresten und Zigarettenkippen stocherte, fühlte
er eine unscheinbare Bewegung. Durch das schmale,
zerbrochene Fenster roch es nach Ziege. Tiere entdeckte
er nicht, aber er hätte schwören können, dass für
Zehntel Sekunden das Gesicht eines Kindes vorbeige-
huscht war.
„Hallo? Ist da jemand?"
Ob er sich täuschte? Durch die Ritzen vernahm er ein
Geräusch wie von knackenden Gelenken. „Castulo?" Er
folgte dem ersten Impuls und zog die Bretterür auf. Das
Licht fiel auf staubbedeckte Dielen. Vor ihm hockte ein

schmuddeliger Typ in mittleren Jahren - vielleicht ein Landstreicher. Der Mann richtete sich im gleichen Moment auf, schob eine Hälfte seines Wachstuchumhanges zur Seite und packte ihn am Arm. Genau dort, wo der Verband war. Wahrscheinlich wollte er Ben ins Haus zerren. Schmerz stieg auf, ihm wurde schwarz vor Augen. Ben fiel auf die Bretter. Und dort blieb er liegen.

Der Schlag eines Sarges auf die Erde
Ist ein Laut vollkommenen Ernstes.

XI

Wie zuvor hockte der Typ auf den Fersen. Vollständig in das Wachstuch gehüllt, hatte er die Gestalt eines Bären oder eines anderen plumpen Tieres. Die Tür war jetzt geschlossen. Ben erkannte ein hartes, listiges Gesicht, das Haar, pechschwarz, fiel bis auf die Schulter. Er schüttelte den Kopf und überlegte, wie lange er im Dreck gelegen haben mochte. Der Regenmantel bauschte auf und er sah, dass der andere darunter eine Eisenstange trug.

„Sind Sie Castulo?" stammelte Ben wie ein Idiot. Sein Hirn kam nur langsam auf Touren. Das letzte, was er erinnerte, war dieses seltsame Verkehrsschild, das vor Pilgern warnt. Der Mann reagierte nicht. Stattdessen blickte er zu dem Jungen am Fenster. Auf dem Stroh fläzte ein zweiter, sehr hagerer Mann. Sein Gesicht verdeckte ein ungepflegter Bart. Als er grinste, entblößte er verfaulte Zähne. Sie schienen Zigeuner. Die Männer waren Ende dreißig, den kleinen schätzte Ben auf sechzehn. Mit Mühe drehte er sich seitlich und schaffte es, den Oberkörper aufzustemmen. Dann begann er in seinen Taschen zu wühlen. Die verbrannte Hand schmerzte. Die Bewegungen wurden hektisch, während er weiter in den Taschen stöberte. Er starrte die Zigeuner empört, ungläubig und hasserfüllt an.

„Ihr verfluchten Schweinehunde. Räuber. Wo ist meine Brieftasche?"

„Wir stellen die Fragen. Was willst du hier?"

„Ich suche einen Bekannten - Castulo."

„Zu spät. Der hat sich verpfiffen."

Die zwei anderen lachten. Sie sprachen einen Dialekt miteinander, vielleicht Caló. Dann sagte der Hagere: „Er lebt am Cruz de Ferro. Du kannst ihn von mir grüssen."

Wieder lachten sie hämisch.

„Wofür zum Teufel braucht ihr meine Hausschlüssel?"

Dass Zigeuner in vielen EU-Ländern bald die Mehrheit stellen würden, ließ das vereinte Europa nicht sympathischer erscheinen. Über kurz oder lang würden sie alle nach Berlin kommen, da war sich Ben sicher. Und dass sie seine Schlüssel geklaut hatten, war schon ein erster Vorgeschmack. Ben machte eine Bewegung, um aufzustehen. Der Landstreicher versetzte ihm einen Tritt, dass er rückwärts auf die Dielen flog. Der Kumpel betrachtete ihn vom Strohlager aus ungerührt oder belustigt, den Kopf unter seinem Schlapphut leicht geneigt. Blut rann aus der Nase und tropfte auf den Bretterboden. Die rötlichen Tropfen Blutes vor ihm, die hochgezogene Augenbraue des Landstreichers, sein dämliches Grinsen, der schräg aufgesetzte Balken über dem Türstock, das düstere Licht – viele Details trübten das Bild in diesem verfallenen Winkel der Geisterstadt und ließen ihn an Dämonen denken. Ben musste zugeben, dass er sich durchaus über ein weiteres Wunder freuen würde – so ein elegantes Zeichen wie gestern in der Kirche, wo der Killer vor dem Altar verharrte, mit einem zuckenden, außer Kontrolle geratenen Bein, und wo jemand das Feuerzeug auf dem Gebetbuch abgelegt hatte, direkt hinter ihm. Falls Jakobus heute seinen freien Tag hätte, versuchte Ben, ihn mit der einen oder anderen Fürbitte umzustimmen. Ja, fliehen würde ich gerne, verehrter Heiliger, am liebsten würde ich gleich aus diesem bösen Traum aufwachen und erkennen, dass ich in meinem Bett liege, daheim in Neukölln. Ich stecke dir sogar eine Kerze an, wenn das jetzt passieren sollte. Im Notfall, dachte Ben, würde er auch eine Waffe als Wunder akzeptieren, aber nur im Notfall, und natürlich würde er sie nicht benutzen, um jemanden ernsthaft zu verletzen. Merkwürdig, wie leicht ihm so ein Gebetchen von den Lippen kam, wo er doch eigentlich Atheist war, oder besser gesagt, ein Heide. Aber so, wie er in Berlin zwanghaft in den *Sandmann* ging, wenn er nicht mehr weiter wusste, so war es hier mit dem Beten. Jeder machte es, und so fiel es nicht weiter auf. Es hatte auch nichts mit philosophischen oder theologischen Lebensfragen zu tun. In manchen Landstrichen der Welt trank man eben Bier, in anderen schlug man das Kreuzzeichen, weil der genius loci es wollte. Heiliger Jakobus, der du mich auf den Jakobsweg geschickt hast in deiner unendlichen Gütte…

Plötzlich zerriss ein Martinshorn die Stille. Das Sirenengeheul näherte sich schnell und verstummte. Ein Hund bellte, dann fielen andere ein und veranstalteten ein wildes Konzert. Die Zigeuner stürzten zu den Fenstern.

Fünf Männer stiegen aus den Autos, drei aus dem Seat der Polizei, zwei aus dem BMW des Ordinariats.

„Er steckt die Nase in Angelegenheiten, die niemand etwas angehen", sagte der Bischof zu seinem Sekretär. Der vom Atlantik kommende Wind fegte über den Bergkamm und blähte die dunklen Umhänge, als sie auf die Polizisten zu schritten. Sie trugen breitkrempige Monsignore-Hüte und waren bewaffnet.

„Wo hat ihn der Taxifahrer hingebracht?" fragte der Bischof.

„Zu diesem Schild."

„Glauben Sie, dass es der Gesuchte ist?"

„Ojalá. Ohne Gepäck und verletzt! Was will er hier?"

„Was meinen Sie, Oberstleutnant?"

Jose Antonio Rodriguez Bolinaga, Leiter der Guardia Civil, blickte auf seine blank geputzten Stiefel und nickte. „Ein guter Unterschlupf für Terroristen. Wir durchkämmen jeden Winkel. Sie verzeihen, Eminenz, erst die Durchsage."

Der Generalvikar hatte sich für einen Repetierstutzen mit Leuchtabsehen entschieden während der Bischof seinen Drilling dabei hatte, eine klassische Kombinationswaffe mit zwei querliegenden Schrotläufen und einem darunter angeordneten Kugellauf. Er bevorzugte dieses Gewehr, denn es hielt ihn bei der Jagd flexibel. Die großkalibrige Kugel wurde für Entfernungen bis maximal 200 Meter vornehmlich für Schalenwild und Raubwild eingesetzt. Mit den beiden Schrot-läufen beschoss er dagegen Niederwild mit Ausnahme des Rehwilds auf Entfernungen bis 35 Meter. Die Jagd war eine der Passionen des Bischofs. Zur Saison war er oft mit dem Generalvikar und Honoratioren aus Astorga unterwegs und kannte die Gegend wie seine Westentasche. In den Bergen um Foncebadón traf man vor allem auf Wachteln, Hasen und andere Kleintiere. Wenn es um eine gerechte Sache ging würde er auch Schnüffler bejagen. Der Polizeichef griff zum Mikrofon, während die beiden Gendarmen die Pistolen zückten. Ihre Koteletten sassen so tadellos wie die dunkelblauen Uniformen.

„Wir haben genug von Ihnen, Borowiak, und dem ganzen gottlosen Gesindel! Kommen Sie mit erhobenen Händen raus, dann kriegen Sie eine faire Verhandlung. Ergeben Sie sich!" sagte er, während er den anderen bedeutete, auszuschwärmen. „Das ist Ihre letzte Chance, mit heiler Haut davonzukommen."

Die Zigeuner öffneten einen Spalt breit und berieten sich in ihrer Sprache. Verdächtige Stille ringsum. Noch waren die Angreifer unsichtbar. Vor dem Stall trennten sich die Zigeu-ner und schlichen davon, jeder in eine andere Richtung. Ben schleppte sich ans Fenster, um die Lage beurteilen zu können. Gleich darauf vernahm er Schüsse, Schreie und dazwischen die Zurufe, mit denen sich die Häscher verständigten. Den Jungen hatten sie sofort geschnappt, er rebellierte mit zarter, heller Stimme, während ihn ein Beamter in Handschellen zum Seat schleifte. Drei Männer veranstalteten ein Kesseltreiben mit dem hageren Zigeuner, dessen Schlapphut davonflog, als er sich über ein Gemäuer schwang. Die Schüsse gal-ten offenbar dem Landstreicher mit dem Wachstuchumhang. Sie entfernten sich von der Ruinenstadt in südlicher Richtung. Dann knallte es lauter, näher, zweimal, dreimal. Ein schriller Schrei folgte. Der Polizeichef kehrte mit den beiden Geistlichen zurück und forderte Verstärkung an sowie einen Krankenwagen. Er hatte es eilig, talabwärts zu fahren, um dem Flüchtigen in Rabanal den Weg abzuschneiden.

„Der kleine Zigeuner" sagte er zufrieden zum Bischof. „Nach dem haben wir seit einem Jahr gesucht. Die Burschen gehören zur Bande um den ehemaligen Bergarbeiter José Emilio Suárez Trashorras. Die handeln mit Drogen und Sprengstoff. Laut der Staatsanwaltschaft, haben sie auch das Dynamit für die Bomben am 11. März aus einer Mine gestohlen und an islamistische Terroristen geliefert."

Der Oberstleutnant klopfte sich den Staub aus dem Ärmel. Die Uniform blitzte wieder makellos. Er wies auf den Jungen, der wie ein Häufchen Elend im Plafond des Seat Leon Stylance 2.0 TDI saß. Der Sechszehnjährige werde konkret beschuldigt, vor einem Jahr in einem Rucksack 20 Kilogramm Sprengstoff von Oviedo nach Madrid gebracht und dort dem Marokkaner Jamal Ahmidan übergeben zu haben. Einem der sieben Terrorverdächtigen, die sich im April in einem Madrider Aussenbezirk in die Luft sprengten, als sie festgenommen werden sollten.

„Was ist mit Borowiak?" fragte der Bischof und schob neue Patronen in den Lauf des Drillings.

„Wir haben das bei dem Verwundeten gefunden – eine Brieftasche mit Personalausweis auf den Namen Benjamin Borowiak. „Der Zigeuner wars. Er reist unter falschen Namen."

„Kann mir nicht vorstellen, dass so einer Jesuiten ausbuddelt", brummte er. „Oder in die Kirche geht."

„Wir machen eine Gegenüberstellung in Hospital" sagte Bolinaga. „Wenn es der Jakobus-Attentäter ist, müssen Sie die Belohnung lockermachen." Er lächelte. „Dann kann sich die Polizei von Astorga auch einen Palast bauen!"

Heiliger Jakobus, bitte für uns.
Du Sohn des Zebedäus und der Salome – bitte für uns.
Du Fischer am See Genezareth – bitte für uns.

Du Apostel des Herren – bitte für uns.
Du erster Märtyrer aus der Apostelschar – bitte für uns.
Du Patron der Pilger – bitte für uns.
Du Patron der Suchenden – bitte für uns.
Du Patron der Strauchelnden – bitte für uns.
Du Patron der Verirrten – bitte für uns.
Du Patron der Sterbenden – bitte für uns.
Du Patron der Fischer – bitte für uns.
Du Patron der Apotheker und Drogisten – bitte für uns.
Du Patron der Schuhmacher und Wachszieher – bitte für uns.
Du Patron der Arbeiter und Lastträger – bitte für uns.
Du Helfer gegen Rheumatismus – bitte für uns.
Du Patron für die Feldfrüchte – bitte für uns.

XII

Herrlich war der Ausblick von hier oben auf die sanft geschwungene Berglandschaft, deren Gipfelregion sich die Pilger betend und singend annäherten. Über ihnen schwebten Wolken wie Zeppeline. Sie nahmen den Fußpfad, der rechts von der Landstraße beginnt. Als sie auf 1504 Metern am Cruz de Ferro Steine niederlegten, quälte Ben der Schmerz, der von dem lädierten Arm ausging. Er pausierte kurz, als die Sonne schon wieder verschwand und die Temperatur um gefühlte 5 Grad absank. Das Wetter war dieses Jahr auch in Spanien ein eigenartiger Frühling-Herbst Hybrid, ein verwirrter meteorologischer Mutant. Auch wer nicht an die globale Erwärmung glaubte, fühlte sich mitunter in einen Emmerich-Film versetzt mit dem gewissen Endzeit-Feeling. Ben dachte darüber nach, wann der beste Zeitpunkt gewesen wäre, um aus dieser widerwärtigen Geschichte auszusteigen, als ihn eine Gruppe aus Regensburg einholte, die einem Reisebus entstiegen war. Ausgerüstet mit Skihandschuhen, Rucksäcken und Teleskopstöcken begleitete ihn die älteren Herrschaften zu dem riesigen, aus Millionen von Steinen bestehenden Haufen.

„Wie friedlich. Kaum zu glauben, dass es hier einmal Überfälle gab", dozierte ein Senior in Thermohosen.

„Entsetzliche Verbrechen sollen sich hier abgespielt haben", mischte sich ein fleischiger Herr ein. Er trug ein Mützchen mit der Aufschrift *Regensburger Domspatz*. „Weswegen sich ja damals die Templer ansiedelten."

„Der alte Eremit…"

„Den suche ich!" rief Ben atemlos.

„Gaucelmo starb um 1123! Wissen Sie das nicht? Sie sind wohl nur unterwegs, weil irgendein Fernsehkomiker ein Buch geschrieben hat? Wie hieß der gleich? Das Steineschichten, also das ist eine uralte Tradition, schon seit den Kelten. Der Eremit hat das Symbol erst zu etwas Christlichem gemacht."

„Verdammt! Gibt es hier keinen, der noch lebt?"

Die Pensionäre waren pikiert und vermuteten einen Jakobskoller.

„Die Stunde kommt unweigerlich auf dem Camino, wo man an der Grenze ist, wo es nicht weiter zu gehen scheint."

„Sie sind allein unterwegs", schaltete sich ein Dritter ein, „und das ist gefährlich. Schon immer gab es in dieser Gegend Räuber und Wegelagerer!"

„Nein, man kann nur alleine gehen, weil jeder sein ganz individuelles Tempo hat", gab der Domspatz zu bedenken.

„Das trifft jeden Pilger. Der Camino ist eine Prüfung, egal ob man einzeln oder in der Gruppe…"

„Ich brauche keine Vorlesung über das Mittelalter. Ich will einfach nur den Eremiten finden!"

Die Pilger schüttelten den Kopf, riefen ihm aber nach: „Weiter unten, bei Manjarín soll es einen Einsiedler geben."

Das Gefälle half. Er überquerte abschüssiges Gelände, auf dem braune Gräser und Moose wuchsen und manchmal auch Ginster, Leimkraut oder Hauswurz. Die Luft war frisch und kalt. Über die Bergkuppen zogen lebhafte und säuselnde Brisen. Kein Baum, kein Strauch, der sie aufhielt. Das Klima war so rau, dass es angeblich noch im Sommer schneien konnte. Ein paar Vögel flogen in kurzen und präzisen Bahnen auf halber Höhe umher. Für viele Pilger mochte diese Wanderung ein großartiges Naturerlebnis sein. Die meisten unter ihnen waren Städter und so degeneriert, dass sie einen Wald oder eine spektakuläre Schlucht nur als Smartphone-Event kannten, als eine Dia-Show, die im Web geisterte. Für Ben war die Reise weder mit Beschaulichkeit noch mit Entschleunigung verbunden, und wenn er an Rückzugsorte dachte, dann war ihm der *Sandmann* in seinem Kiez tausendmal lieber. Als Heide war er immun gegen die Renaissance christlicher Werte. Der Grund, warum im 21. Jahrhundert so viele Leute anfingen, zu alten Kultstätten zu pilgern, lag doch im islamistischen Terror, diesem Frontalangriff auf die westliche Kultur. Durch eine Rückwendung ins Mittelalter konnte man die errungenen gesellschaftlichen Freiheiten jedenfalls nicht verteidigen.

Dieser ganze Mist mit dem Jakobsweg war doch nur dazu gemacht, Rentner zu beschäftigen wie diese Apostel aus Regensburg. Von wegen Wunder, die hier passieren … da lagen einfach Streichhölzer herum, die jemand in der Kirche vergessen hatte. Was soll daran mystisch sein? Die wollen Touristen in diese gottverlassene Gegend locken, um Kohle zu verdienen. Nichts weiter. Hype um Schuhe, die man verliert und findet, Erscheinungen von Heiligen in Notsituationen, Besinnung auf sich selbst … Hunde, die einen bedrohen; aber nicht beißen, weil man betet … da geht die Phantasie mit den Wanderern spazieren. Vielleicht hat ja auch der Killer eine wunderbare Erfahrung gemacht und verschwindet dahin, wo er hergekommen ist. HAHAHA. Geheilt von allen Ticks und den schlechten Erfahrungen, die er in der Banlieu von Paris oder in anderen Armutsbezirken gemacht hat. HAHAHA. Und im nächsten Jahr eröffnet er zusammen mit dem Papst eine Herrenboutique in Wuppertal!

Ben folgte einem landwirtschaftlichen Nutzweg, der im Nichts endete. Die wüst anmutende Vegetation bestand jetzt aus locker verteilten Büschen. Unterhalb der Felsen, in eine Mulde geschmiegt, die nicht jeder Wind bestreichen konnte, entdeckte er eine Behausung. In nicht allzu großer Entfernung davon die Ruine eines Stalles und ein ausgebranntes Auto. Er wartete auf der Anhöhe und wusste nicht ob auf einen Impuls, ein Omen oder eine Warnung, doch man hörte nur Hähne in der Ferne krähen und die Rufe der jagenden Sperber. Das Haus, etwas abseits des winzigen Bergdorfes Manjarin, war ohne Mörtel aus aufeinandergeschichteten Steinen in den Hang gebaut und mit Wellblech und Schiefer bedeckt. Steinbrocken sollten die zerbrochenen Platten hindern, bei stürmischem Wetter davonzufliegen. Als er näher kam, bemerkte er auf der Veranda einen Kaninchenstall aus Sperrholz. Es gab kein Obergeschoß, doch wegen des Gefälles war unter dem Haus Platz für ein Lager und einen talwärts gelegenen Stall, wo sich Flaschen und Müll häuften und Hühner gackerten. Mitten in der Pampa stand eine ausrangierte Badwanne. Hier sah Spanien so armselig und verwahrlost aus wie nach dem Bürgerkrieg, und was die Mischung aus Landstreichern, Zigeunern, Obdachlosen und Einsiedlern betraf, die am Rande der Finanzkrise vegetierten, erschien das Mittelalter als „Die gute alte Zeit", wo alles seine Ordnung hat. Die Vision des neuen Spanien war gescheitert, das Bild des alten Königreiches wieder greifbar. Ben klopfte an.

Eine ältere, männliche Stimme fragte durch die Tür, was der Fremde denn wolle. Ben bemerkte einen unangenehmen Geruch, der nicht vom Müll stammte. Es roch vielmehr so, als ob sich in der Berliner U-Bahn ein Penner neben ihn gesetzt hätte.

„Ich bin ein Pilger auf dem Weg nach Santiago und hätte gern einen Schluck heißes Wasser oder Tee. Ich bin sicher, Sie werden es mir nicht abschlagen."

Unwillig öffnete der Mann, der so stank wie ein alter Ziegenbock Seine untere Gesichtshälfte war von einem aschblonden Bart bedeckt. Die Haare auf dem Kopf wucherten wild und grau und hingen über die kastanienbraune Breitkordjacke. Ben trat in ein karges Zimmer mit einem Sofa, dessen Plastiküberzug eingerissen war. Er erkannte ein Buffet und einen Resopaltisch mit zwei Stühlen. Auf der altmodischen Anrichte befanden sich Bilder des Heiligen Herzens Jesu und einiger Heiliger sowie ein aus Spiegeln gefertigtes Kruzifix. Der gekalkte Raum hatte eine zweite Tür, hinter der ein Eisenbett stand. Durch die beiden Fenster drang kaum Tageslicht. Es dauerte eine Weile, bis sich Bens Augen an die Dunkelheit gewöhnt hatten. Den Mund voller Käse lief der Alte schmatzend zum Tisch, klappte sein Taschenmesser zu und verstaute es in der ausgebeulten Jackentasche.

„Ich habe gerade kochendes Wasser auf dem Herd" sagte er. „Ich besorge Ihnen ein Gefäß, damit Sie weiterziehen können."

Offenbar war er der Typ Höhlenmensch, der die menschliche Gesellschaft scheut. Anstatt sich um seinen Besuch zu kümmern, wühlte er minutenlang in einem Sack, dass es klirrte und klapperte. Ben setzte sich aufs Sofa. Sein Blick fiel auf den Tisch, auf dem ein Teller abgenagter Knochen stand.

„Haben Sie keine Angst vor wilden Tieren, hier draussen in der Wildnis?", fragte er.

„Tiere?" Der Mann schien ihn nicht zu verstehen.

„Was für Tiere gibt es in der Gegend?"

„Steinböcke, Wölfe, Hyänen." Der Alte verschwand im Nebenzimmer. Kurz darauf kehrte er zurück mit einer Konservendose, in der ein Teebeutel hing, und füllte sie mit heißem Wasser.

„Sie müssen sehr begabt und durchsetzungsfähig sein, um in so einer feindlichen Umgebung zu überleben."

„Begabt?"

Der Smalltalk kam offenbar nicht an. Ben musste daran denken, dass der Kauz sein wichtigster Zeuge war.

„Wie sind Sie zum Einsiedler geworden?"

„Es ist schwierig, wenn man sich entschlossen hat, sein Leben zu ändern, und nicht weiß, wie. Der erste Schritt besteht darin, alte Verbindungen zu kappen."

„Heisst das nicht, die Verantwortung zu leugnen für das, was wir getan haben?"

„Verantwortung?" Er dachte nach. „Wir versuchen ja, eine Ganzheit aus unserem Leben zu machen, so wie die Archäologen. Die versuchen auch, aus Fragmenten und Überlieferungen eine Entwicklung abzulesen. Mich trieb die Hoffnung, dass es ein Muster gibt. Dass nichts zufällig ist. Dass das Leben in Wirklichkeit ein Puzzle ist, bei dem alle Teile ineinanderpassen."

Der Wortstrom versiegte und der Alte blickte düster in das Glas, das vor ihm stand. Wahrscheinlich hatte er lange Zeit keinen Besuch gehabt und war es nicht gewohnt, viel zu reden. Nach einer Weile schob er wieder Käse in den Mund und kaute weiter. Im Vergleich zur Bude des Einsiedlers, angesichts seines Körpergeruchs und seiner abstoßenden Eßmanieren, empfand Ben seine eigene Wohnung daheim in Neukölln als Hort der Hochkultur. Der Penner brachte es fertig, gleichzeitig zu schmatzen, zu grunzen und zu furzen, wobei er Ben vollständig ignorierte. Es schien, als hätte er ihn ebenso vergessen wie das Gespräch. Das Schweigen wuchs sich aus zu einer unangenehmen Leere.

„Und? Haben Sie etwas gefunden?"

„Weder in der Geschichte noch in der Kirche kann ich viel Positives entdecken. Die Latifundistas sind heute Kapitalisten und die Mafia zieht die Fäden in der Politik. Aus den Mosaiksteinen ergibt sich keine Vision, weder für andere noch für mich. Nun frage ich Sie: wem gegenüber soll ich da verantwortlich sein?"

„Ich untersuche zwei Morde in Berlin. Dominikaner wurden beseitigt, als sie nicht mehr mitspielen wollten – ein Buchhalter und der Prior des Klosters."

„Was hat das mit mir zu tun?"

„Sie sind Castulo, der Pilgerführer und ehemalige Gutsverwalter der Familie Valdes. Sie sind die Schlüsselfigur, weil Sie Don Ignacio decken", rief Ben.

„Das ist eine Lüge! Trinken Sie Ihren Tee und gehen Sie, ich habe noch viel zu tun."

Auf dem Deckel der schwarzen Kiste barsten die schweren Brocken staubiger Erde.

XIII

„Sie sind kein Bulle", sagte der Landstreicher im grünen Wachstuch.

„Ich bin Torrero", erwiderte der Rothaarige mit dem Pferdeschwanz. „Nenn mich Eddy. Ich geb dir Geld, wenn du mir interessante Dinge erzählst von der Corrida da oben."

„Gehen Sie doch zu den Polizisten. Die wissen mehr als ich."

Verunsichert blickte der Landstreicher auf den Wanderer, der ihn am Rande des Waldes empfangen hatte - in einer goldbestickten kurzen Jacke, in hellen Bunthosen und Lackschuhen. Unter dem dreispitzigen Hut erkannte er einen leicht überstehenden Oberkiefer, große Zähne, grüne, wie Uhrengläser hervortretende Augen. Seine Haut war wie bei vielen Rothaarigen bleich und durchsetzt von Sommersprossen, Leberflecken und anderen Unreinheiten. Gerade wollte er ihm sagen, dass er sich verpissen sollte in seinem Karnevalskostüm, als sie die Sirene hörten. Mit atemberaubendem Lärm sauste ein Krankenwagen in zwei oder drei Kilometern Entfernung vorbei. Gehetzt blickte der Mann mit dem Indianergesicht und der faltigen, lederartigen Haut über die Schulter. Er hatte ein paar Haken geschlagen und die Verfolger abgeschüttelt, aber man konnte nie sicher sein.

„Das ist immer so vor einem Kampf: Süssigkeiten und Stofftiere werden verkauft, Nüsse, Wasser und Zigaretten. Du hörst den Lärm der Besucher, Krankenwagen fahren die ersten Herzinfarkte weg, Polizisten kommen, um Betrunkene und Schläger zu verhaften. Du siehst, die Arena ist voller Erwartung, die Luft vibriert."

Der Mann machte einen Schritt zur Seite, um weiterzugehen, als er den Revolver im Gürtel des Torreros sah.

„Stopp!" rief Eddy. „Beweg dich nicht, sonst ist das Spiel gleich vorbei!" Ohne den Blick zu wenden, lief Eddy drei Meter rückwärts und holte mit einem Griff eine muleta aus dem Rucksack, ein fast rundes Tuch, außen rot und innen gelb.

„Stell dir vor: ich bin perfekt ausgerüstet, um mich mit einer Bestie zu unterhalten."

Der Landstreicher zappelte unbehaglich, leckte sich die Lippen und kratzte sich mechanisch die schmutzigen Haare. Er bedauerte, seine Eisenstange da oben in Foncebadón weggeworfen zu haben.

„Nennen Sie mich Antonio."

„Wo bist du her?"

„Venezuela."

„Willst du mich verscheißern?"

„Meine Mutter ist eine Indio."

„Das macht dich rassig und wild."

Der Mann mit den Uhrenglasaugen holte eine Brieftasche aus seinem glitzernden, beigen Kostüm und zog einen 50-Euro-Schein heraus. Und während er diesen noch vor dem Gesicht des Landstreichers hin und her wedelte, rollte er ihn wie ein Zigarettenpapierchen und steckte ihn in den Saum der ausgebreiteten *muleta*. Der Venezolaner blinzelte nervös gegen die Sonne. Der Fremde war einen Kopf größer als er, wirkte durchtrainiert und kräftig. Er fragte sich, ob er es mit ihm aufnehmen könnte.

„Na los, mach schon" sagte Eddy tadelnd. „Ich habe dir einen Platz auf der Schattenseite reserviert. Du duckst den Kopf und läufst Richtung Wald. Wenn du es klug machst, kannst du dir den Geldschein holen."

„Wie ich schon sagte, ich habe Pilze gesucht da oben…"

Er brach ab, und schaute Eddy unsicher an, doch Eddy wartete auf die Fortsetzung. Sie standen am Rande des Laubwaldes, der Rabanal umschließt. Der Mann hatte seinen Rucksack an einem Baum abgestellt, aus dem ein mit Plastik umwickelter Schaft ragte. Darum war das Band eines Fernglases geschlungen, mit dem er ihn beobachtet hatte. Möglicherweise wartete er schon die ganze Zeit auf ihn. „Steinpilze und Pfifferlinge. Aber derzeit ist nicht die Saison, weil gerade erst Semana Santa ist."

Es entstand eine ungemütliche Pause.

„Los", sagte Eddy drohend. „Die Messe und der Stier-kampf fangen in Spanien pünktlich an."

„Oben in Foncebadón, da sucht die Polizei nach Ver-brechern."

„Ich geb dir eine letzte Chance" sagte Eddy gelang-weilt.

„Ein Deutscher ist bei uns aufgetaucht. Aus Berlin. Der wollte zu Castulo."

„Was heißt das: bei uns?"

„Darf ich mich setzen? Ich bin müde."

Eddy zuckte die Schultern. Der Landstreicher beugte die Knie und hockte sich langsam und schwerfällig auf die Fersen. Die rechte Hand tastete über den Boden und erwischte einen faustgroßen Stein. Sein Arm schnellte vor, um Eddys Knie zu zertrümmern. Stattdessen lief der Stoß ins Leere, der Körper fiel nach vorne in das rote Tuch, und er spürte den Absatz eines Lackschuhes auf dem Rücken. Eddy fixierte ihn mit dem ganzen Gewicht. Einmal, beim Essen im Knast, hatte ihn ein Gefängniswärter, der so ausschaute wie dieses Latino-würstchen, mit dem Knüppel aufs Bein geschlagen. Nur weil Eddy sagte, er könne den Fraß nicht mehr sehen. Der Mann hatte ihn geschlagen, weil er ihn hatte schla-gen wollen. Folter war das, er hatte sich dem nicht entziehen können, genauso wenig wie den Schlägen des Stiefvaters; der Oberschenkel war taub geworden vor lauter Schmerz. Eddy nahm den Schlagring aus der Tasche und knallte ihn dem Venezolaner ans Bein. Gut, der Mann brüllte. Sonst passierte nicht viel. Er wälzte sich einmal links und einmal rechts, hielt sich den rechten Oberschenkel. Der Schrei verebbte und Antonio rührte sich nicht mehr. Eine Reaktion, die Eddy nicht verstehen wollte. „So ein faules und feiges Vieh! Die Maultiere werden deinen stinkenden Kadaver aus der Arena schleifen. Man wird dich auspfeifen und bespucken, weil du dich nicht angestrengt hast."

Wieder griff die rechte Hand des Venezolaners. Er schleuderte Sand in die Richtung des Gegners, kam hoch und wollte wegrennen. Eddy holzte wie beim Fußballspielen damals im Gefängnis, hielt einfach das Bein dazwischen. Grätsche! Dazu Haltung und Gestik eines Caballeros! Antonio fiel empfindlich auf die Schnauze und stöhnte vor Schmerz.

„Mit großem Tempo und hocherhobenen Hauptes läuft der Stier aus seinem Verschlag. Er hält einen Augenblick in der grellen Sonne inne, wohl überrascht von der Menschenmenge, den Gerüchen und dem Lärm. Da bemerkt er den Gehilfen des Stierkämpfers, den Banderillero mit der gelbroten, schweren Capa." Eddy sprach, als ob er ein Gedicht rezitierte. Er hatte in der Gefängnisbibliothek ein einziges Buch gelesen, ein Buch über den Stierkampf, das kannte er in- und aus-wendig und trug gerne Passagen daraus vor. Während er sprach, machte er grazile Drehbewegungen mit dem Tuch.

„Verstehst du, Toni" sagte Eddy," ich bin wirklich ein *matador de los torros*. Richtig brutal. Ich morde aus Berufung. Du solltest besser erzählen, was sich ereignet hat."

Allmählich dämmerte es dem Indio, dass der Kerl verrückt war. Dass er keine Gnade kannte.

„Hör zu…". winselte er.

„Sonst werde ich dir die Hoden abreißen."

„Ich kann dir helfen, du bist fremd hier, aber ich kenne die Gegend um Cruz de Ferro wie meine Hosentasche." Eddy zog seine Hand aus dem Zaubertuch und hielt darin den Griff eines Schnappmessers. Nun ja, einen Degen hatten sie nicht gehabt in dem Spezialgeschäft, aber so eine scharfe und schwere Waffe fiel auf. Das Ding hier war praktischer. Es hatte an der Oberseite einen Knopf, der vom Daumen betätigt wurde, und als er darauf drückte, schnellte eine achtzehn Zentimeter lange Klinge mit leisem Klicken hervor.

„Gelb erglüht der frisch geharkte Sand."

Antonio sah die Klinge aus seinen Augenwinkeln und krabbelte einige Meter auf den Knien. „Ich kann dich zu der Hütte des Einsiedlers bringen." Seine instinktive Angst vor dem kalten Stahl ließ Tränen in seine Augen treten.

„Hör zu, ich habe ein Versteck mit Sprengstoff und Geld in einem kleinen Kaff. Nicht weit von Ponferrada. Zwanzig Kilometer von hier. Hinter den Bergen von Leon! Ich kann für dich sorgen. Es ist genug da für drei."

„Für drei? Wer gehört noch zu dir?"

„Niemand. Die anderen sind von der Polizei geschnappt worden. Alles ist für dich und für mich, wir teilen brüderlich."

Antonio kauerte vor ihm wie in einem Gebet, die Knie auf den harten, steinigen Boden gepflanzt. Das Geheul des Krankenwagens nahm wieder an Lautstärke zu.

„Du weißt jetzt über mich Bescheid und kannst mir vertrauen. Ich schenke dir sogar meinen Anteil, von mir aus kannst du alles haben."

Die Sirene wurde so laut und durchdringend, das in ihrem Jaulen die letzten Worte des Südamerikaners untergingen. Sein Schrei und der schrille Kreischen der Sirene wurden eins, sie ließen die Bäume erzittern und die Mäuse in ihren Löchern verschwinden. Stimmten ein in die spitzen Schreie der Flagellanten zur Semana Santa und das Gejammer der Klageweiber und Kriegswitwen. Eddy steckte das Messer zurück in die Seitentasche seines Kostüms. Bis zur Hütte war es ein Fußmarsch von eineinhalb Stunden.

Ben Borowiak, *Detektiv aus Neukölln, 42*

Von wegen, der Weg ist das Ziel. Hören Sie mal, Sie Heuchler! Woher wussten die Killer das ich in Orbigo war? Ist bei Ihnen etwas durchgesickert, hat jemand vom Kloster Moabit etwas erfahren und an Don Ignacio übermittelt? Ihr Spruch müsste eigentlich lauten: Der Detektiv ist das Ziel. Das Angriffsziel. Ich soll für Sie den Lockvogel spielen und Sie verpacken das in einen Wattebausch spiritueller Weisheiten. Sie haben keinerlei Skrupel, mich zu verheizen, dabei geht es um einen Doppelmord, Verbindungen zur Mafia, Geldwäsche undso weiter. Ich bin kurz davor, die Sache aufzuklären, ich habe Castulo aufgespürt und nehme seine Aus-

213

sage zu Protokoll. Ich schicke Ihnen die Datei auf Ihr Smartphone, sobald er ausgepackt hat. Dann liegt alles in Ihrer Hand. Aber ich rate Ihnen unbedingt, zur Polizei zu gehen. Die Auftraggeber müssen bestraft werden, allen voran Don Ignacio. Die Öffentlichkeit hat ein Recht darauf, zu erfahren, was er aus dem Pilger-büro gemacht hat. Ich muss Schluss machen. Mein Zeu-ge kommt gerade zurück in die Hütte. Ich erwarte, dass Sie handeln und endlich etwas für mich tun!

*Der Wind wehte den weißen
Hauch aus der tiefen Gruft empor und weg.*

XIV

Eine Sehne zuckte im Auge des Killers, als er die Kate unterhalb der Felsen entdeckte. Ansonsten blieb Eddy regungslos. Er befand sich sechshundert Meter Luftlinie und hundertfünfzig Meter Höhenunterschied entfernt. Von dem kleinen Wäldchen nördlich von Rabanal hatte er über den Pilgerpfad acht Kilometer zurückgelegt und war um 16 Uhr 32 an Ort und Stelle. Er hatte die Smith & Wesson im Gürtel, die Munition im Rucksack und natürlich auch das Präzisionsgewehr dabei. Er hätte es gerne zusammengebaut, doch das Visier fehlte. Eddy beobachtete das Anwesen mit dem Fernglas. Gegen 17.00 erschien ein korpulenter Mann mit langen, ungepflegten Haaren im Türrahmen, bekleidet mit einer Kordjacke. Der lief die zweihundert Meter zu der Ruine, eine Rolle Toilettenpapier unterm Arm. Nach fünf Minuten kehrte er zurück. Keinesfalls der Detektiv, und nicht die richtige Distanz, um zu schießen. Eddy dachte daran, dass er das Zielfernrohr im Cherokee hatte liegen lassen, und das war, um mit dem verblichenen Bruno zu sprechen, äußerst unprofessionell. Wut kam hoch. Sich in Geduld zu üben, das fiel einem Heißsporn wie ihm nicht leicht. Also riskierte er, gesehen zu werden, lief óhne Deckung abwärts und schob sich auf die Anhöhe. Zufrieden stellte er fest, dass er von hier aus in die Fenster schauen konnte. Das Spielchen mit dem Indio hatte zu seiner Erleichterung beigetragen, ließ ihn seinen Hass vergessen. Zum ersten Mal seit langem verspürte er Appetit. Er bemerkte es, weil der Mann in der Küche gerade in ein *bocadillo* biß.

„Die Brücke ist bekannt als Teil des Paso Honroso", erzählte der Einsiedler. „Ich habe José dorthin bestellt, um ihn nach Astorga zu bringen."

„War das mit Ignacio abgesprochen?"

„Er sagte, man müsse dem Jesuiten eine Lehre erteilen."

„Warum hat sich José darauf eingelassen?"

Castulo überlegte. Lange hatte er in der Einsamkeit gebrütet und sich das Hirn über solche Fragen zermattert. Es bereitete ihm Schwierigkeiten, das Geschehene in Worte zu fassen.

„Stellen Sie sich vor: ein Querulant – streitsüchtig, verbittert. Lebt allein und die Kirche ist, wie Sie sich vorstellen können, ein magerer Trost. Er war dankbar, schlicht dankbar, dass er reisen und diskutieren durfte."

„Existierte dieses Forum?"

„Der Zeitung *Republica* hatte ein Streitgespräch mit dem Bischof angesetzt. Im Gaudi-Palast. Aber keiner aus dem Ordi-nariat hat ernsthaft mit dem Jesuiten gerechnet."

Nach zwei Anschlägen auf sein Leben fühlte sich Ben so fidel wie ein Hundertjähriger. Er flappte auf dem Sofa als sei er in den Kraftsparmodus geschaltet. Wenn er den Kopf nach links drehte, knirschte es, als ob die Halswirbel auf Sand liefen.

„Was war ihre Aufgabe - an jenem 21.10.2003?" fragte er.

„Er kam überraschend einen Tag früher und besuchte einen Freund in Hospital, den Pfarrer Mosén Millán. Also bot ich ihm an, ihn am nächsten Morgen an der Brücke abzuholen."

„Sie haben sein Vertrauen ausgenutzt!"

Castulo schüttelte den Kopf, dass die grauen Haare flogen. Unbeirrt fuhr er fort.

„Weil ich gelegentlich Pilger führte, erzählte ich von einer Buchung für die Strecke Astorga - Santiago. Den Rest besorgte Don Ignacio mit seinen Leuten."

„Wie baben sie den Überfall organisiert?"

„*Joder*, ich habe nichts schlechtes getan! Er sollte eine Lehre bekommen, un palo, wie wir in Spanien sagen - mehr nicht."

Schwer und behäbig lief der Mann zum Herd, drehte sich, und machte eine Geste, als ob er jemanden prügelte. Wenn es der ehemalige Verwalter war, dann musste ihn Eddy ebenfalls töten. So jedenfalls lautete die Anweisung des Auftraggebers. Mit dem Agenten Sorella musste Eddy nicht verhandeln – er würde die gesamte Summe an ihn auszahlen, Edmond Lassalle. Der Mann in Berlin versprach sogar, das Honorar zu verdoppeln – und würde heute noch fünfzig Riesen überweisen. Eine exakte Beschreibung der zweiten Zielperson hatte er nicht mitgeliefert. Eddy musste in Erfahrung bringen, mit wem der Penner in der Kordjacke redete. Er rieb sich die Augen und überlegte, um wieviel Uhr es in Nordspanien dunkel wurde.

„Es geschah auf der Brücke?" fragte Borowiak.

„Ein Mazda hielt neben ihm - so ein unauffälliger japanischer Kleinwagen. Zwei Männer sprangen raus. Sie warfen José einen Sack über den Kopf und droschen mit Stöcken auf ihn ein. Der Alte lief rückwärts, taumelte und kippte über die Brüstung."

„War das geplant?"

„Ich habe es nicht genau gesehen. Als es passierte, wollte ich meine Haut retten. In Panik fuhr ich nach Durango. Drei Tage später bin ich zur Beerdigung nach Hospital gekommen."

„Und?" Ben seufzte. Endlich ein greifbares Ergebnis, das Diktiergerät lief, und bald würde er die Heimreise antreten, um alles wie einen glatten Erfolg aussehen lassen.

„Die Sache wurde nie untersucht. Mosén Millán hat dicht gehalten genau wie ich. Mich plagte das Gewissen."

„Deswegen haben Sie den Job gekündigt?"

„Man hat mich für mein Schweigen bezahlt. Ich wurde zum Verwalter befördert, ohne dass Ignacio die Sache jemals erwähnte."

Ben schleppte sich zum Fenster und überlegte, wie er von hier wegkommen sollte. Über dem Tal lagen Wolken, vielleicht regnete es weiter unten. Man hätte sie für dicke, auf die Erde gelegte Zellstoff-Pads halten können.

„Ich weiß nichts von illegalen Geldern", beteuerte der ehemalige Verwalter. „Wenn Sie behaupten, dass sie aus Drogengeschäften stammen, dann ist das ihre Sache."

Ben dachte, dass er nur belastendes Material sammeln sollte. Es war nicht seine Aufgabe, eine lückenlose Beweiskette aufzubauen.

„Welche Rolle spielte Mosén Millán?"

„Er wusste, dass man Don José suchte und hielt ihn irgendwo versteckt. Die Schläger vom Opus haben ihn unter Druck gesetzt, aber er …"

Da wurde Castulos Oberkörper seitlich zerschmettert. Er hatte sich gerade vom Tisch erhoben, als die Scheibe klirrte. Der Alte machte einen Satz zur Seite, als hätte er einen Pferdetritt erhalten. Die Wand hinter ihm färbte sich rot von versprühtem Blut. Die Trinkbüchse in der Hand blickte Ben verblüfft auf die herabfallende Kanne mit heißem Wasser, als Castulo mit den Schultern gegen die Wand klatschte und man eine Detonation in den Bergen vernahm. Ben warf sich auf das Gesicht und hörte, wie etwas die Luft zerriß. Unmittelbar darauf folgte der Knall des zweiten Schusses. Wenn es der Rothaarige war, der da draußen lauerte, dann ging es um das nackte Überleben. Vorsichtig zog er den Getroffenen zu sich. Der Körper fiel auf die Seite und Castulo begann vor Schmerz zu brüllen. Seine Schreie gellten schauderhaft und waren doch nur die Ouvertüre des Infernos. Die Hälfte von Eddys Magazininhalt flatterte auf die Hütte zu. Holzsplitter hagelten herab. Um die beiden herum zerplatzten Scheiben und Projektile durchsiebten die Rückwand. Das leere Glas explodierte auf dem Tisch. Myriaden von Geräuschen, ihr Klirren, Zischen, Hall und Echo, vereinten sich in Bens Ohren zu Sirenengesang, zu einem fernen Sirren. Für Momente driftete er ab in jenseitige Sphären. Plötzlich war es wieder still. Kein Vogel sang, keine Grille zirpte. Die Stille dehnte sich zur Ewigkeit.

„...istole, Pis ...ole" stöhnte der Alte.

„Wo denn?"

Paul war so verdattert, dass er sich auf nichts konzentrieren konnte. „Da drüben im Schrank?"

Dann verwüstete das Gewehrfeuer den auf der Veranda aufgestellten Kaninchenstall. Die Karnickel schleuderten durch die Luft, sie drehten sich im Kreise und zerplatzten, andere hörte man laut quieken. Die talwärts gelegene Seite des Schlafzimmers verstellte ein fleckiger Eichenschrank, der noch aus den Zeiten von Alfonso XIII. stammte. Panisch stöberte Ben in abgetragenen Klamotten, zwischen Schuhen, Werkzeugen, Medikamenten, Hygieneartikeln. Tatsächlich lag eine Pistole im Schub, aber ungeladen, ohne Munition. Egal ob er unter der Matratze oder dem Kopfkissen suchte, es war kein Magazin vorhanden. Dafür entdeckte er eine viereckig umrissene, in den Boden eingelassene Luke.

„Wo zum Teufel ist die Munition?" fluchte er. Auf der Anrichte zerplatzten die Bilder des heiligen Jakobus im Kugelhagel. Zu guter Letzt flogen ihm die Spiegelsplittler des Kruzifix entgegen. Castulo lag vor ihm mit offenem und schrecklich reglosem Mund wie ein niedergestrecktes Wild. Ben legte die Waffe beiseite, untersuchte ihn. Sein Herz hatte aufgehört zu schlagen. Stattdessen spürte Ben den eigenen Puls. Mit zitternden Fingern legte er Castulo das silberne Kreuz über den Mund, das an seinem Halsband hing. Am liebsten wäre er selbst tot gewesen oder unendlich weit weg, doch etwas brachte ihn in die Realität zurück: der Rhythmus der Schüsse wechselte. Sie fielen jetzt in grösseren Abständen – der Killer stieß auf keine Gegenwehr und rannte abwärts. Ben bewegte sich nicht vom Fenster, gelähmt von Unschlüssigkeit und Betäubung, Wie kam er dazu, einen Krieg auszutragen, der spätestens mit dem Tod Francos beendet war? Wie ein Krebsgeschwür wirkte der Guerra Civil in die Gegenwart, bildete Metastasen und forderte neue Opfer. Ben blieben nicht mehr als zwanzig, dreißig Sekunden, um zu handeln.

Eddy wollte keinen Fehler machen. Jetzt, wo er zwei Auftraggeber hatte und Bruno beseitigt war. Einmal im

Leben perfekt sein, hundertfünfzig prozentige Arbeit leisten – davon träumte er seit sie ihn das erste Mal verknackten. Damals, als er mit 17 Jahren den Raubüberfall vermasselte. Ein geiles, vibrantes Gefühl, als er Borowiak im Fernglas erkannte, fast ein Jubilieren. Der Schuss löste sich wie von selbst, der zweite und der dritte folgten spielerisch, erlösende Entladungen alle weiteren, und jetzt, wo er losfetzte im glitzernden Kostüm, in prächtig leuchtenden Bunthosen, verspürte er Stolz, verspürte er Eleganz, verspürte er Macht – die Macht der Waffen. Ihn beflügelte seit jeher der Hass auf den Stiefvater, er wollte ihn umbringen, immer wieder und mit zähneknirschender Freude, weil er dabei Kind sein und spielen konnte. Er behielt die Hütte im Blick während er rannte, blieb nach dreißig Metern stehen, feuerte, lief weiter, duckte sich. Niemand zu sehen. Hatte er sie erledigt mit seinem hübschen kleinen Feuerwerk? Deckung suchend erreichte er die Südwestecke. Aufgepasst auf die Fenster! Eddy ballerte zur Sicherheit zweimal durch die Tür, sprengte sie, den Revolver in der rechten, mit einem Fußtritt auf. Da lag der Einsiedler in seinem Blut. Die Kugel hatte ihn frontal erwischt und den Schädel durchschlagen. Eddy wieherte vor Vergnügen und schnappte sich das angebissene *bocadillo con queso*, das auf dem Küchentisch lag. In dem zwanzig Quadratmeter-Zimmer schwang ein von der Decke hängendes, mit Insekten überzogenes Fliegenpapier. Wo war Borowiak?

Eddy untersuchte die Räume Schritt für Schritt, akribisch und leise, sieh mal an, eine Falltür, und dazu vernahm er das aufgeregte Gackern der Hühner. Oho, der Mann will Versteck spielen! Einem Spielchen war Eddy nie abgeneigt. Erst schob er das Bett über den Einlass, dann nahm er vergnügt die Außentreppe.

„Der Fuchs im Hühnerstall" rief er auf deutsch. „Put, put, put. Brütest du etwas aus?"

Unter dem Steinhaus gab es zwei Felsen, die das Fundament trugen und einen Verschlag aus Holztür und Lattenzaun. Eddy verriegelte die 80 cm hohe Klappe, hinter der sich Sitzstange und Kotbrett befanden. Die Klappe war zu eng für einen Erwachsenen, aber sicher ist sicher. Schob den Revolver zwischen die Latten. Dann knallte er fünfmal in die aufgeregte Hühnerschar, dass die Federn und die Fetzen flogen. Innen war es dunkel, man konnte nicht erkennen, ob da einer vergammelte oder sich versteckte. Eddy lief zurück, öffnete die Falltür. Keinesfalls wollte er sich nach unten in den Lagerraum zwängen. Er holte den Aschenkasten aus dem Herd und kippte ihn ins Loch.

Ben hatte anfangs Glück Er kauerte in einer Nische, zwei Meter unterhalb der Türschwelle. Der Hohlraum, dazu da, um die Wohnräume trocken zu halten, war durch Holzbolen vom Hühnerstall getrennt. Jetzt hustete er sich die Lunge aus dem Leib. Holzscheite und brennendes Zeitungspapier fielen herab. Gleich würden die Planken über ihm Feuer fangen.

„Komm raus" rief Eddy boshaft. „Oder soll ich dich ausräuchern?"

Es gibt einen Fatalismus, der sich verbietet. Das ist der Fatalismus eines Architekten, der eine Brücke entwirft.

Der Fatalismus des Arztes am Operationstisch oder der eines Piloten bei der Landung. Er verbietet sich dort, wo es tatsächlich die Möglichkeit gibt, etwas zu bewegen, zu verändern oder einfach nur professionell zu erledigen. Es ist keine Entschuldigung dafür, das Mögliche zu versuchen, für Schlamperei und Wurstigkeit. Fatalismus ist auch kein Grund für Anpassung, Duckmäusertum und Untertanengeist, weil man ja angeblich nichts ändern kann und alles Schicksal ist. Zum richtig verstandenen Fatalismus gehört die Kunst, zu unterscheiden, was veränderbar ist und was nicht. Was ist, wenn sich das Leben der Kontrolle entwindet, wenn Wille und Planung an ihre Grenzen kommen, das Ungeplante eintritt, gar Unfall oder Katastrophe? Wenn alles über den Haufen geworfen ist, was man sich ausgedacht hat. Ben saß so deutlich in der Falle, dass es keinen Ausweg gab. Wenn er hier unten bliebe, würde er ohnmächtig werden und ganz einfach ersticken und wenn er sich ergab, so wie es der Killer wollte, würde dieser ihn erschießen oder anderweitig umbringen. Also war es egal. Da war wieder diese Stimme, die Ben in Hospital vor dem Altar des heiligen Jakobus gehört hatte. „Ergib dich ruhig" sagte sie, mit dem sanften Ton eines Märchenonkels. „Ich erledige das für dich."

Zwei Hände griffen aus der Luke, eine davon in einem schmutzigen von Blut und Eiter gesättigten Verband.

„Meine Oma fährt im Hühnerstall Motorrad!" sang Eddy, der selbst nicht wusste, warum er so vergnügt war. Der Lackschuh trat mit sadistischer Sorgfalt auf die verbundene Hand. Ben stieß einen Schrei aus. Die Zunge quoll ihm aus dem Mund, seine Hände lösten sich und er sauste die Holzleiter hinab in das Loch. Unten blieb er auf dem Rücken liegen.

„Im Hühnerstall Motorrad!"

Wieder fielen brennende Zeitungen und glimmendes Holz herab. Über dem Schacht stand bereits eine Säule aus beißendem Qualm. Dem brennbaren Material folgte ein Kopfteil aus Schaumstoff, das der findige Eddy im Herd vorgekokelt hatte. Während das Husten unter ihm panisch wurde, bereitete er sich auf eine Corrida vor und zog das Schnappmesser aus dem Kostüm. Betätigte den Knopf an der Oberseite. Als er darauf drückte, schnellte die Klinge hervor. Es klebte noch Blut daran.

„Du brauchst nichts zu tun, außer vertrauensvoll weiter zu gehen", sagte die Stimme. „Folge deinem Weg - er ist dir bestimmt." Anders als in der Kirche von Hospital gab es keinen bärtigen Herren, der sich materialisiert hätte, und der Ben auf die Schulter tippte, um ihm eine Waffe zu reichen. Es blieb bei diesem wolkigen Exkurs und niemand würde den Heiligen zwingen, dafür ein paar Euro ins Phrasenschwein zu werfen. Dabei konnte sich Ben ein zweites Wunder durchaus vorstellen, ja, er dachte sogar, dass er auf sein Leben komplett verzichten könnte, wenn es keine Aussichten gäbe, hin und wieder einen Quantensprung zu erleben.

Die Hände tasteten aus der Luke wie die kraftlosen Tentakel eines Tintenfisches. Ein müdes, rußgeschwärztes Gesicht tauchte aus dem Dunkel. Wenn es hier zu Ende gehen sollte, dann war es ihm egal. Ben fühlte sich unendlich müde. Hätte er einen Akkustandanzeiger wie ein Smartphone, dann würde er nur einen schmalen Strich zeigen, oder einen blinkenden Punkt vor dem Verlöschen. Hustend kletterte er die Leiter nach oben. Langsam. Mit letzter Kraft. Eddy konnte der Versuchung nicht widerstehen: mit akkuraten Hieb durchbohrte er die lädierte Hand – olé!

Ben krümmte sich vor Schmerz, der Oberkörper kippte auf die Dielen. Dann krachte der Schuss.

Und du, nun ohne Schatten, schlaf ungestört.
Lange, dauernder Friede deinem Gebein…

XV

Eddy kratzte sich am Kopf, blickte erstaunt an sich herab. Wankte. Fühlte das Rauschen in seinem Kopf. Befühlte das Loch in seinem Kostüm, aus dem Blut quoll.

Welchen Fehler habe ich…?

Langsam drehte er sich, bis der Tote ins Blickfeld rückte. Castulo war aus der Ohnmacht erwacht und spürte das kalte Metall an der Unterseite des Körpers. Das Magazin, das Ben so verzweifelt gesucht hatte, steckte in seiner Hosentasche. Vor einem halben Jahr hatten sie ihn überfallen, drüben in Foncebadón. Verdammtes

Zigeunerpack. Kein zweites Mal wollte er der Bande ausgeliefert sein, hielt Waffe und Munition griffbereit. Jetzt ließ er die Pistole sinken, zu schwach, ein weiteres Mal abzudrücken. Der Killer schwankte auf ihn zu. Mit seinem linken Arm machte Eddy Pumpbewegungen, um gegen die Versteifung seines Körpers anzukämpfen. Schoss dreimal, viermal in die Brust des Einsiedlers.

Ben zog das Messer aus der durchbohrten Hand. Der Schmerz gab ihm Kraft. Jetzt fühlte er sich ruhig und kalt wie nie zuvor in den Jahren als Detektiv oder als Trainee beim LKA.

Eddy betrachtete den Toten voller Hass. In dessen Gesicht zeigten sich Bruno, der Mesner und andere, die er erledigt hatte, um dann die Züge seines Stiefvaters anzunehmen. Nun grinste er, weil er das Schwein endlich erwischt hatte. Dachte daran, eine Trophäe zu nehmen, um den Sieg zu feiern, da erhielt er einen Schlag von hinten. Eddy kippte auf die Dielen. Etwas kühles, eine Art Abwesenheit drosselte seinen Verstand. Er rappelte sich auf.

„Vergiss nicht! Der Tod ist ein Meister aus Deutschland!" schrie Ben.

In der Sekunde, als er ihn ansprang, drehte sich der Killer. Böse funkelten seine Augen. Ben bekam die Hand zu fassen, die das Messer hielt, mit seiner gesunden Linken. Mit dem rechten Arm blockierte er den Revolver, fixierte ihn mit der Achselhöhle, schlang die beschädigte Hand wie einen Hebel um Ellbogen und Oberarm. Sie wälzten sich auf den Dielen.

Die Gesichter lagen aufeinander.

Aus dem Verband strömte Blut, tropfte auf die Dielen. Erst jetzt sah Ben, dass der Mann bereits tot war. Er hatte ihm den Schädel zertrümmert, als er mit dem Kolben des SVD zuschlug. Er war wie versteinert, die Augen weit aufgerissen, den Mund verzerrt vor lauter Ekel. Es dauerte sehr lange, bis er sich aus der Erstarrung löste. Im Schneckentempo, mit mechanischen Bewegungen näherte er sich Castulo, um ihm ins Gesicht zu blicken. Sein Zeuge war ebenfalls tot. Oh Castulo, wenn du nicht so lange geschwiegen hättest! Jetzt schweigst du für immer. Draußen blieb alles still, als lausche die Natur auf das, was in der Kate vor sich ging. Dann fiel er auf die linke Schulter.

Ben erwachte in einem fiebrigem Zustand. Er glitt erneut auf die Knie und versuchte, das Schwinden des Raumes aufzuhalten. Schwärze stieg auf wie Weihrauch und nistete sich hinter den Möbeln ein. Der Neuköllner setzte sich auf die Dielen, ernüchtert von der Kühle und Nässe, die auf ihn eindrang und doch glühte sein Kopf. Wie ein Kind, das sich retten will, kletterte er in das Eisenbett. Die Schwärze aus der Luke verbreitete sich, überzog den Eichenschrank. Der Glanz der Politur wurde matt, die Kontur dunkel. Das Innere des Zimmers verschwamm von den Ecken her, die Dunkelheit wuchs, bis die Wände zerplatzten. In der unregelmäßigen schwarzen Bresche verkroch sich etwas Glitschiges, Dämonisches. Seine schreckliche Macht, die alles in gierigem Anlauf verschlang, bedrängte ihn. Das Dunkel hob die Zimmerdecke, jede Stelle bog sich unter seinem Blick, wellte und öffnete sich. Das Zimmer schwankte, vollzog eine Drehung und warf ihn zur Decke. Er verschwand in einem Labyrinth, fuhr durch Gänge. Immer, wenn er auf das Hindernis zu prallen schien, öffneten sich Auswege zur linken oder zur rechten, bis die Fahrt schneller wurde und sich zu einem wahren Taumel steigerte. Plötzlich spuckten ihn die Wände aus; er lag im Zentrum. Durch eine gläserne Kuppel sickerte mildes Licht. Seine Hände ruhten, ineinander gefaltet, auf dem Bauch. Er blickte herum und merkte, dass er in einem Sarg lag, der sekündlich schrumpfte. Der Sarg war sein eigener Körper, er wurde kleiner, reduzierte sich auf den Arm, den Kopf, den flammenden Schmerz. Schrumpfte weiter bis zur Größe eines Sandkornes. Zugleich blitzten andere Sandkörner auf, die Welt wurde ein Raster, ein schwarzweißes Strömen, das ihn mitriß in eine grauenvolle Tiefe. Ben hob sich verzweifelt auf die Ellbogen, erwachend. Bibbernd, klappernd vor Kälte entzündete er ein Streichholz. Das Licht erfüllte das Zimmer mit einer überwirklichen Klarheit. Neben ihm wuselte eine Ratte in wildem Feldbraun, einen Streifen in grauer Farbe quer über den Rücken gezogen. Das Licht verlosch. Vor dem Fenster fräste sich die Sichel des Mondes durch düstere Wolken; von Glücksschauern gerührt sah er die goldenen Funken fliegen. Für Momente hörte er das Magnificat, mit Chorgesängen, Trompeten, Pauken und Streichern, von keinem Geringeren dirigiert als Meister Johann Sebastian Bach selbst, er blickte dem Kantor auf die besternte Perücke; doch dann verhallten die Töne in der Nacht. Ben atmete mühsam, seine Brust hob sich so schwerfällig als trage er eine Zentnerlast. Trotz der Beschwernisse existierte die Welt nicht mehr, nur noch die Gedanken waren real. Sie forsteten durch seine Vergangenheit, blätterten wie in einem Fotoalbum. Welch ein mittelmäßiges Leben, angefüllt mit Niederlagen. Er war nur Durchschnitt, als Mensch und Detektiv hundertmal gescheitert, und doch war diese minimalistische Existenz lebenswert angesichts des Irrsinns, der sonst herrschte. Gespenster blickten ihn an, schwindelerregend, widerlich, majestätisch, spöttisch, auch bei geschlossenen Lidern. Schmerzen bedrängten ihn und die Angst, dass doch noch ein Feuer ausbrechen könnte. Die Trugbilder verließen ihn am Morgen, zwischen drei und vier in der Frühe. Sein Geist verschwamm, als sich eine große Leere in seinem Hirn breit machte.

Ben erwachte schweißgebadet in absoluter Stille. Kein Vogel, kein Wind, kein Rascheln, kein Flugzeug in der Ferne. Kein Wasserfall. Keine Straßenbahn. Er schlug die Augen auf. Weißes Licht drang durch Fenster und Türen. Die hellen Farben des Himmels liefen in seine Augen, sickerten durch ihn hindurch. Er unterschied Farben, die er nie zuvor wahrgenommen hatte. Königsblau neben Ultramarin und Flieder, Pflaume neben Petrol, Grün mit Blaustich neben Blau mit Aubergine. Ein Rausch. Wie ein Neugeborenes riss er das Leben an sich.

Als erstes entfernte er den blutverschmierten, zerstochenen Verband und reinigte die Wunde mit Alkohol. Die Flasche Branntwein, die er bei den Antiobiotika entdeckte, diente genau diesem einen, medizinischen Zweck. Von nun an würde er alle drei Stunden eine Penicillin-Tablette einnehmen. Während er sich desinfizierte, kämpfte er gegen den üblen Geruch. Die Luft war feucht und stickig. Über dieser Abgestandenheit lag ein scharfer Geruch. Es war beim Atemholen, wenn die Lungen voll waren, obenauf spürbar: Leichengeruch. Eddys Brieftasche enthielt dreihundertachtzig Euro in bar, die Visacard, einen EUROPOL-Dienstausweis, ausgestellt in Den Haag, und den Personalausweis, lautend auf den Namen Edmond Lassalle, geboren am 14. Juni 1980 in Colmar, wohnhaft in Strasbourg, Rue de Bitche 16. Ben war kein Leichenfledderer, dem so etwas Spaß gemacht hätte, es ekelte ihn, das Kostüm überzustreifen. Ihm den schmierigen Verband anzulegen, das karierte Hemd, welches er seit Roncesvalles getragen hatte, über den Oberkörper zu ziehen. Er atmete flach durch die Nase und verscheuchte die Fliegen. Jetzt lag Eddy auf der Seite, die Arme seltsam angewinkelt, der Leib verkrümmt. Dort, wo die Kugel ausgetreten war, hatte sie einen Knäuel von Fleisch und Blut hinterlassen. Abgesehen davon, dass ihm das Hemd so eng saß wie eine Zwangsjacke – es kostete psychisch und körperlich Kraft, den Torso zu bewegen. Nun öffnete er das Textil mit dem Messer, wo die Kugel ein- und ausgetreten war, damit man die Charade nicht merkte. Tauschte seine Wanderschuhe gegen Eddys prominente Lackschuhe. Komisches Gefühl, einer Leiche Wanderschuhe anzuziehen. Auf dem Camino war das Tauschen von Schuhen ein Klassiker, und er hatte sich die Charade in den Kopf gesetzt. Seine Latschen, rein theoretisch die selbe Größe, waren zu klein. Ben musste dem Toten die Zehen abschneiden, und das war widerlich. Er benötigte eine Astschere oder ein anderes Werkzeug. Selbst in den Holzkisten unter dem Haus, wo der Geruch nach verbranntem Schaumstoff immer noch Atemnot auslöste, fand er keine geeignete Gerätschaft. Was er nach oben brachte, war ein nagelneuer, in Plastik verpackter Compact-Cutter, auf dem noch der Preis vermerkt war. Er verfügte über einen 20 Zentimeter langen feststellbaren Sägezahn. Zögernd machte er sich an die Arbeit. Ob die Schuhe von der Polizei überhaupt beachtet würden? fragte er sich. Zehen abzusägen machte ihm nicht besonders viel Spaß. Sie abzuknipsen mit einer Astschere wäre deutlich amüsanter gewesen. Es genügte, die großen Zehen zu entfernen, aber es blieb eine unappetitliche Angelegenheit, jemandes Füße für das Schuhwerk passend zu machen. Um die kalten und unansehlichen Zehen zu entsorgen, lief Ben hinüber zur Ruine. Auf dem Weg entdeckte er seinen eigenen, von Eddy benutzten Rucksack. Darin, neben Klamotten und einem Handy, die Turnschuhe, die dem Killer ganz genau gepasst hätten. Er benutzte den Haargummi des Toten, freilich, er hatte braunes, Eddy rötliches Haar, aber auf dem Dokument war Haarfarbe chatain eingetragen und auf dem Lichtbild wirkte das rötliche Haar recht dunkel. Ben war als EURO-Polizist mindestens so echt wie der tote Lassalle. Schließlich krachten noch zwei Schüsse aus der Pistole Castulos. Ben dämpfte sie, indem er Eddy

Schaumgummi aufs Gesicht legte. Schön hatte der sowieso nicht mehr ausgesehen.

Anne, *Polizistin, 33 Jahre. Per email*

Ben, du hast lange nichts hören lassen. Schreib mir lieber nicht, ich weiß nicht, ob sie mich online durchsuchen. Bist du o.k.? Ich habe eine Anzeige wegen Missbrauchs gefunden, die seit drei Wochen herumliegt. Halte dich fest: sie richtet sich gegen Johann Anselm Eisenberg, das erste Opfer im Mordfall Moabit. Die Eltern des missbrauchten Buben haben gegen ein Schmerzensgeld von 20.000 Euro Stillschweigen vereinbart. Mit dem Erzbischof! Ein Bekannter der Familie hat die Sache zwei Monate später trotzdem angezeigt. Hilft dir das weiter? Ich kann mir überhaupt keinen Reim auf diese Geschichte machen. Die Antikorruptionsabteilung arbeitet nicht, und der Chef bestreitet, mit mir gesprochen zu haben. Er behauptet, einen Fall Borowiak gebe es nicht. Sie haben dich tatsächlich von der Fahndungsliste genommen. Verwunderlich finde ich, dass du in keiner Kartei mehr auf-tauchst, auch nicht als ehemaliger Mitarbeiter des LKA. Als wollten sie deine Existenz auslöschen. Was sagt dein Auftraggeber dazu?

XVI

Das Dorf, in dem er rasten würde, hieß Riego de Ambros, eine Kirche, Steinhäuser mit schiefen Holzbalkonen, zwei Stunden Fußmarsch von der Hütte Castulos entfernt. Die Lackschuhe und das lächerliche Kostüm zogen neugierige Blicke auf sich. Neben dem Computer stand eine verbeulte Spendenbüchse mit der Aufschrift: „Das Internet ist kostenlos, aber bedenken Sie, dass sich dieser mittelalterliche Weg nicht rechnet!"

Der Wirt der Cantina brachte Kaffee, Tortilla und Bocadillo con lomo.

„Woher sind Sie?

„Straßburg."

„Ich meine wegen des Kostüms."

„Spanische Nationaltracht."

„Wo haben Sie zuletzt übernachtet?"

Ben ließ die lädierte Hand unter der Tischplatte und wartete mit dem Essen.

„Da oben am Berg."

Es sollte beiläufig klingen. Der Wirt gab sich damit nicht zufrieden.

„In Manjarín bei Tomás? Der die Glocken läutet, wenn Pilger kommen?"

„Könnte so gewesen sein."

„Haben Sie was mitbekommen?"

Ben hob die Augenbraue, schaute fragend.

„Schüsse, Polizeikontrollen. Festnahmen in der Herberge?“

„Válgame dios! Nein, ich bin früh auf.“

„Sie haben sechs Stunden gebraucht für zwölf Kilometer?“

Der Jakobsweg kennt ungeschriebene Gesetze: Wer sich bewegt wie auf einer Butterfahrt, macht sich verdächtig. Ben fühlte sich wie Sancho Pansa nach einer unbezahlten Kneipentour seines ehrenwerten Herren und Meisters Don Quichote, dem Ritter von der traurigen Gestalt. Der Wirt telefonierte schon, als er die Bar verließ. Eigentlich wollte er in Ponferrada den ersten Zug Richtung Frankreich besteigen. Er durchquerte Riego in einem Linksbogen und wählte am Ortsende den alten Pflasterweg an einem Bach entlang. Das Gras hier hatte dieses irreale Grün, schien neongrün zu leuchten. Wie die Telefonnummer im Register von Eddys Handy. Hatte er LSD geschluckt oder träumte er, dass er über dieses Grün schritt, während sich das Display mit dieser Nummer grün färbte? Endlos wogte dieses Grün, verband Asturien mit dem Erzbischöflichem Ordinariat in Berlin. Die Nummer wurde auf den Listen ein- und ausgehender Anrufe geführt, grün wie die Hoffnung. Ben fürchtete, in dieses Grün zu versinken, in dem Leute wie Ratzenberg ihr Leben zubrachten. Dreimal hatte der fromme Mann mit Eddy telefoniert. Am Karfreitag von 11.55 bis 12.03, kurz nachdem Ben mitgeteilt hatte, den Leichnam von Don José exhumieren zu wollen. Eddy rief sieben Stunden später zurück, das Gespräch dauerte knapp 3 Minuten. Am Samstag rief Eddy nochmals an, und zwar um 17.08. Sie sprachen 2 Minuten 23 Sekunden miteinander. Kurz vor dem Angriff auf Castulo und ihn.

Der Weg berührte die Landstraße, führte an Eichenhainen vorbei Richtung Molinaseca. An den steilen, sonnenverwöhnten Hängen des Tals standen mannshohe Oleanderbüsche, die austrieben und Knospen zeigten. Weiter vorne, wo der Pfad in das Dorf mündete, wartete die Guardia Civil mit wild kreisenden Lichtkegeln. Zwei Seat Leon Stylance 2.0 TDI, weiß mit dunklen Streifen, das königliche Wappen und die spanische Flagge auf den Türen. Die Patrouille in hellblauen Hemden, mit Krawatten und Sonnenbrillen, die MP um die Schulter. Der Comisario erklärte sich in aller Förmlichlichkeit, befahl ihm, sich gegen das Auto zu lehnen. Er saß in der Falle.

„Ein Opfer des Sumpfes", dachte Ben, während ihn die Guardias nach Waffen durchsuchten. Sie filzten die Brieftasche.

„Edmond Lassalle?"

„Ja."

„Haben Sie etwas mit der Explosion in der Kathedrale zu schaffen?"

„Ich weiß nicht, was Sie meinen" sagte er.

„Wir müssen Sie mitnehmen. Mehr Gepäck haben Sie nicht?"

„Ich bin Pilger."

„Wo ist ihr Credencial? Dass ich nicht lache!"

Die ganze Zeit über, als er im Wagen saß, behielt er die verletzte Hand in der Hosentasche. Er krümmte Daumen und Zeigefinger, sie gehorchten ihm, und zugleich schoß ihm der Schmerz bis in den Ellbogen. Die Hand fühlte sich nicht mehr taub an, aber der Schmerz war nicht gleichmäßig. Er blitzte auf und erlosch wie eine flackernde Neonröhre.

Sie fuhren auf der Landstraße zurück, während die rötlichen Strahlen der Sonne seinen Hinterkopf wärmten. Der Mann auf dem Beifahrersitz war unentwegt am Telefonieren. „Hier spricht Oberstleutnant Bolinaga", sagte er. Hinter dem Gipfelkreuz tauchten sie in den Bergschatten. Nun ging es 600 Höhenmeter abwärts durch die Maragatería. Nach weiteren zwanzig Minuten unterquerten sie die Autobahn Madrid-Coruña. Auf der Avenida de las Murallas fuhren sie nach Astorga hinein, auf der Landstraße nach Lagroño zu seiner Verwunderung wieder hinaus, Richtung Osten. Kreuzten zwei Eisenbahnlinien und schwenkten in ein ehemaliges Gewerbegebiet. Die Straßenlampen waren hier schon vor langer Zeit zerschlagen worden. Der Seat stoppte hinter einem Fabrikgebäude. Von dem zweiten Fahrzeug war nichts mehr zu sehen. Zwei große Ratten liefen an den Resten des Mietshauses entlang, das wahrscheinlich einmal für andalusische Arbeiter gedacht war. In einer Ecke erkannte er im Licht der Scheinwerfer einen alten Gasherd, das Wrack eines ausgebrannten Autos, einen verrosteten Kühlschrank. Die Gegend diente als Mülldeponie.

„Raus, Lassalle!" sagte Bolinaga.

Er stieg aus und der Seat rollte vom Grundstück. Was sollte das werden - eine Hinrichtung? Ein Szenario wie bei Goyas *Erschießung der Aufständischen*. Sein Herz pochte. Er hörte die Autos von der nahen Carretera de Logroño a Vigo, die sich wie eine Ader durch den verlassenen Bezirk zog. Er hatte das Gefühl, dass jemand in der Halle war. Ohne die Autoscheinwerfer war es so düster, dass dies nur ein Gefühl blieb. In seinem Körper pumpte das Adrenalin, und er atmete ein paar Mal tief durch, ballte die Fäuste und ging in Kampfstellung. Bereit, sein bischen Leben mit Zähnen und Klauen zu verteidigen, selbst wenn der Kampf aussichtslos war.

Aber es kam niemand. Dafür hielt einige Meter vor ihm ein anderes Auto, so dass er sich umdrehte und der Fabrik den Rücken zukehrte. Es war ein schwarzer BMW, und zwei Männer stiegen aus, vorne rechts und hinten links, während der Fahrer sitzen blieb. Der Motor lief, und das Licht blendete, aber das bezweckten sie ja. Sie standen neben dem Wagen, so dass sie sich schnell wieder hinsetzen konnten. Er stand im gleißenden Licht, während er nur ihre Silhouetten sehen konnte. Es waren kräftige Männer in Soutanen. Sie hatten den kurzen Kragen hochgeschlagen und schwarze Wollmützen auf.

„Wir haben nicht viel Zeit, Lassalle" sagte jemand aus dem Fond. „Sie haben es also geschafft."

„Ich habe ihn unschädlich gemacht. Der Detektiv liegt in der Hütte, zusammen mit dem Einsiedler. Sie haben das Geheimnis ins Grab genommen."

„Wir sind im Bilde" sagte er. Ein starker Geruch nach Knoblauch schlug Ben ins Gesicht, als er auf die Rückbank rutschte. Er sah, dass der Mann ziemlich beleibt war. Mit gutturaler Stimme fuhr er fort: „Niemand hätte uns etwas nachweisen können, selbst wenn man den Jesuiten exhumiert hätte. Wir haben ihn mit Benzin übergossen und verbrannt. Und die Reste mit einer anderen Leiche vertauscht."

„Trotzdem – sicher ist sicher."

Ben wusste nicht, was er sagen sollte. Er fühlte den Schweiß in seinem Nacken, und die Achseln seines Kostüms waren völlig mit Schweiß durchtränkt. Er war nicht eine Sekunde im Zweifel, dass es sich bei dem Mann um den Bischof von Astorga handelte. Offenbar war es für ihn wichtig zu betonen, dass es kein Risiko gab und nie eines gegeben hatte.

„Als Seelsorger kann ich Ihre Methoden nicht gutheißen. Aber ohne Sie würde vermutlich mehr Gesindel herumlaufen. Muchas gracias im Namen der Guardia Civil. Don Ignacio wird sich freuen. Er hat sich bei guten Leistungen stets erkenntlich gezeigt."

Der Bischof pulte zwischen den Zähnen und holte abgekaute Reste zähen Fleisches hervor

„Das heißt nicht, dass wir nicht auch mit einem anderen Generalmeister leben könnten. Soweit ich informiert bin, haben sich die Parteien arrangiert. Eines kann ich Ihnen anbieten, wenn Sie morgen ins Ordinariat kommen." Der Bischof neigte sich ihm zu und senkte die Stimme, so dasss ihn der Fahrer nicht hören konnte. „Die Compostella für kranke Pilger, die ihren Weg nicht fortsetzen können. Das bedeutet Sündenerlaß, und den haben Sie meiner Meinung nach verdient."

„Tun Sie mir einen Gefallen", sagte Ben: „Bringen Sie die Toten ohne bürokratisches Tohuwabohu unter die Erde!"

„Vertrauen Sie der heiligen Mutter Kirche mit ihrer 2000 jährigen Erfahrung. Und nun verzeihen Sie! Ich möchte gern meine Mahlzeit beenden. Es gibt frisches Wild aus Foncebadón, conejo al ajo. Sollten Sie probieren, bevor Sie abreisen!"

Die Burschen setzten sich ins Auto und bevor er überhaupt die Tür zugeschlagen hatte, ließ der Fahrer die Kupplung los, beschleunigte in einer scharfen Drehung und schleuderte eine Kaskade von Kies und Sand nach hinten. Es wurde wieder finster und plötzlich sah er gar nichts mehr. Er wurde von Panik gepackt und rannte keuchend von dem Gelände auf die Hauptverkehrsstraße. Hier schöpfte Ben ein wenig Atem und lief in die Gegenrichtung. Sie hatten den Betrug nicht bemerkt. Jetzt ging er ruhiger, während er sich umdrehte, um ein Taxi mit grünem Licht zu entdecken, das ihn in Sicherheit brachte. Fast wäre er einem riesigen Lastzug, mit Glühbirnen bestückt und so viel Leuchtschriften versehen wie die gesamte Dorfkirchweih in Órbigo, vor den Kühler gelaufen. Der Camionero ließ ihn aufsteigen, sie schwatzten ein bischen über die Wunder des Jakobsweges, bis sie auf die Frage kamen, ob die Jünger den Heiland nicht schon in der ersten Nacht vom Kreuz genommen hätten und ob sich Jesus Christus, sein Jünger Thomas, und die eine oder andere Geliebte des Meisters, die ganze Blase also, heimlich nach Indien abgesetzt habe. „Einmal angenommen, man könnte es beweisen, und einiges spricht dafür", meinte der Camionero mit Bassstimme, „dann liegt der Charme darin, dass der Rest entlarvt wird, als üble Machenschaft, erstunken und erlogen einerseits und andererseits als mieses Druckmittel der Pfaffen." Sie diskutierten eine Weile, und schließlich drängte ihm Ben ein paar Euro auf, damit er in der Kuhle hinter dem Fahrersitz pennen durfte. Die Guardia Civil hatte ihm Eddys Brieftasche gelassen, die Kreditkarte und 372 Euros. Und den Rucksack. Bis die Toten identifiziert waren, konnte ein Tag vergehen. Bis dahin musste Ben weg sein. 4 Stunden später ließ ihn der Fahrer raus, weil er nach La Coruña abbog. „Ganz schön schwer, dem Camino zu entgehen", sagte Ben.

„Mach das Beste draus" rief der Andalusier und warf seine Kippe aus dem Fenster. Fern hinter dem Konvent von Santo Agostino ragten die angestrahlten Türme der Santiago-Kirche auf. Dahinter funkelten die Sterne der Milchstraße und Ben wusste, dass von hier aus die Wege nur noch ins Unendliche und Mystische verlaufen konnten.

Dritter Teil

Endgültig, für alle Zeit,
ruhe in einem stillen und wahren Traum.

I

Die meisten Menschen würden im Angesicht einer lebensbedrohlichen Situation, bei der noch Zeit für Handlung bleibt, die Aufmerksamkeit auf ein Modell richten, auf ein Konzept oder einen mentalen Ausweg. Sie würden sich Gedanken machen und damit einer jahrtausendealten Tradition folgen. Unsere gesamte abendländische Philosophie hat den Blick auf hohe Ideale gerichtet, auf den Heroismus der Aktion. Wir haben dieses Verfahren mit der Muttermilch aufgenommen. Es ist so tief verankert, dass wir es weder bemerken noch in Frage stellen.

Ben musste sich eingestehen, dass er blank war. Blank wie ein Neugeborenes. Natürlich spekulierte er, was theoretisch passieren könnte, spielte die Möglichkeiten durch. Aber um einen Plan zu machen, gab es zu viele Unbekannte. Schon mit dem Abflug hatte er sich, wie sich herausstellen sollte, gründlich verschätzt. Die Nacht und auch den Vormittag würde er in fürchterlicher Spannung verbringen. Ergatterte er einen Platz in der nächsten Maschine nach Berlin? Schaffte er es mit dem Ausweis durch die Kontrollen? Und dann, wie weiter? Unter anderem Namen zu leben war so schwer wie die Fortexistenz als Verstorbener. Leicht konnte es sein, dass man in Berlin Leute auf ihn ansetzte. Ben Borowiak alias Edmond Lassalle hatte viel dazu gelernt über die Kirche, jetzt wusste er einfach zu viel, deshalb hatten sich die beiden Kontrahenten Ratzenberg und Ignacio im Laufe des Konklaves geeinigt, ihn zu beseitigen. Und dann die Frage, ob man ihn - unter welchem Namen auch immer - in Astorga auf die Fahndungsliste setzen würde und ob man die Toten mit einer fadenscheinigen Begründung verschwinden ließ, unbürokratisch und lautlos wie Don José. Als der Kopf wegen all der offenen Fragen und Spekulationen heißlief, entspannte sich Ben. Weil er einsah, dass er sich dem Augenblick überlassen musste. Die Abflughalle hatte eine breite verglaste Front zur Start- und Landebahn, über die gerade die Sonne aufging. Spektakulär der Blick auf Galliziens Eukalyptuswälder. Wenn die großen Leitlinien versagen, bleibt nur das Vertrauen auf eine dem Leben innewohnende Ordnung. Er musste sich ein Bild von der Lage machen. Schauen, in welche Richtung sich die Situation neigt. Es sah so aus, als hätte ihn sein Auftraggeber verraten. Und es sah so aus, als habe er die Knabenschänder im Kloster über Jahre gedeckt. Benedikt Ratzenberg mochte schwul sein, das machte ihn nicht zu einer auffälligen oder hassenswerten Person. Was Homosexualität betraf, hatte Ben keinerlei vorgefasste Meinung. Nur der Umstand, dass sich die Kirche nicht zu ihr bekannte, und ihr, wie der Sexualität generell, die Schmuddelecke zuwies, war eine paradoxe Auslegung der Heilsbotschaft, eine Verfälschung dessen, was Liebe sein konnte, sie erfahrbar machte, ein Interpretationsfehler, der von Anfang an religiöse Gefühle auf ein falsches Gleis verschob. Das Scheitern des Christentums war unauseichlich, wenn die Sexualität ein Druckmittel wurde. Beispielsweise um Informationen zu erpressen, die man für ganz und gar weltliche Machtspielchen einsetzen konnte.

Im Wartesaal versorgte Ben seine Wunde, aß etwas, aber man rief die Passagiere nicht zum Einsteigen auf. Die Maschine stand bereits auf dem Rollfeld. Inzwischen war die Startzeit vorüber, aus dem Lautsprecher aber tönten nur unklare und entschuldigende Worte. Schließlich kam eine Stewardess aus dem Büro und erklärte, Berlin nehme keine Maschine an. Eine Finte der Polizei? Heftiges Hin- und Herlaufen und Telefonieren begann, bis sich zeigte, dass es sich vielmehr um ein Buchungsproblem von Ryanair und Air Berlin handelte. Alle stürzten zum Umtausch der Tickets zu den Schaltern, um mit Iberia zu fliegen. Zu seiner Erleichterung gab die Kreditkarte die fehlende Summe her. Nun konnte man leicht nachvollziehen, von wo und wie er als *Edmond Lassalle* aus Spanien geflohen war. Beim Check-In nahmen sie hier in Santiago sogar Wanderstöcke an, ein Zugeständnis an das Mittelalter. Bis zu seinem Flugtermin vergingen die Stunden wie vor einer Hinrichtung. Als ein Kind hinter ihm in eine Tröte blies, ließ er die Wasserflasche fallen. Jemand rief den Namen Ben und er zuckte zusammen. Er riskierte es, erneut die Kreditkarte zu strapazieren und suchte eine Boutique im Duty free auf. Der Verkäufer verpasste ihm eine Marco O'Polo Hose in beige und einen weiß-grauen Stripe-Cardigan. Dazu einen orginal australischen Driza-Bone-Mantel in hellbraun für 269 Euro, passend zu den Lackschuhen, an die er sich gewöhnt hatte. Auf dem Rückweg besorgte er sich noch Hygieneartikel, eine Sonnenbrille und einen Rasierapparat mit Langhaarschneider. Ohne Problem passierte er die Kontrollen. Das konnte bedeuten, dass er nicht polizeilich gesucht wurde, doch der Bluff konnte jederzeit auffliegen. Der A 320 startete, beendete den Steigflug und als die Zeichen zum Anschnallen erloschen, suchte er die Toilette auf. Rasierte Wangen, Oberlippe und Unterkinn, während das Pochen der anderen Fluggäste an der Kabinentür immer nerviger wurde. Der Backenbart ließ das ovale Gesicht eckiger erscheinen und machte ihn älter. An den Wangen setzte er mit dem Kajalstift einige Punkte, die Sommersprossen oder Leberflecke sein konnten. Die Haare behielt er nach hinten frisiert und mit dem Gummi gebunden. „Ich bin froh, wieder nach Hause zu kommen", sagte er halblaut. Wenn andere Leute solche Sätze sagten, waren das meist Rentner mit Hörgeräten und künstlichen Hüftgelenke. Und Ben hatte nichts gegen ein bisschen Ruhestand einzuwenden.

Berlin-Tegel bewältigte inzwischen erheblich mehr Passagiere als ursprünglich geplant, was aber zu einer fürchterlichen Enge führte. Der Skandal-Flughafen in Schönefeld wurde einfach nicht fertig. Vor den Schaltern bildeten sich lange Warteschlangen, die den Durchgang zu den anderen Positionen behinderten, die eingeschränkten Kapazitäten der kleinen Kontrollstellen bremsten die Durchgänge. Die vielen kleinen Warteräume benötigten jeweils extra Sicherheitspersonal. Ben bewegte sich durch die Wachleute wie ein Abfahrtsläufer. Als er gegen 17.30 am Gepäck-Förderband stand, fiel ihm die Umtriebigkeit der Berliner auf. Sie verhielten sich, als ob sie gejagt würden. Die einen hantierten mit Laptops, die anderen telefonierten, den Techno-Beat im Ohr, um daraufhin hektisch die Zeitung durchzublättern. Für den Normalo, der von außen kam, ein regelrechter Kulturschock. Im Vergleich zu Santiago schien die Architektur des Flughafens völlig überaltert. Typisch für die 60er Jahre der Versuch, Funktionen in geometrische Formen umzusetzen, sie quasi als Leitmotiv zu verwenden: Raster aus Drei- und Sechsecken anstelle rechteckiger Räume. Selbst die Sitzmöbel und Bodenfliesen in der Ankunftshalle korrespondierten mit dem altmodischen Design. Ben riß den Zuordnungscode ab und warf den Rucksack zurück auf das Förderband. Dort würde das gute Stück noch eine Stunde kreisen und bis 2018, wenn Tegel geschlossen würde, in einem Depot zubringen. Man winkte die gepäcklosen Reisenden umstandslos durch den Zoll. Er stieß durch die doppeltürige Schleuse, begab sich zum Busterminal. Vor dem Hauptgebäude schob er die Sonnenbrille über das Gesicht zu einer Zeit, als sich der Himmel gerade verfinsterte. Jemand bestrich ihn mit dunkelgrauer Farbe und sorgte für ein leicht bedrohliches, der Situation angemessenes Flair. Zu allem Überfluß entstiegen einem Reisebus Geistliche in

weißen Gewändern, die zwei Meter lange Ordenskette
der Dominikaner umgehängt, und strebten der Abflughalle zu. Das bedeutete wohl, dass das Konklave vorüber und die letzte Entscheidung getroffen war. Ein dop-
pelstöckiger Citybus traf ein mit der Aufschrift X9. Er
verließ Tegel durch ein Nadelöhr unter dem Hauptgebäude, das für schwere Unfälle bekannt war. Am Jakob-
Kaiser-Platz wechselte Ben in die U7. Die Geschäftig-
keit verlor sich, dafür nahm das Gedränge zu: Groß-
stadtexistenzen, arrogant und entwurzelt, erfolgreich
und paranoid, extravagant und einsam zogen vorüber
wie Bilder eines surrealen Films. Am Rathaus Neukölln
versuchte er, Keli über das erbeutete Handy zu erreichen. Als sich der AB anschaltete, legte er auf - die eigene Stimme klang resigniert und entfernt, als spräche
ein Verstorbener aus dem Off. Da die Zigeuner in Foncebadón die Hausschlüssel geklaut hatten, wartete er in
einer Eckkneipe, was sich bald als glücklicher Umstand
erweisen sollte. Der Laden war vollgestopft mit Neuköllner Physiognomien: kleine Schieber aus der KFZ-
Branche, Handwerker mit verkniffenen Gesichtern,
Trickbetrüger, Säufer, Rauschgifthändler, grobschläch-
tige Arbeiter in Overalls. Was mochte Keli an so einem
Abend treiben, fragte er sich. Wenn sie arbeitete, war es
jedenfalls sinnvoller, bei ihr im *Lido* vorbeizuschauen.
Ben verließ die Kaschemme. Er passierte sein Haus in
Richtung Biberacher Straße, als ihm ein Golf V,
silbermetallic, auffiel. Zwei bullige Typen in Bomberjacken saßen auf den vorderen Sitzen, einer kahlrasiert,
der andere mit Oberlippenbart, den Cafebecher in der

Flosse. Noch dachte er sich nicht viel dabei. Ben trottete zur U-Bahn und fuhr in den Wrangelkiez. Keli arbeitete nicht weit vom Büro für Pilgerreisen in einem Szene-Club. Die Location war ein 1951 eröffnetes Kino, welches in den 70ern für die Rockerdisco Westside und zwei Jahrzehnte als Probebühne für Schauspieler herhalten musste. Der grosse Kinosaal mit Parkettboden und Bar im 60er Jahre Stil war perfekt für Konzerte. Den Blick auf die Bühne versperrten weder Pfeiler noch Aufbauten. Vielmehr machte sich das Gefälle zur Bühne hin bemerkbar und man konnte bei den gigs einfach an der Bar sitzen bleiben. Als Ben den Laden betrat, tobte gerade eine der vielen Indie-Electro-Bands mit einem Urschrei-Song, der unverkennbar *Wake Up Screaming* hieß. Eine coole Bassistin legte knarzende Riffs vor. Der Mann daneben mit Holzfällerhemd, Käppi und Retro-Gitarre wirkte wie ein britischer Pubrocker und befriedigte alle pubertären Erwartungen, indem er in die Tonabnehmer brüllte.

Ben beschloß, Keli hinten an der Theke zu suchen, die Band lieferte gerade eine Zugabe und die meisten Hipster strömten nach vorne, Richtung Bühne, da sah er sie, sie unterhielt sich lebhaft mit einem etwa 40jährigen Mann mit dunklen, von grauen Strähnen durchzogenen Haar, in das er eine Pilotenbrille geschoben hatte. Er trug trotz der Hitze im Saal eine braune, schwere Lederjacke mit einem Kunstfellkragen. Als Ben sich seitlich an den Tresen schob, beugte sie sich gerade vor und säuselte dem Typen ins Ohr, woraufhin dieser die Grapscher auf ihren Oberschenkel legte. Sie hatte Ben nicht erkannt, wegen der Sonnenbrille und wegen der Veränderungen in seinem Gesicht. Langsam und mit einem Lächeln drehte sich der Laffe, musterte ihn. Dann zündete er sich eine Zigarette an. Es war der Fotograf, den Ben im *Cafe Dyar* kennengelernt hatte, Michael Beinert. Beinert trug unter der Jacke ein Hemd mit braunen Karos und einen rot-weiß gestreiften Büro-Schlips. Das Outfit passte nicht zu dem Polyp, und der Polyp passte nicht ins Lido - aber irgendwie traf er das Beuteschema. Keli stand auf die situierte, schleimige Masche. Sie träumte davon, dass ein Mann für sie sorgte. Trat für feministische Ideale ein, aber wie bei vielen anderen Dingen war es für sie nur ein Lippen-bekenntnis. Sie wollte am liebsten bedient und aus-gehalten werden von den Typen, und wenn einer vom Regenbogen faselte, würde sie ihn angraben. In diesem Club hatte Ben sie angeflirtet, sich von ihrer hübschen, schlanken Figur ködern lassen. Trotz ihrer 29 Jahre, sagte er sich, ist sie ein Teenager. Ihre Locken schimmerten rötlich, wahrscheinlich hatte sie das Haar inzwischen gefärbt. Keli trug die enge Jeans mit der Aufschrift THE ANIMAL FRIEND, und eine an Rücken und Schultern ausgeschnittene Bluse.

Die Band, die ihre kurzen Songs regelrecht heraus-schleuderte, war nach der zweiten Zugabe auch körper-lich am Ende. Das Publikum zeigte sich angetan von den Brüllattacken und würdigte den Auftritt durch be-herzten Zugriff am Merchandising-Stand. Beinert nahm einen Schluck von seinem Bier, wischte sich mit dem Handrücken über die Schnauze, und sagte, den Blick auf sie gerichtet, es sei kein Zufall, dass er sie getroffen habe. Er suche die Liebe, seitdem er denken könne, er sagte es und ließ dabei den Rauch durch die Nase entweichen, so dass jedes seiner Worte eingehüllt wurde, die einzige, die wahre Liebe.

„Und was ist mit meinem Freund?"

Keli kniff die graugrünen Augen zusammen, während sie nach Gästen Ausschau hielt.

„Jetzt guck nicht so, der vergnügt sich in der Sonne", wisperte Beinert, „willst du ihn etwa von der Polizei suchen lassen?" Seine Stimme klang spöttisch und zärtlich zugleich, es war Gesülze in Reinform und er würde bei ihr Erfolg haben. Eifersüchtig hörte Ben ihr aufreizendes Lachen, beobachtete, wie Beinerts Finger an ihrem Rücken abwärts rutschten, aber es war ratsam, die Wut zu kontrollieren. Er musste kühlen Kopf bewahren. Und dann merkte er, dass er sich auf dem Jakobsweg eine Weltreise weit von dieser Frau entfernt hatte, dass sie ihm nichts mehr bedeutete. Beinert würde sie in rosafarbenes Bonbonpapier wickeln, um einen Hinterhalt zu legen. Dafür sprachen die Bullen vor seiner Haustür. Erst jetzt fiel bei ihm der Groschen: Es waren die Rugby-Spieler aus dem Trupp der Drogenfahndung. Sicher war auch der bezaubernde Kommissar Schlecker nicht weit. Ben griff zum Handy. Da gab es eine Person, die ihm vielleicht helfen konnte.

II

Bevor man ein Risiko eingeht, herrschen Zögern, die Möglichkeit zum Rückzug und Zweifel, verbunden mit einer gewissen Scheu vor der eigenen Courage. Aber wenn man sich einmal festgelegt hast, dann tritt die Vorsehung in Kraft. Wer zu analytisch ein Projekt plant, dem bleibt diese Magie verborgen. Der finale Entschluß entscheidet. Danach kommen die Dinge auf einen zu, und sei es eine Kugel aus einem 9mm Lauf. Der unbedingte Wille provoziert Begegnungen und materielle Unterstützung, an die man nicht im Traum gedacht hätte. Zu den Dingen, die der Neuköllner innerhalb der nächsten Stunden organisierte, gehörten ein Mikrofon in Miniaturgröße und ein Sender. Als er in die Mainzer Straße einbog, saß nur einer der beiden Rugby Spieler im Auto. Ben nahm an, dass sie speziell auf ihn angesetzt waren und sich die Nachtschicht teilten. Mit der ersten Hypothese sollte er Recht behalten. Zuerst sprach er jedenfalls auf den AB, um die Jungs vorzubereiten, dann klingelte er schön brav wie ein Postbote. Schon lange her, dass er bei Ben Borowiak, *Detektei – III.Stock rechts* angeläutet hatte. Ein Gefühl beschlich ihn, als besuchte er jemand aus einem vergangenen Leben. Wie zufällig blickte er sich um. Der Sportsfreund im Golf telefonierte gerade. Kurz darauf ertönte das elektrische Summen.

Ben lief eine halbe Treppe tiefer, öffnete die verwitterte Holztür zum Innenhof und klemmte die Fußmatte dazwischen. Das gehörte zu dem mit Anne abgesprochenen Plan. Dann lief er nach oben und klopfte. Das Herz wollte ihm aus dem Hals springen. Er bemerkte, dass er direkt in ein Auge blickte, das aus dem Spion starrte. Es konnte es nicht exakt genug sehen, aber es schien, als ob es zu ihm spräche. Das Schloss wurde betätigt, der Riegel verschoben, dann rückte die Tür langsam nach innen. Jetzt konnte Ben das Auge klar erkennen. Ein gelbes, ängstliches Gesicht, vom Lichtschein gezeichnet. Keli sagte mit zittriger Stimme: „Komm doch rein."

Unwillkürlich bekreuzigte er sich wie ein Pilger vor dem Grab des heiligen Jakobus. Diese Szene hatte er er sich lange vorgestellt. Jetzt wollte er etwas sagen, spürte aber einen Kloß im Hals.

„Es ist mir fürchterlich peinlich", faselte sie, „aber ich habe gerade Besuch."

Keli trug das Babydoll, sonst nichts.

„So spät?"

„Ich dachte, du bist unterwegs oder kommst gar nicht mehr."

Das war an Frechheit kaum zu überbieten.

„Soll ich nicht wenigstens die Miete zahlen?" Ben lächelte gequält und fühlte sich ausgesprochen unglücklich. Er vermutete, dass jemand vom Schlafzimmer aus auf ihn zielte.

„Du schaust verschwitzt aus" sagte er. „Bist du erkältet?"

„Im Gegenteil!", tönte eine Stimme aus der Dunkelheit. „Sie ist zweimal laut und heiß gekommen. Jetzt fühlt sie sich besser."

„Das ist nicht wahr", rief sie. „Michael hat mich nur nach Hause begleitet."

„Seit wann brauchst du Polizeischutz?"

„Ben, ich schwöre dir, ich habe nicht gewusst …"

„Halt die Klappe und mach die Tür zu!" Beinert schob sich aus dem Schatten. Im harten Licht des acht Quadratmeter großen Korridors glänzte eine Walther P5 Compact, mit acht Patronen im Magazin. „Eine Frau, die nicht labert, ist krank. Labern ist ihre Waffe, nicht wahr?"

Benjamin Borowiak begann plötzlich zu schwitzen wie noch nie in seinem Leben. Sein Ass im Ärmel war Anne, die Hoffnung, dass sie aus dem Treppenhaus dazustieß, mit Artillerie und richtig brutalen Helfershelfern. Der Riegel rastete ein, die Schotten waren dicht.

„Wo ist Kommissar Schlecker?" fragte er, um Zeit zu gewinnen.

„Unterwegs. Er bringt den Durchsuchungsbefehl. Denn Sie werden wegen ihrer Drogendelikte beobachtet."

„Ah, ich verstehe. Diesmal wollen Sie das weiße Pulver in meiner Wohnung finden?"

„Im Metallschrank, um genau zu sein. Hinter juristischen Fachbüchern. Dort wo der Wodka steht."

„Lassen Sie mich raten: ich habe mich gewehrt und Sie mussten mich liquidieren?"

„Notwehr – wir haben schon mal auf ihr Ableben angestoßen."

„Das ist nicht wahr" schrie Keli. Ihr erschrockenes und verwirrtes Gesicht machte den Eindruck, als würde sie gleich hysterisch. Sie drehte sich zu Beinert und erhielt von ihm einen Schlag ins Gesicht, der sie torkeln ließ. Die Perlenstränge des Küchenvorhanges gerieten in Wallung, schaukelten und klatschten gegeneinander.

"Kann man einer Frau trauen? Nein!" Beinerts Stimme war jetzt ein sanftes Schnurren. „Wissen Sie, wie oft ich schon mit Weibern auf die Schnauze gefallen bin? In einer Sache hat die Kleine allerdings Recht. Ich habe nicht mir ihr angestoßen, sondern mit meinem Kollegen Karl-Heinz!"

Die Tür zum Büro flog krachend auf. Der Rugbyspieler kam herein, den Ben vor dem Haus vermisst hatte. Glatzköpfig, breitschultrig. Mit einem Unterhebel-Repetiergewehr zielte er auf Bens Brust. Sein Gesicht war absolut ausdruckslos und feist. Schweinezüchter hatten für dieses Fleisch die Bezeichnung PSE erfunden: *Pale, Soft, Exudative*. Hell, weich, wässrig.

„Du brauchst keine Angst haben, Mädchen. Karl-Heinz beschützt dich. Und jetzt ab ins Körbchen!"

Beinert stieß sie in die Küche.

„Haben Sie schon mal überlegt, gegen Ignacio auszusagen? Als Kronzeuge?"

Beinert runzelte die Stirn und der Schweinskopf glotzte so dümmlich, als ob sein Hirn schon beim Metzger wäre.

„Einer von euch kommt straffrei raus. Die Sache fliegt sowieso auf."

„Woher willst du das wissen", stieß Beinert hervor, zuversichtlich lächelnd.

„Was ist, Karl-Heinz? Hast du dir das schon mal überlegt?" Ben grinste. „Einer sagt aus. Der Sündenbock ist der andere. Er muß für die Morde gerade stehen."

Kalles Augen flackerten, man merkte, dass er nachdachte.

„Der springende Punkt ist: wir müssen der Polizei jemand in den Rachen werfen."

„Du verwechselst die Seiten, Borowiak! Wir sind die Polypen, und du bist der Lump! Wer wird dir schon glauben!"

Ben grinste. Der Blick des Glatzkopfes ging von Ben zu Beinert und zurück.

„Die haben längst gerochen, dass ihr mit Dealern unter einer Decke steckt. Wer gegen den anderen aussagt, ist aus dem Schneider."

„Lass dich von dem Schwätzer nicht verwirren, Kalle."

„Wer zuerst aussteigt, hat die wirklich guten Karten."

„Netter Versuch, Borowiak. Meinst du, wir hätten nicht auch Dashiell Hammett gelesen?"

„Dashiell wie?" fragte Kalle verunsichert.

„Die gute alte Sam-Spade-Nummer. Aber du wirst keine Gelegenheit haben, sie durchzuziehen.

„Und was habt ihr mit Keli vor, wenn ihr mich umgelegt habt?" fragte Ben.

Bevor er eine Bewegung machen konnte, setzte ihm der Scheißkerl den Fuß in den Rücken und schob ihn mit solcher Wucht in das Zimmer, dass er den Bauch das Glatzkopfes streifte und über den Boden flog.

„Schluß mit dem Gewäsch."

„Ihr könnt doch keine Zeugin gebrauchen?"

„Kennst du das?" fragte Beinert. In seiner Hand erschien ein metallisch glänzender Hohlkörper, eine Walze in der Grösse einer Avocado.

„Eine Handgranate", schrie Ben in das Mikrofon, das wie ein Knopf auf dem Jackenaufschlag saß. Auf dem Rücken liegend rutschte er in den Raum wie eine Krabbe auf der Flucht vor einer zuschnappenden Schildkröte. „Damit jagst du dich und das arme Mädchen in die Luft! rief Beinert begeistert.

Durch das geöffnete Fenster hörte man, wie sich ein Martinshorn in den Verkehr mischte. Kalle wirkte nachdenklich. Vielleicht überlegte er tatsächlich, ob er die Seiten wechseln sollte. Das Spiel, das Ben begonnen hatte, um die Bullen auseinander zu dividieren, hätte um Haaresbreite funktioniert – wenn Keli mitgespielt hätte. Doch ihr Anfall machte alles zunichte, er brachte die Situation regelrecht zum Explodieren. Sie schrie hysterisch aus der Küche: „Hilfe! Ihr Schweine wollt mich umbringen!" und stürzte in den Flur, aber da stand Kalle, hell, weich und wässrig. Bevor er richtig zuschlagen konnte, legte sie den Hauptschalter des Stromkastens um. Sie standen da, umnachtet wie Neandertaler. Einen Augenblick lang wurde die Höhle von wildem Durcheinander erfüllt. Im verzweifelten Sturm zum Ausgang stießen Körper zusammen. Krachendes Bersten von Holz und splitterndes Glas waren zu hören. Keli schlug wie eine Furie um sich. Dann schrie sie: „Schießt nicht auf mich."

Eine wutverzerrte Stimme dröhnte: „Ich bring dich um, du verlogene Hure."

Zwei Schüsse krachten von außen auf das Schloß. Der Glatzkopf brüllte: „Scheiße!" und fiel nach vorne auf die Dielen.

Jemand stieß die Tür von außen auf: „Hände hoch! Polizei!" Die Stimme war weiblich. Der schwere Körper des Schlägers blockierte den Eingang.

„Wo bist du, Ben?" rief Anne, die außen im Licht stand. Sie schob die Tür mit den Füßen auf. „Ergeben Sie sich, Beinert. Wir haben alles mitgehört." Sie zielte auf Karl Heinz. Als das Licht im Treppenhaus verlöschte, duckte sie sich und strich zum Schlafzimmer wie auf Katzenpfoten.

Beinert hechtete ins Treppenhaus, landete auf Händen und Knien. Drei Schüsse explodierten, die langen, roten Flammen aus der Mündung seines Revolvers zuckten durch die Finsternis. Er nahm an, dass es Polizisten gab, die ihr den Rücken freihielten. Dabei weiß man aus dem Fernsehen, dass wahre Helden allein handeln, und die Verstärkung immer zu spät eintrifft.

Ben hörte, wie das Stahlei auf den Holzboden des Büros klackerte und warf sich mit zwei, drei Sprüngen auf den Küchenboden. Entfernt das Geräusch von Beinerts davon galoppierenden Schritten. „Duckt euch!" rief Ben noch. Im selben Augenblick explodierte der Sprengkörper. Die Druckwelle drückte Ben tiefer hinab, er hörte Glas splittern und hielt sich betäubt die Ohren. Für einen Moment schien es, als sei das Trommelfell geplatzt. Betäubt richtete er sich auf. Er war auf den

Sender gefallen, einer Dose aus Metall und Plastik in der Größe einer Zigarettenschachtel, fixiert unterhalb des Rippenbogens. Langsam begriff er, dass er noch lebte, und diesen Umstand einzig und allein dem geöffneten Fenster verdankte. Er riß das Teil mitsamt Klebestreifen ab, warf es Anne zu und rannte los.

In diesem Augenblick kam die Polizei von der Flughafenstraße her angerückt wie die deutsche Fliegerstaffel in Syrien. Desorientiert lief der zweite Rugby-Spieler mit dem Oberlippenbart auf die Straße, winkte dem Konvoi zu und wusste nicht, ob das die korrupte Brigade war oder ein normales Kommando. Beinert, durch den Innenhof getürmt, hatte einen Vorsprung von eineinhalb Minuten, aber viel Zeit verstrich, weil er den Ausgang nicht fand und über ein Einfahrtstor klettern musste.

„Bleib stehen, Drecksack" rief Ben. „Ich bin nicht fertig mit dir."

Beinert feuerte zweimal. Ben warf sich zur Seite. Sein Gesicht war feucht von Schmerzenstränen, aber wenn er die verdammte Pilgerfahrt geschafft hatte, würden seine Knochen diese letzte Etappe des Weges auch noch halten. Ben musste sich seinen Weg bahnen. Männer, Frauen, Kinder kamen aus Treppenhäusern gelaufen und hielten Maulaffen feil, die Schlafanzugbeine über die Stulpen der Gummistiefel gezogen, schimpfend in Pantoffeln und Homewear-Dress vom ALDI. Das ganze verdammte Proletariat versammelte sich wie in einem Dickens-Roman. Er wählte den seitlichen Ausgang aus dem Hinterhof, sah Beinert gegenüber auf der Hermannstraße flitzen. Ben jagte vorbei an der Behindertenwerkstatt, auf den gelblich schimmernden Neubau der Karlsgartenschule zu. Dort dröhnte ein Schuß und noch einer. Ben rettete sich hinter einen Baum. Ob es die Jahn-Eiche war? Für touristische Betrachtungen blieb keine Zeit – eine Kugel klatschte gegen die Rinde. Vor einiger Zeit war hier ein Zivilfahnder von einem Türkendeutschen erschossen worden, die Gegend galt als rauchender Slum. Als sich der Fotograf aus der Schussposition löste, rannten beide in vollem Tempo in die Hasenheide, sausten die Böschung hinab. Wo einstmals deutsche Turner tümmelten war jetzt das grösste Hundeklo Deutschlands. Bens Fuß glitt auf einer schlammigen Stelle aus, rollte vornüber und flog auf den Bauch. Beinert war auch gestürzt, wenige Meter weiter rappelte er sich hoch, die Pistole in der Rechten, auf der Höhe des Oberschenkels. Ben drehte sich um die eigene Achse, versuchte, ihn mit dem Fuß im Gesicht zu treffen. Beinert gelang es, den Oberkörper wegzuziehen. Stattdessen erwischte es seinen Arm, die Pistole flog im Bogen davon. Schnell gewann der Bulle das Gleichgewicht und stellte sich in Nahkampfposition, die Arme beweglich vor sich haltend, die Knie leicht gebeugt.

„Du willst dich also schlagen, Borowiak? Komm doch her, du Arschloch."

Ben hielt inne, zuckte mit den Augenbrauen. Nein, er brauchte sich nicht provozieren zu lassen. Der Mann hatte verloren, und wusste es. Er kam herangaloppiert, attackierte mit der Verzweiflung eines angestochenen

Hammels. Ben packte ihn an seinem prächtigen Kunstfellkragen, wie er das zu BKA-Zeiten im Judo gelernt hatte, drehte blitzschnell ein. Ließ ihn seitlich über den Körper fliegen. Aber nun verlor er selbst das Gleichgewicht, und kippte. Der Mistkerl startete von unten, griff brüllend an, um ihn in die Arme zu schließen. Ben versetzte ihm einen Kopfstoß. Beinerts Augenbrauen platzten auf. Als er losließ, hämmerte ihm Ben die verletzte Rechte ins Gesicht, so hart, dass die Wunde aufplatzte. Beinert taumelte.

„Warum mussten die Brüder sterben?"

„Damit habe ich nichts zu tun. Das ist eine interne Angelegenheit der Kirche."

„Und die Drogen?"

„Drogen? Mein Job war es, einfach nur wegzuschauen."

„Ziemlich Scheiße für einen Fotografen. Wieso hatte Ratzenberg deine Bilder?"

„Offizielle Polizeiarbeit. Die Abzüge habe ich Ignacio überlassen."

„Du hast gewusst, dass er die Killer angeheuert hat!"

„Ich habe es mir gedacht. Aber mit den Morden habe ich nichts zu tun."

„Dreh dich um. Hände nach oben!"

„Kann ich nicht. Da werd ich ohnmächtig. Ich kann jederzeit in einen Schock verfallen."

Beinerts Stimme wurde zu einem theatralischen Flüstern

„Es wird schwarz, alles rastert sich, löst sich auf…"

Seine Knie gaben nach, und beim Fallen gelang es ihm, sich mit der linken Hand abzustützen. Er rollte auf die linke Seite und tastete mit der rechten Hand nach der Waffe, die er irgendwo zwischen Dosen, Papiermüll und Gras vermutete.

„Suchst du das hier, Beinert?" fragte Ben und zielte auf ihn.

„Die nächsten Polizeifotos sind von dir. Portrait und Profil!"

Der Typ kam hoch. Ben zielte auf die Beine, als er abhaute, aber der Hahn klackte nur. Das Magazin war leer. Die braune Jacke verschwand hinter den Büschen am Naturtheater, wo sich das Licht der Lampen verlor. Ben rannte dem Schatten hinterher, der nach Norden floh. Von vorne näherte sich ein Wagen. Ab und zu blendeten die Scheinwerfer. Eine Polizeistreife patrouillierte durch den Park, kam ihnen direkt entgegen. Die blaue Signallampe blinkte wie ein böses Auge. Sie fuhren langsam, ließen die Scheinwerfer über den Sandweg schweifen, richteten die Stablampen auf Bänke, Büsche, und leere Plätze, eher ein symbolischer Akt als eine wirksame Maßnahme gegen die Drogenmafia in diesem Park. Beinert sprang durch den Lichtkegel und schlug eine schräge Richtung ein, hin zu den Tiergehegen, wo die Hasenheide unbeleuchtet ist. Ben gab ihn schon verloren, da platschte es, japste es. Vor ihnen ein künstlich angelegter Teich. Beinert war im Begriff, aus dem Seegras zu rudern. Jetzt war es kein Kunststück, ihn einzuholen, ihn an der Jacke zu packen und zu Fall zu bringen, sich auf ihn zu setzen, die Knie auf die Oberarme zu pressen. Das Gesicht Beinerts, bleich und düster, verzog sich in der Erwartung des ersten Schlages, ein heiserer Schrei, dann Wimmern, der Kopf fiel von rechts nach links, von links nach rechts, Blut floss von den Lippen in die grau melierten, gekräuselten Haare, in die Ohren. Ben schlug, bis das Wimmern verstummte. Dann stand er auf und klopfte sich den Dreck aus der Hose.

Magnificat anima mea Dominum,
et exsulavit spiritus meus in Deo salutari meo

.

III

Benedikt feierte die erste Messe, die dem Konklave folgte. Sein Sozius, der Mailänder Provenzial Ettore Vermicelli, assisticrte ihm. Ettore würde bald nach Rom abreisen, genau wie er selbst. In diesem Augenblick traf ein Sonnenstrahl den Altar der St. Hedwigs Kathedrale, fiel mitten auf das schneeweiße Altartuch und den vergoldeten Kelch. Ein Strahl so warm wie ein sanftes Streicheln, das sich gegen die festungsartigen Mauern und Fenster behauptete und sich dort hinlegte, neben ihn und die Hostie auf dem Korporale. Er spürte diesen Strahl auf dem rechten Arm mit einer Wärme, die rheumatische Leiden erträglicher macht, leicht ist und doch voller Fürsorge wie die Hand seines Freundes. Minuten später, während der Wandlung, ertappte er sich dabei, dass er den Text auf Lateinisch sprach, wo doch die deute Sprache zum Kanon gehörte, und auch Ettore zeigte Erstaunen, indem er den Kopf zur Seite neigte, so als ob er kontrollieren wollte, was der frisch-gebackene Generalmeister da sagt.

Die Nacht zuvor hatte Benedikt wach im Bett gelegen und gegen halb sechs den Bademantel angezogen. Neben dem Bett befand sich ein Tablett mit Medikamentenschachteln nebst einer Wasserkaraffe und Gläsern. Er nahm zwei Pillen gegen hohen Blutdruck, ging ins Bad und betrachtete die Wanne mit den Löwenfüßen, die matten Scheiben des ovalen Fensters. Dann ließ er heißes Wasser einlaufen. Er kleidete sich aus, betrachtete seine weißen, faltigen Hände, die Finger wächsern und dünn wie die sonst für Fürbitten bereitgestellten Kerzen. Fröstelnd und zimperlich stieg er ins Fichtennadelbad. Er machte es sich bequem, leise Seufzer des Behagens von sich gebend. Dann angelte er nach der Seife, rutschte auf dem Wannenboden aus und schlug unglücklich mit dem Kopf gegen das Emaille. Er dämmerte vor sich hin, eine Weile ohne rechtes Bewusstsein, dann kam er langsam zu sich. Die Augen waren hervorgetreten, mühsam schöpfte er Atem. Das Badewasser triefte von seinem blassen, aufgeweichten Körper. Er machte ein paar ruckartige Bewegungen, um wieder aus der Wanne zu klettern und sackte zurück. Er hatte Angst, in der warmen Brühe zu ersaufen.

Hilf mir, Gott Vater, sagte er zu sich. Die Wahrheit ist, ich kann nicht mehr beten. Die Silben zerfallen mir, bevor ich sie ausgesprochen habe. Seine Gedanken flohen in die Ferne, während er die Lippen bewegte, vor sich die Bilder der schlaflosen Nacht. Benedikt hatte darauf geachtet, keinen Lärm zu machen, um Ettore im Nebenzimmer nicht zu wecken. Danach war er in dem großen Atrium im ersten Stockwerk hin und her marschiert, unter den Gewölbefresken von Giuovanni Batista Tiepolo, der zur Zeit von Leo XIII als der neue Raffael gefeiert wurde. Das Palais war für ihn noch ungewohnt. Die meiste Zeit würde er ohnehin in Rom verbringen, zusammen mit Ettore, was immer sein Ziel war. Ohne Ettore wäre dieses versteckte Leben in Kirchengemäuern nicht erträglich gewesen.

Er hielt die Hostie fest in den Händen, fast grimmig, als glaube er noch an das Wunder der Wandlung von Brot zu Fleisch, an die Dogmen und Schriften des Mittelalters, die Sophismen, die sich daran anknüpften. Wie viele Male hat er sie so gehalten, obwohl er sich müde fühlt, unzulänglich, von den Geräuschen des Lebens abgelenkt, das um ihn herum braust, dumm, mechanisch und fremd. Es half nichts. Trotz aller Anstrengung fühlte er sich in die Banalität des Alltäglichen gezogen, besiegt von der Lächerlichkeit, dem Lebensgefühl eines alternden und ausgebrannten Schauspielers preisgegeben.

Gegen sieben Uhr hatte er die Sharp-Stereoanlage gestartet und die *Morgenstimmung* der Peer Gynt Suite No 1, Op. 46 von Edward Grieg einspielen lassen. Danach hatten sie gefrühstückt und mit einem Glas Sekt auf die gemeinsame Zukunft in Rom angestoßen. Jetzt, am Vormittag, fühlte er sich übersättigt und schlaff. Dass er die Wandlung lateinisch begonnen hatte, würden ihm manche als Konservatismus, andere als Bekenntnis zur barocken Lebensart auslegen und niemand aus dem Klerus rechnete damit, dass es eine Kreislaufschwäche sein könnte. Es war ein Lapsus sanitatis zu Gunsten der Verkündung einer uralten Botschaft!

Der restliche Teil der Messe glitt schnell auf den Worten vorüber, die das Gedächtnis auf seine Lippen verteilte, tote Worte, so inhaltslos als würde er die Lippen unter dem Eindruck einer Phantasiesprache bewegen. Eine Formelsammlung, festgelegt auf dem Zweiten Vatikanischen Konzil vor 50 Jahren. Ohnehin wollte man auf dem Konklave zurück, wollte Christianisierung und mittelalterliche Rituale, so dass Benedikt vielen Gläubigen als Vertreter des fundamentalen Kurses galt.

Jetzt war es das Husten des Sozius, das ihn ablenkte, aber auch das ferne Echo einer Hupe und der Geruch des gereinigten Bodens. Er dachte an das köstliche Essen gestern abend zur Inaugurationsfeier. Schweineleber auf Bärlauchrisotto mit Rotweinscharlottenbutter. Während er gedanklich in den Genüssen schwelgte, hörte er die Schritte seines neuen Adlatus. Ihm oblag der Personenschutz. „Es ist der Privatdetektiv", flüsterte der Mann in der Soutane. „Er kommt direkt hierher.

Soll ich in der Nähe bleiben, Eminenz?" Ratzenberg nickte. „Danke, Oswald."

Borowiak lief über den Bebelplatz auf das Pantheon zu, das aussieht wie der Helm eines römischen Legionärs. Vereinzelt lag Müll von der Freiluftmesse auf dem Vorplatz. Die Kuppel aus Stahlbeton schillerte in diesem rätselhaften Grün, das noch Hoffnung verspricht, während einen die Wucht der Architektur schon tief ins feuchte Erdreich drückt. Er kam gerade aus St. Paulus, wo er ein zweites Mal mit Bruder Norbert gesprochen hatte. Wenn man etwas über homosexuelle Beziehungen und Pädopohilie im Klerus erfahren wollte, mußte man ihm nur etwas zum Kiffen mitbringen. Dabei stellte sich heraus, dass es nicht Benedikts Idee war, einen Detektiv zu beauftragen; die Brüder hatten ihn vielmehr dazu genötigt. So ist das mit dem Morast - wenn man ihn kennt, findet man ihn überall, in der Bürokratie, der Politik, in den Hirnen der Bevölkerung und in der Kirche. Der flippige Dominikaner empfahl ihm sogar eine zehnbändige Kriminalgeschichte des Christentums, was Ben jedoch dankend ablehnte. Trotzdem zeigte sich Norbert beseelt von religiösen Erfahrungen und beinahe erleuchtet. Er schilderte das Kloster als Bastion gegen die Libellenplage und pries in höchsten Tönen die Suppenküche des Hauses.

Ben erreichte die Freitreppe, als die ersten Besucher den Gottesdienst verließen. Drinnen erteilte Vermicelli der Gemeinde den Segen. Benedikt trat ihm im mittleren der fünf klassizistischen Torbögen entgegen.

"Gratulation, Borowiak. Sie haben sich durchgesetzt. Genau wie ich."

„Sie sind Generalmeister und Erzbischof in einer Person?"

„In Personalunion."

Der Geistliche lächelte. Einmal mehr erwies sich sein meuchelnder Charme, der Charme eines greisen Nosferatu.

„Warum waren Sie so scharf auf den Posten?"

„In aller Bescheidenheit: Er wurde mir von höchster Stelle zugeteilt."

Ben hatte diesmal keine Lust, sich auf Heuchelei und Floskeln einzulassen.

„Ist das christlich, einen Gegner derartig auszuschalten?" fragte er, ebenso unbeholfen wie grob.

Benedikt ließ einen beinahe narkotisiert starren Blick auf ihm ruhen – legte den Kopf schräg und presste die Lippen mit zwei Fingern zusammen.

„Was geht Sie das an, Borowiak? Ihr Auftrag endet hier. Selbstverständlich werde ich für die Spesen aufkommen, also auch für die Zerstörung ihrer Wohnung."

„Tut Ihnen der Mesner nicht leid, der in Hospital de Órbigo verletzt wurde? Und alles nur, weil der zuständige Pfarrer nicht kooperierte?"

„Mosén Millán ging es darum, das Beichtgeheimnis zu hüten. Für ihn habe ich Verständnis."

„Und Don José?"

„Ich habe ein Requiem bestellt für den spanischen Landmann. Requiescat in pacem."

Sarkasmus, dachte Ben, der reine Sound. Aber er merkte auch, dass der Gammarelli-Talar nach Mottenkugeln roch, und auch nach anderen Dingen. Möglicherweise litt der Generalmeister unter Inkontinenz.

„Ich werde das Gefühl nicht los, dass Sie mich als Druckmittel benutzt haben", erwiderte Ben. „Sie wussten, dass ihr Rivale das Telefon anzapfen würde!"

„Nicht dass ich Sie enttäuschen will. Aber das Telefon steht im Sekretariat des Klosters. Jeder Bruder hat Zugang. Von daher wussten die Teilnehmer des Konklaves über die Ermittlungen Bescheid."

„Wo ist Ignacio?"

„Im Garten des Palais. Für ihn heisst es Abschied nehmen."

„Übergeben Sie ihn den Behörden!"

„Verehrter Herr Borowiak, ich rüste mich für den Besuch des heiligen Vaters."

„Ich werde ihn zur Rechenschaft ziehen."

„Wie wollen Sie das tun?"

Er betrachtete ihn mit kleinen Augen in der Farbe toter Austern.

„Ich habe einen Mitschnitt von der Ausssage Castulos" sagte Ben mit Aplomb. „Im Falle meines Todes geht das Band an alle Zeitungen. Außerdem habe ich eine Aussage über pädophile Neigungen." Er pausierte und sah Benedikt bedeutungsvoll an. „Nicht nur Pater Christian hat die Nähe zu Knaben gesucht."

Der Geistliche räusperte sich. „Mag sein", entgegnete er. „Natürlich gibt es innerhalb der Kirche solche Praktiken. Wie kann die Kirche anders sein als die Gesellschaft?"

„Was werden Sie verändern, wenn Sie in Rom sind?"

„Ich werde mit den Brüdern beten."

„In Bezug auf kriminelle Machenschaften?"

„Vertrauen Sie der Mutter Kirche mit ihrer zweitausendjährigen Tradition. Kaufen Sie sich die Berliner Zeitung, wenn Sie mehr erfahren wollen. Der Fall ist erledigt", beharrte Benedikt. „Sie können sich sogar über eine Prämie freuen, wenn Sie mir das Band geben."

„Das behalte ich - als eine Art Lebensversicherung."

Sein Miene verdüsterte sich, er ging mit zornigen Schritten auf und ab.

„Sie riskieren das Honorar, Borowiak!"

„Glauben Sie, dies wäre der richtige Moment, sich einem Skandal auszusetzen?"

„Skandal?" brüllte Benedikt mit puterrotem Gesicht. „Borowiak, es liegt wirklich in ihrem Interesse, wirklich ganz in ihrem Interesse, klein beizugeben! Verstehen Sie?"

„Glauben Sie denn, Sie stehen über dem Gesetz?"

„Sie haben diese Operation auf eigenes Risiko durchgeführt, Borowiak. Das war *ihr* Job!"

„Sie haben die Zeugen beseitigen lassen."

„Ach was. Hirngespinste!"

„Und Lassalle beauftragt, mich umzulegen."

„Kein Wort mehr, Borowiak. Sie leiden ja an Paranoia!"

„Ihre Nummer erscheint dreimal auf seinem Handy!"

Ratzenberg zögerte. Er blickte nach hinten zu Oswald, der sich seinem Herren bis auf wenige Meter näherte. Dann räumte er ein: „Vielleicht hat mein Sozius einge-griffen. Eine Art vorauseilender Gehorsam."

„Woher wissen Sie das?"

„Ich weiß es nicht."

Borowiak spürte, wie Wut in ihm hochstieg. „Sie ver-muten es aber?"

„Ettore sorgt sich um mein Wohl, so wie ich mich um das seine."

„Sie sind sich ziemlich sicher!" Borowiaks Stimme war laut geworden.

„Ich bin ein guter Menschenkenner."

„Sie testen seine Fürsorge durch einen Killer?"

Borowiaks Faust flog in sein Gesicht. Er gab Benedikt eine schallende Ohrfeige. Sofort begann aus dem Nasenloch Blut zu fließen. Er kümmerte sich nicht da-rum, scheinbar ungerührt. Als Ben zum zweiten Schlag ausholte, blitzte Oswald mit dem Schlagring. Der Neu-köllner Detektiv ließ die beiden einfach stehen. Der frische salzhaltige Wind erinnerte ihn an die Land-schaften Nordspaniens, Opferplätze aus vorchristlicher Zeit, keltische Musik und Lebensfreude. Er überquerte den Platz ohne einen Blick zurück zu werfen auf den Giebelfries, der überfüllt mit Heldenfresken und allego-rischen Bildern von Krieg und Frieden auf die Vertreter der Amtskirche herabdrückte.

IV

„Hast du wirklich das Geständnis Castulos auf Band?" fragte Anne.

„Es reicht, wenn die anderen das glauben."

Anne hatte *Tourist* von St. Germain eingelegt und werkelte in der Küche.

„Man hat zweihundert Gramm Heroin in deiner Wohnung gefunden. Beinert und Karl-Heinz hatten winzige Spuren des Rauschgiftes an den Fingern. Mit dem, was ich als Zeugin aussagen kann, genügt das für eine Verurteilung."

Ben ließ sich auf das Sofa fallen, auf dem sein Schlafsack lag. Die Renovierung der Wohnung würde zwei oder drei Wochen dauern, aber er hatte es nicht eilig.

„Der Abteilungsleiter will Beinert als treibende Kraft hinstellen" sagte sie, während sie das Geschirr verräumte. „Als Fotograf war er keiner speziellen Abteilung zugeordnet. Das würde die Drogenfahndung entlasten. Und an Geldwäsche glaubt sowieso keiner."

„Also vertuschen sie's" brummelte Ben.

„Warum schlägst du eigentlich das Kreuzzeichen, wenn du meine Wohnung betrittst" fragte Anne aus der Küche. „Bist du am Ende religiös geworden?"

„Das ist nur ein Ritual", murmelte Ben und fragte sich, ob er wirklich noch die Person war, die vor kurzem nach Spanien abreiste, um dort zu ermitteln, oder ob ihn nicht irgendein Geist aus der Wunderlampe auf der Pilgerreise durch jemand anderen ersetzt hat.

„Meine Bluse ist ganz nass", sagte Anne, als sie ins Wohnzimmer trat. Vielleicht kannst du etwas dagegen unternehmen." Sie nahm seine Hände, legte sie links und rechts neben die Knopfleiste ihres Oberteils. Das fühlte sich nach mehr an als nach Aftershowparty.

„Ich dachte, wir wollten zu abend essen."

„Solange du hier wohnst, übernimmst *du* das Kochen."

„Klingt nach weiblicher Logik. Du lädst ein, ich koche."

Sie seufzte, während er ihren Hals küsste.

„Ach ja, da fällt mir ein: ich habe für uns im Adlon einen Tisch reserviert."

„Hast du im Lotto gewonnen, Ben?"

Er mochte ihre Lippen, die so weich und unschuldig wirkten.

„So ähnlich. Ich hab abgehoben, was Eddys Kreditkarte hergab."

„Apropos: Sein Ausweis war gefälscht!" berichtete Anne.

Ben wieherte. „Seid ihr immer so auf Zack beim LKA?"

Sie zwinkerte flirtend mit den Augen. „Vielleicht weiß ich noch was?"

„Nur zu, ich bin gespannt."

„Bei einem Datenabgleich erscheint das Bild eines vermissten Schweizergardisten."

„Also hat ihm jemand aus dem Vatikan die Papiere verschafft."

Es war nicht zwingend logisch, was Ben sagte, aber egal. Sein kriminalistischer Sachverstand litt darunter, dass sie ihren BH ablegte. Irgendein Knoten hat sich bei dir gelöst, meinte sie, das spüre ich, und er lachte, bei dir aber auch. Wenn du den Weg meinst, ja, ich konnte mich vielen Dingen stellen, meiner Angst, meiner Scham. Miteinander reden ist eine gute Sache, Schweigen aber genauso. Man taucht ein in die Welt der inneren Bilder, realisiert, was man noch erleben, erfahren, ausdrücken möchte. Das war gar nicht, was ich wissen wollte, sagte sie, und er fragte, was denn? Hast du mich vermisst? fragte sie atemlos und beugte sich über ihn, und er ließ es zu, dass sie mit ihrer warmen rauen Zunge über seine Lippen leckte und eine Hand dabei auf seinen Schritt legte. Ihr Gesicht sehr nahe vor seinem, ihre bräunlich-schwarzen Augen, die sie jetzt halb schloss, so dass sie ausgefuchst verführerisch aussah, ihr braunes Haar, das wellig über der Stirn stand, er sagte ja, sehr, er lachte, und dann dachte er, dass sie auf ihn gewartet hatte, die ganze Zeit, und schälte sich aus der Jeans. Sie küsste seinen Hals und sah dabei hinunter auf sein Geschlecht. Komm, sagte sie, und hob ihren Hintern ein wenig an. Sie war leicht auf seinem Schoß wie ein Kind. Er schob sie mit der freien Hand näher zu sich heran, indem er ihre Hüfte umfasste und sie in die richtige Position dirigierte. und sie wusste, was zu tun war, bewegte ihren Unterleib leicht über ihm, fast zärtlich anfangs, während sie ihn küsste und an seinem Ohr atmete, laut und manchmal wie verschreckt.

V

Ben sammelte Zeitungsartikel über das Konklave, das Erzbistum und die Dominikaner, nicht nur, weil es Ratzenberg empfohlen hatte. Der Bischof von Astorga, einer der Hauptakteure des aufgedeckten Drogenhandels, blieb unbehelligt, und auch dem neuen Generalmeister war nicht zu trauen. Eines Tages konnte es ratsam sein, eine Aussage zu machen, um an einem Zeugenschutzprogramm teilzunehmen.

Fusioniert die Kirche mit ihren Orden? fragte die Tageszeitung *Die Welt*. Erzbischof Ratzenberg ist als Generalmeister Ansprechpartner für alle Länder, in denen die Dominikaner vertreten sind, das sind weltweit 88, in Deutschland für Bundespräsidialamt und -regierung und natürlich den Vatikan, mit dem er *völlig unkompliziert per email* kommuniziere. Schon im Vorfeld des Konklave hatte er die Fäden gezogen und sich um jeden Sonderwunsch der Gemeinde gekümmert: von der Frau, die während der Inaugurationsmesse ihr Kind zur Welt bringen wollte bis zu dem Mann, der mit zwei Eseln zum Bebelplatz pilgerte.

Kein Gottesdienst an Ostern, betitelte die *Berliner Morgenpost*. Sie beschrieb, dass die katholischen Kirchen den Feierlichkeiten in der St. Hedwig Kathedrale keine Konkurrenz machen wollten und deshalb in ganz Berlin geschlossen blieben. Die Pfarrer sollten noch andere

Weisungen von Erzbischof Benedikt Ratzenberg beachten: Alle Kirchen seien die ganze Zeit mit der gelb-weißen Kirchenfahne zu beflaggen und zu Anfang und Ende des Konklaves im Erzbistum für jeweils eine Stunde die Glocken zu läuten.

Streit um den Herrgott von Enghausen, schrieb *Der Tagesspiegel*. Darin ging es um das älteste Monumentalkruzifix, das von den Experten zwischen 800 und 900 nach Christus datiert wird und für die zentrale Open-Air-Messe vorgesehen war. Das Leihstück aus einer ländlichen Kirchengemeinde bei Freising erreichte die St. Hedwigs-Kirche wurmstichig und verschmutzt und wurde einstweilen im Berliner Diözesanmuseum eingelagert.

Er fand es, sagt Karl Schnabel, als Vorsitzender der Deutschen Bischofskonferenz im *Berliner Kurier*, sehr geglückt, wie der neue Generalmeister die Würde seines Amtes und seiner Person mit der Bescheidenheit seines Auftretens verbunden hat.

Generalmeister Ratzenberg ist ein Mann, der eine Mitra mit sich herumträgt und die Gewissheit, etwas erreicht zu haben, schrieb die *taz*. Jetzt zieht wieder Normalität ein am St. Hedwigs-Platz. Busse haben die Sänger und Musiker weggefahren, eine Firma hat den roten Teppich aufgerollt und der weiße Rauch hat sich verzogen. Was bleibt ist die übliche Katerstimmung. Kritiker der Kirche erhofften sich von dem neuen Generalmeister, dass er im Land der Reformation etwas für die Ökumene tun und das gemeinsame Abendmahl mit den Protestanten ermöglichen würde. Die Antrittsrede eröffnete Ratzenberg indes mit scharfen Attacken gegen die Einrichtung von Krippenplätzen und die Aufhebung des Zölibats.

Das Konklave fand am Ostermontag mit einer großen Messe unter freiem Himmel seinen Abschluß. Mehr als 100.000 Menschen kamen zur Inauguration des neuen Generalmeisters an den Bebelplatz. 1300 Helferausweise mussten gedruckt werden. Etwa 200 Journalisten waren akkreditiert. 5000 Polizisten und 1700 zusätzliche Mitarbeiter von Bahn und Verkehrsbetrieben waren im Einsatz. 500 Absperrgitter wurden in den Bezirk zwischen Friedrichstraße, Französische Straße und Ebertstraße verlegt. 18 Spezial-Einsatzkommandos kontrollierten die umliegenden Hausdächer. Besondere Angst hatte man vor islamistischen Gewalttätern, die im Generalmeister ein symbolträchtiges Angriffsziel sehen. Bereits in der Osterwoche wurden alle Kanaldeckel in Berlin Mitte verschweißt. *(junge welt.* Das Konklave in Zahlen)

Von besonderem Interesse war für Ben ein Artikel aus der BZ, indem von dem plötzlichen Ableben eines Dominikaners die Rede ist: **Beim Obstbaumschneiden erschlagen.**
Ein prominenter Geistlicher ist am Dienstag Nachmittag bei Baumschneidearbeiten von einem Ast erschla-

gen worden. Don Ignacio stand als Provenzial seit mehr als sieben Jahren an der Spitze des Dominikanerordens in Teutonia, das von der Fläche dem nördlichen Deutschland entspricht. Nach ersten Erkenntissen der Polizei wollte der Geistliche mit einem Bekannten auf dem Anwesen an der Schützenstraße die Bäume schneiden. Oswald G. stieg auf eine Leiter und zwickte einen relativ dünnen Ast ab. Der aber krachte so unglücklich auf einen darunter befindlichen morschen und dicken Ast, dass dieser abbrach und auf den Kopf des 77 jährigen schlug. Der Mann erlag etwa eine Stunde nach dem Unfall seinen Verletzungen. Bis zur Ernennung seines Nachfolgers wird ein Apostolischer Administrator bestimmt.

Als Ben an diesem Tag beim Büro für Pilgerreisen vorbeimarschierte, war Bolotnikov abwesend, die Tür verschlossen. Wenig später war auch das diskrete Schild an der Türklingel verschwunden.

Der Autor

Ulrich A. Büttner, geboren 1959 in Hildesheim, lebt seit 1989 in München, wo er als Journalist und Schriftsteller arbeitet. Er studierte u.a. an der Universität von Granada und war Mitherausgeber der Zeitschrift Das Tollhaus. Viele seiner Geschichten wurden mit Preisen ausgezeichnet. Im Wenz Verlag erschienen von ihm Berlin im Schneidersitz (ISBN 978-3- 937791-35-7) und Der abgetrennte Kopf (978-3-937791-41-8). Weitere Informationen unter www.ulrich-buettner.de.